中学西话

20世纪西方文论中的中国

THUS SPEAKS THE WEST ON CHINA:

CHINESE QUESTIONS IN 20TH CENTURY WESTERN LITERARY THEORY

曾　军　主编

北京大学出版社
PEKING UNIVERSITY PRESS

图书在版编目 (CIP) 数据

中学西话：20 世纪西方文论中的中国 / 曾军主编．—北京：北京大学出版社，2020．1
ISBN 978-7-301-31095-3

Ⅰ．①中… Ⅱ．①曾… Ⅲ．①文艺理论－西方国家 Ⅳ．①I0

中国版本图书馆 CIP 数据核字 (2020) 第 006652 号

书　　名	中学西话：20 世纪西方文论中的中国 ZHONGXUE XIHUA:20 SHIJI XIFANG WENLUN ZHONG DE ZHONGGUO
著作责任者	曾　军　主编
责任编辑	刘　爽
标准书号	ISBN 978-7-301-31095-3
出版发行	北京大学出版社
地　　址	北京市海淀区成府路 205 号　100871
网　　址	http://www.pup.cn　　新浪微博：@ 北京大学出版社
电子信箱	nkliushuang@hotmail.com
电　　话	邮购部 010-62752015　发行部 010-62750672　编辑部 010-62759634
印 刷 者	北京鑫海金澳胶印有限公司
经 销 者	新华书店
	720 毫米 ×1020 毫米　16 开本　15.25 印张　340 千字
	2020 年 1 月第 1 版　2020 年 1 月第 1 次印刷
定　　价	58.00 元

目 录

序 …………………………………………………… 曾　军（1）

第一篇　中西文论对话的方法论反思 ………………………（1）
中学西话的"对话主义"研究视野 ……………………… 曾　军（3）
西方文论"中国问题"的研究方法 ……………………… 乔国强（14）
中西文论交流与对话的主体性建基 …………………… 苗　田（20）
中西对话"多元共生"的文化理想 ……………………… 吴　攸（31）

第二篇　《矛盾论》与西方左翼思潮中的"毛泽东美学" ……………（49）
西方左翼思潮中的毛泽东美学 ………………………… 曾　军（51）
布莱希特对毛泽东《矛盾论》的美学转化 ……………… 马　欣（63）
西方左翼话语怎样阐释中国马克思主义：德里克对《矛盾论》的解读 ……
　　…………………………………………………… 吴娱玉（74）
不平衡矛盾与一分为二：巴迪欧论毛泽东的《矛盾论》 …… 蓝　江（88）

第三篇　中国汉字与法国后结构主义 ………………………（99）
德里达思考汉字的方法 ………………………………… 曾　军（101）
从"替补之链"到"书写剧场"：经由德里达重思汉字
　　起源之谜 …………………………………………… 姜宇辉（114）
汉字与"互文性"：克里斯蒂娃后结构主义理论的
　　中国维度 …………………………………………… 张　颖（132）
符号系统等级论与颠倒的"言象意"等级之内在
　　理路辨析 …………………………………………… 周海天（144）

第四篇 政治诗学对文化中国的重新发现 …………………………… (159)
本雅明“手工复制时代”的誊写美学 …………………………… 马 欣(161)
蝴蝶:齐泽克的古代中国镜像 …………………………… 韩振江(177)

第五篇 中国思想的西学转换 …………………………… (187)
“语言学诗学”视野中的民间文化问题 …………………………… 张 冰(189)
查瓦茨卡娅的《中国古代绘画美学问题》:俄国文论里的中国画论关键词 …………………………… 庄桂成(202)
阿恩海姆的“太极图”:格式塔艺术心理学中的中国图形 …………………………… 喻宛婷(212)

序

呈现给各位读者的，是由本人任首席专家的国家社科基金重大项目“20世纪西方文论中的中国问题研究”(16ZDA194)的阶段性成果。自2016年年底立项以来，课题组所有成员通力合作，攻关克难，完成了一系列研究成果。截至2019年11月，课题组成员先后在SSCI或AHCI刊物*Babel*，*Comparative Literature and Culture*（CLCWeb），*Neohelicon*；国内重要期刊《文学评论》《文艺理论研究》《中国比较文学》《文艺争鸣》《社会科学战线》《求是学刊》《南京社会科学》《学习与探索》《探索与争鸣》《学术界》《人文杂志》《文化研究》等上发表论文七十余篇，还有一批成果也在陆续出版。这些成果在学界产生了较大反响，被《新华文摘》《中国社会科学文摘》、中国人民大学复印报刊资料等转载多篇；多项成果也获得诸如上海市哲学社会科学优秀成果奖等学术类奖项；在许多学术微信公众号上，我们的成果也成为大家推送和转发的热门文章。在此基础上，我们现将成果依不同的主题遴选出一批代表性文章，并汇编成册，以求教于方家。

“西方文论中的中国”这个问题，主要建立在两组二元概念(一个是“中国/西方”，一个是“文论/问题”)基础之上，预设了“西方文论对中国问题的理解与阐释”“西方文论对中国文论的冲击与影响”以及“中国文论如何更好地阐释中国问题”“中国文论如何回应西方文论的巨大影响”等诸多问题，并最终指向了“当代中国文论话语体系的建构”这一确立中国文论主体性的问题。但这两组二元概念本身包含着需要进一步厘清的问题：“中国问题”“中国经验”之类的概念术语如何获得相对明确的学术上的界定？西方文论中的中国问题与发生在中国的中国问题既有同源性，又有异质性,两者在多大程度上能够形成对话性关系？中国学者如何通过对“西方文论中的中国”的自我言说和自我阐释改变“中国问题”作为西方文论的异质性因素和沉默的他者的形态？这些前提性的问题都是需要深入思考和辨析的。对此,本人已先后撰写了《西方文论对中国经验的阐释及其相关问题》(《中国文学批评》2016 年 3 期)、《20 世纪西方文论阐释中国问题的三种范式》(《学术研究》2016 年 10 期)、《20 世纪西方文论知识的中国建构》(《南京社会科学》2016 年 5 期)、《关于中西文论“对话主义”研究方法的思考》(《南京社会科学》2017 年 10 期)等多篇文章进行讨论(本书也收录了其中的一篇)。与“中国问题”相关的表述还有很多,如“中国经验”“中国故事”“中国模式”等,其内涵和外延也颇多含混之处。对“中国问题”的“中国性”方面已在拙文《西方文论对中国经验的阐释及其相关问题》中做了辨析。对“问题”的不同尺度的把握将影响到研究范围和领域的确定。这里的“问题”究竟是由中国提出的“(既可能与中国有关,也可能与中国无关的)问题(question)”？还是在中国出现的“(亟待解决的麻烦)问题(problem)”？抑或是比较中性的与中国有关的“(值得深入探讨和研究的)议题(issue)”？或者再宽泛一些,只要包含中国的“因素(factor)”都可算在内？本文无意在此过于咬文嚼字,而是采取相对折中的办法,选择包容性更强的作为“议题(issue)”的问题为核心概念,一方面涵盖所有与中国有关的值得探讨和研究的学术性问题,既包括那些“(亟待解决的麻烦)问题(problem)”,也包括与之相反的值得赞赏和总结的成功经验(experience);另一方面又能相对聚焦和集中,既将那些虽然由中国提出但可能与中国关系不大的问题(question)排除在外,也不用把注意力过于分散到零散的还未凝聚和提炼为“议题”的那些“因素”(factor)上。在此序言中,本人着重谈以下三个问题。

一、“中国问题”的两种形态

“西方文论中的中国”这一表述也预设了“中国问题”以两种基本形态作为西方文论观照和研究的对象:一种是“以理论化形态出现的中国问题”;另一种则是“以非理论化形态出现的中国问题”。

“以理论化形态出现的中国问题”,或者简言之“中国文论”“中国理论”“中国思想”等,具有与“西方文论”“西方理论”和“西方思想”相同或相似知识形态特征,因而是可以与西方文论进行比较、对话和辩论的理论“他者”。但正是在这个问题上,一方面,碰到的问题却是"理论化形态的中国问题"遭遇的知识合法性上的质疑。2001年,德里达在与王元化先生的交谈中提出"中国没有哲学"的看法,从而哲学界一直有过的中国"有思想,无哲学""中国有无哲学""中国哲学合法性"的讨论被火上浇油。论者还翻出黑格尔对中国哲学的质疑的旧话,或通过强调中国哲学与西方哲学的相通性来论证"中国有哲学",或通过哲学形态多样性来强调"中国虽然没有西方意义上的哲学,但也有中国哲学的独特性",或者承认"中国没有西方意义上的哲学",但认为并不能因此否认中国思想文化的意义和价值等。相似问题同样在文论领域中存在。"中国古代文论的现代转换"的逻辑前提即是中西文论之间无论是在概念范畴,还是在思想体系方面存在巨大差异;中国古代文论迫切需要能够按照西方现代文论的方式进行学术思想的转换,以获得新的理解和阐发。另一方面,也并非所有的"以理论化形态出现的中国问题"都获得了西方文论的同等对待。中国的学术思想源远流长,从诸子百家到经史子集,文献典籍可谓浩如烟海,但是真正获得西方学术界广泛关注的并不多,无外乎孔孟老庄、周易禅宗,这就使得西方文论对理论化的中国问题的认知存在明显的"窄化"特点,相应地也导致其对中国传统文化的理解形成某些简单化的关于"文化中国"的刻板印象。同样的,现代中国也经历了非常复杂的从"洋务运动"到"五四新文化运动"、从"旧民主主义革命"到"新民主主义革命"、从社会主义革命到社会主义建设的转换,但真正对西方造成深远影响的却只有"毛主义",并由此形成各种思想偏见。

"以非理论化形态出现的中国问题",即我们经常所说的"中国经验""中国现实""中国实践"等。它们或者没有被理论化或没有被完全理论化,因而无法自我命名或自我言说;或者虽然已经形成了理论化的知识形态,但西方学者在理解和接受的过程中并没有将已有的理论化的知识与其所认识的经验事实相匹配,因而出现"中国经验"与"中国理论"被有意无意剥离的现象。当西方文论以这些经验形态呈现的中国问题作为对象进行理解和阐释的时候,同时也就在或多或少地进行着理论化(即"西方文论对中国经验的阐释")的过程。于是,便会出现两种我们不得不面对的现象:

一种是尚未被理论化或未完成被理论化的中国经验被西方理论阐释,并获得了命名。如著名的"李约瑟难题"即是建立在对中国科学技术发展史的全面系统的梳理基础之上,由西方学者提出的一个理论问题。继"尽管中国古代对人类科技发展做出了很多重要贡献，但为什么科学和工业革命没有在近代的中国发生?”这个问题之后，衍生出“中国近代科学为什么落后了?”“为何科学发生在西方社会?”等问题，与之类似还有“为什么我们的学校总是培养不出杰出的人才?”的“钱学森之问”。还有诸如马克思的“亚细亚生产方式”理论以及魏特夫的“东方专制主义”也成为西方理解中国的传统社会和政治制度的重要理论。中国学者如何应对这些经由西方理论所提出的对于经验形态的中国问题的理论化阐释，是否有可能提出对相关理论的修正、完善、改写，甚至是颠覆性的全新阐释框架？这就成为中国学者在应对由西方理论命名中国问题时不得不解决的问题。

另一种则是中国虽然形成了比较成熟并自洽的“中国理论”，但西方学者在对相应的中国经验和中国现实的阐释中，并没有采用中国的理论范式，而是从西方学者自己的理论背景和问题意识出发，形成了有别于中国理论的新的理解。比如说，中国的汉字源远流长，由此形成的中国文字学理论也是体大思精，不仅形成以“文字学”“音韵学”和“训诂学”为分支的“小学”体系，而且在漫长的汉字演化中还形成“远古”“上古”“中古”“近古”的不同时期的分野。在法国后结构主义运动中，德里达、拉康、克里斯蒂娃等众多学者对中国的汉字产生了浓厚兴趣，但是他们对汉字的理解并不是在中国的文字学理论框架内展开系统性的认知。他们更多的是在印欧语系的“语音中心主义”的理论范式中通过差异性的比较来形成对汉字的基本认识。虽然这些学者也试图学习汉语，但大多都浅尝辄止。他们或者借助法国汉学家的翻译介绍(如戴密微和程抱一就曾帮助拉康研读过中国的古代经典)，或者在汉字解读方面望文生义(如拉康在其研讨班中曾多次解读过中国的汉字，索莱尔斯也曾在其小说《数》中将对汉字的图解作为小说的结构性因素)，即便是克里斯蒂娃曾经专门研究过汉字，但所凭借的资料也大多来自汉学家介绍的二手文献(如她于1969年出版的《语言，这个未知的世界》)。再比如对中国诗词、书画、戏曲等中国传统艺术的接受，无论是庞德的受中国诗歌的启发发展出来的“意象主义”，还是本雅明对中国书法的“笔迹学”解读，抑或布莱希特用“姿态美学”来理解梅兰芳的表演，西方学者真正感兴趣的不是以知识论的方式来客观认识中国文化，而是以认识论的方式将中国文化进行理论化阐释。

二、西方文论与中国问题之间的两种关系

从西方文论与中国问题两者的关系角度，"西方文论中的中国"还可以分成两种类型。一种是"内在于西方文论中的中国"，另一种是"外在于西方文论中的中国"。

所谓"内在于西方文论中的中国"，是指西方文论家在研究与中国有关的问题时，不是将中国问题作为一个独立的研究对象来看待，而是将中国问题纳入自己的理论框架，放在全球和世界的整体之中来考查。换言之，是将中国问题作为世界问题中的部分来看待的（当然西方学者在对"世界问题"的认识中存在着诸如将"美国化等同于全球化"的"西方中心主义"的倾向）。如黑格尔的《哲学史讲演录》对中国哲学的处理是放在"导言"之后和"第一"之前的奇特位置。黑格尔还特别声明："东方哲学本不属于我们现在所讲的题材和范围；我们只是附带先提到它一下……我们所叫做东方哲学的，更适当地说，是一种一般东方人的宗教思想方式——一种宗教的世界观。" 被视为"东方哲学"的包括"中国哲学"（孔子、易经哲学和道家）和"印度哲学"。再比如布洛赫的皇皇巨著《希望的原理》以犹太教预言家的姿态将"世界过程"纳入马克思主义，并在其思想体系的最后部分（即"第五部分（认同）——满足时刻的希望意象"）中的第53章的第二部分集中探讨了他所理解的孔子和老子的思想。在孔子的"天地平衡"之道和老子的"隐性的世界韵律"之道之间，布洛赫表达了更倾向于孔子之道的想法，体现出布洛赫基于弥赛亚主义世俗化的一种"道"的选择。众所周知的德里达的《论文字学》也是通过引入"汉字"这一有别于表音文字的文字系统来实现对"语音中心主义"的解构。

所谓"外在于西方文论中的中国"是指，运用已经形成的基于西方思想文化土壤的理论范式来分析和理解中国问题。在这一阐释过程中，中国问题不是作为西方理论在形成过程中的思想资源和佐证材料，而只是作为西方理论的批评实践和理论印证。我们经常说的西方文论对中国经验的削足适履，即是指这种情况。如本雅明在评论卡夫卡的小说《中国长城建造时》时其实对小说中虚构的中国皇帝修万里长城并无多少了解，因此本雅明的策略就是将他对卡夫卡《城堡》等作品所形成的关于K的印象想象成罗森茨维格在《赎救之星》中所描绘的"无面目的中国人"形象；詹明信在《后现代主义与文化理论》中出于在中国教学的需要，以《聊斋志

异》中的“鸲鹆”为例演示了格雷马斯语义方阵的批评实践，采取的是割裂小说的创作意图和思想文化传统的纯粹的文本分析策略。在萨义德的“东方主义”和各种后殖民主义理论成为西方文学批评的理论方法之后，中国导演张艺谋的作品也成为西方文化研究特别青睐的分析对象。这些对中国文学艺术作品的批评和解剖在很大程度上只是西方文论检验理论方法有效性的对象；西方文论也并不将之作为解决中国思想文化问题的手段。

当然在历史发展过程中，“西方文论中的中国”也不是一成不变的，也有一个“由内而外”的“外在化”或“由外而内”的“内在化”的动态变化的过程。如“毛主义”在20世纪60年代的法国首先是以一种内在性需要出发的主动接纳，但随着“五月风暴”的退潮，“毛主义”也逐渐淡出一部分法国学者的视野，体现为一种刻意的疏离。1974年《原样》杂志的中国行之后，罗兰·巴特得出了“在某种意义上，我们只带回(除政治的答复外)：空无(rien)”的结论。华裔作家赛珍珠最初是作为后殖民主义问题之一引起讨论的。但随着海外汉学与中国本土文学研究学界的密切交流，生长出“华文语际文学”这个试图将世界各地的华语文学囊括在内的新领域，进而对中国的“华文文学”“新移民文学”的研究产生重要影响，形成一个由内而外的“外在化”的发展。而弗朗索瓦·于连(朱利安)虽然一直以中国哲学、美学和艺术作为自己的研究对象，但从不以“汉学家”自居，而是更强调自己“(西方)哲学家”的身份，强调自己关注中国并不是要解决中国问题，而是采取“迂回与进入”的策略，是“经由中国，从外部反思欧洲”的“远西对话”。这也是一个典型的“由外而内”的内在化过程。

三、“西方文论中的中国”的三类研究主体

再进一步来说，不同的学术主体面对同一研究对象时也会形成不同的问题意识。与“西方文论中的中国”相关的研究主体可以分为三类。

第一类是西方文论家。他们的学术研究绝大多数是从西方自身问题出发或者是以他们所研究的普遍性的世界问题着眼。在这一研究过程中，中国问题只是在他们觉得需要的时候，才被纳入到自己的研究范围。因此，对于西方文论家而言，中国问题是以一种异质性的文化因素、以文化“他者”的形象存在的。

一方面，“异”作为文学经验的异质性因素，本身就构成了西方文论经验的组成

部分。笔者在界定“中国经验”时曾特别强调“中国经验的混杂性”，即在全球化时代没有纯而又纯的中国性的经验，其中也包含着来自中国之外的异质性文化的渗透和影响。这一逻辑同样也适用于“西方经验”。随着中国自身的全球化进程和影响力的提升，西方学术也越来越多地把目光转向了中国，并且将中国纳入到全球化和世界主义的框架内展开讨论。这也是“西方文论中的中国”变得越来越重要的原因。因此，从“西方学者眼中的‘西方文论中的中国’”的角度来看，我们需要探讨“西方文论中的中国”之于西方学者的学术研究和知识生产的意义问题。首先，我们可以探讨，作为“异”的中国问题，是如何使西方文论家发现并确立“自我”具有极为重要的文化镜像的？西方文论家确立了哪些具有异质性的中国问题，又是如何确立“英语文论”“法语文论”“德语文论”及“俄语文论”的哪些自我特性的？比如说，为什么英美新批评所选择的核心概念（如 ambiguity，tension，irony 等）都具有破除西方思维过分追求单一性和澄明性的特点？诸如“朦胧七型”“精致的瓮”“肌理”“张力”“反讽”这类术语多少也与瑞恰兹、燕卜逊等人多年任教于中国高校，受到侧重于悟性的、形象的、直觉的、想象的、感性的“中国思维”的影响有些关系。之所以会形成古代中国社会形态和治理结构为“亚细亚生产方式”或“东方专制主义”的认知，也是与西方启蒙运动以来形成的“民主西方”或“西方式民主”这一自我认同密切相关的。而以“毛主义”为代表的“革命中国”为什么在法国左翼理论中拥有如此巨大的学术影响力和知识生产能力？这不能简单归结于从萨特、阿尔都塞到朗西埃、巴迪欧等人的误读和想象，而在于“作为法国左翼理论中的革命中国”是植根并同构于以“五月风暴”为标志的西方社会文化思潮的。对此问题的分析，我们不能简单将他们所理解的“毛主义”等同于我们中国的毛泽东思想。这也就可以解释，为什么在法国语境中，“原样派”能够一度左翼化，而一旦他们亲身来到中国，便改变了自己的看法。这正是“想象的中国问题”与“真实的中国问题”之间发生了冲突和矛盾。

另一方面，“异”也成为西方文论在追求普适性过程中不可或缺的重要方面。西方文论毫无疑问是植根于西方的本土文化土壤之中的，但在全球化、现代化和跨文化交往过程中，作为他者的异质性文化也成为其关注的对象，甚至发挥着越来越大的作用。为什么 20 世纪越来越多的西方学者会对中国文化、中国艺术、中国思想、中国革命以及中国的政治经济社会等现象感兴趣？原因非常复杂，这里既有西方文论为了寻求自身理论的普适性而做的用西方理论阐释中国经验的努力和尝试,也有为了解决和克服自身所面临的诸多难题而取道中国,寻求“他山之石”的意图,还有经过与中国文艺的接触而受到深深的感染,从而获得了文艺创作和理论创新的灵感等。我们经常说,西方文论是基于大陆理性主义和英美经验主义而发展起来的,重理性、逻辑,轻感性、体悟。但在20世纪西方文论中,有不少深受中国文化影响的西方文论家在理论思维上有着鲜明的注重感性、诗性和伦理的特征;20世纪后半个世纪的以阶级、种族、性别为对象的诸多文化理论思潮也是在全球化、跨文化交流,乃至文明的冲突的背景下展开的。最典型的例子是后殖民主义。萨义德的“东方主义”本来首先是作为在西方世界被边缘化的巴勒斯坦裔学者出于文化认同和学术批判的需要而推动的,认为东方学“是地域政治意识向美学、经济学、社会学、历史学和哲学文本的一种分配;它不仅是对基本的地域划分(世界由东方和西方两大不平等的部分组成),而且是对整个‘利益’体系的一种精心谋划”,因而具有鲜明的“反西方”的文化立场。但这一立场迅速被西方文论所接纳,将之汇入具有鲜明的“自反性”特征的后现代主义、解构主义的学术思潮之中,形成以“阶级”“种族”“性别”等为核心领域的文化理论思潮。这种学术思路甚至影响到了西方学者的研究。比如说中国学者往往会将詹明信的“第三世界民族寓言”的理论也作为后殖民主义思潮中的组成部分来看待。但詹明信与其他“正宗”后殖民主义理论家很不一样:他不是出生在亚非拉、成长在第一世界的少数族裔学者,因此他就不太可能具有其他后殖民主义学者在文化认同、文化批判以及政治立场等各方面的“独异性”。正是在这一点上,他的“第三世界民族寓言”的理论虽然具有极大的理论概括力,但有可能正好是后殖民主义要批判的“对东方的想象”。在这种学术思潮的推动下,作为“异”的中国问题,也更多地受到了西方文论家的关注,成为西方文论“反思现代性”的思想资源。

第二类是海外汉学家。他们的成分比较复杂,有的既是西方理论家,同时也是中国问题研究专家,如魏特夫和德里克。但更多的则只是对“汉学”或“中国研究”感兴趣的专家。他们中有一部分人参与了西方主流理论的建构(如卫礼贤、戴密微、程抱一和弗朗索瓦·于连),另一部分人则更多是与中国本土学者之间的交流与互动(如王德威、顾彬和浦安迪)。前者是直接为西方文论的知识生产提供学术服务,通过中国典籍的翻译和阐释,形成关于中国问题的基本看法,为西方文论所需要的中国问题提供相关的研究材料的支撑。后者主要是借鉴和套用西方理论理解和阐释中国对象,为中国文化的研究提供新视野和方法论。由此,海外汉学出现了两种不同的面向:一种是身处西方学术语境,需要获得西方主流学术的认可,因此自觉按照西方学术需要(或者逆向提出对西方学术的批评,以期补充或者颠覆既有学术范式);另一种则是积极面对中国,与中国本土学术形成互动。所有这一切,都受到自鸦片战争以来西方的坚船利炮打开中国闭关锁国的国门和20世纪80年代以来中国以积极主动的姿态推进改革开放政策这“一被动、一主动”的对外开放的影响。一方面推动大批中国学者出国留学访学,另一方面则积极引进海外中国研究学者“回到/进入”中国,形成积极的对话交流机制。深受西学影响的“海外汉学”或“中国研究”无论是在理论视野和研究方法上都给予中国本土学者以极大的新鲜感和吸引力,也刺激了更多的海外汉学学者将学术交流对话的方式从设法获得西方主流学界的认可到积极寻求中国本土学界的青睐上来。

第三类就是中国学者自身。“西方文论中的中国问题”不能简单等同于“发生在中国的中国问题”。“西方文论中的中国问题”还可以分为两种类型:一种是“真实的中国问题”,另一种是“想象的中国问题”。所谓“真实的中国问题”即未加变形的、直接呈现的中国问题;所谓“想象的中国问题”,即是西方文论家间接接触和思考的中国问题。从这两者来看,“想象的中国问题”构成了已有的“西方文论中的中国”的主体部分。作为中国学者来研究“西方文论中的中国”,一方面,我们要会区分“西方文论中的中国”中哪些是“真实的中国问题”,哪些是“想象的中国问题”,辨析“真实的中国问题”是如何被西方文论家进行“理论想象”和“西方化”的。这就必然会牵涉到“东学西渐”问题,也会涉及“异国情调”问题。前者是客观的描述,即“中学”是经过何种渠道,以何种面目,传播和影响到西方的,西方思想(文论)是如何选择性地接受“中学”中的某一方面,并予以理解和阐释的。后者则是一个中国被发现的过程,即西方学者出于何种目的、何种需要,或者要解决哪些自身的问题,又由于何种契机,接触到了汉学译介、器物的中国、想象的中国等,并赋予了“中国问题”以何种意义和价值?这就是为什么,中国学者会更多采取比较文学的影响接受研究中的“理论的旅行”“选择性接受”“误读变形”等,通过去伪存真,实现对“真实的中国问题”的还原。因为在这一研究过程中,中国学者拥有对识别判断“真实的中国问题”的学术自信。另一方面,“想象的中国问题”也有其独特的学术价值。

通过对"真实的中国问题"的还原,中国学者可以更好地展开对中国本土问题的研究,获得来自西方学术思想的启迪;通过对"想象的中国问题"的分析,中国学者也能够更好地获得对西方文论学术思维、理论倾向以及价值立场的深切把握。这就涉及另一个非常重要的问题,如何对待西方文论对中国问题的误读问题。对于西方后现代主义理论而言,"一切阅读皆误读"。通过强化误读的合理性,可以为西方了解其他文化进行辩护,但是中国学者也不能将所有的工作仅仅局限在对误读的识别上,并认为误读就是错读,这是毫无意义和价值的。我们要做的是进一步认识到:第一,误读有其必然性;第二,误读有其歪曲性;第三,误读也有其创造性;第四,误读也有善意和恶意之分;第五,也可以通过不断的交流理解,从而获得正确的阅读,形成共同的理解。但随着"东学西渐"和中西文化交流日益频繁,西方学者将会不断增加其直面"真实的中国问题"的比重。

"西方文论中的中国"的研究从最初由西方学者自发形成的在西方学术相对边缘和次要的研究议题到由中国学者主动参与建构的提升中国学术国际影响力的学术领域,体现了作为"世界的中国"(China of the world)在文论知识的建构中的独特价值。无论是"西方文论中的中国"还是"中国文论中的西方",其实都是"世界文论中的中国和西方"。"世界"是一个整体性的地理区域概念,任何"中""西"都只是"世界"中的特定区域,是"全球网络中的一个节点"。因此,"世界中的中西"同时包含着"世界中的中国""世界中的西方"和"世界中的中西关系"等多重含义。所谓"中西"之间的关系不只是"西方影响中国"(西学东渐)和"中国影响西方"(东学西传)那么简单。在"中西"之间,还存在众多"非中""非西"等其他区域作为中介因素存在。它们彼此之间的影响绝对不是"单一维度的",也不是"两点之间的",而是在"世界"范围内的多元网络的相互影响。这也是本人提出"影响的多元网络"命题的重要原因。

本书依成果主题相关性,编成五篇:

第一篇集中讨论"中西文论对话的方法论反思"。曾军的文章从"中国问题的西方化焦虑"这一问题入手,进而展开对西方文论与中国问题之间复杂关系的讨论。认为需要全面升级中西文论的"对话主义"研究方法:超越"刺激—反应"模式,采取"需要—选择"模式;超越单向的"影响—接受"模式,采取双向的"折返—出入"模式;超越"比较—对立"模式,采取"对话—共识"模式。基于对"视域错位"现象以及“不对等对话关系”的认识，通过“让被看者发声”（“作为被看者的‘开口说话’”）的方式，以“中国问题”为中西方文论共同讨论的平台，建立中西文论的对话机制。乔国强通过辨析西方文论中的“中国问题”，指出这个命名本身具有双重含义，提出一种“折中”或“兼顾”的研究方案。作者还提出了研究过程中的“平视”心态、跨学科视野和分类研究的策略等。围绕西方文论中的中国问题的研究，一种超越平行比较、影响研究、形象学以及比较诗学的新研究范式正在形成。由此可见，“西方文论中的中国”研究正在敞开全新的思想空间。面对西方文论对当代中国文论话语的深刻影响，当代中国文论话语建构出现了“思维惯性”和“路径依赖”的问题。苗田指出当代中国文论话语的主体性建基并不仅仅在于用“中国话语”言说“中国问题”的自我循环，而在于中国文论学者的个体生命感知、社会实践积累与文化传统浸润，因此，中西文论对话的主体性建基，还是要落脚到当代中国学人的主体意识之上。吴攸认为弗朗索瓦·于连对中西思想文化的比较为中国带来诸多启发：应将中国文化和中国问题置于全球化、语境化的世界文明谱系中去审视，既扎根中国传统思想文化的要义，又贯通人类共同成果的精髓，透过西方汉学家对中国问题的“异质性”体察与思考去发掘中国的“未思”，从而推动中国文论话语在新时代的重新定位。

第二篇聚焦“《矛盾论》与西方左翼思潮中的‘毛泽东美学’”。曾军认为毛泽东对 20 世纪中后期以来的西方左翼思潮产生了巨大而深远的影响。西方左翼学者在受到毛泽东思想影响的同时对其也存在诸多误读和浪漫想象。作为毛泽东文艺思想的“西方同行”，西方左翼思想家展开了对毛泽东的《矛盾论》《实践论》以及毛泽东时代的革命文艺等的吸收借鉴和创造性误读，形成了可以被命名为“毛泽东美学”的知识图景。西方“毛泽东美学”与中国“毛泽东文艺思想”的平行比较、影响研究以及对中国的折返影响研究，有助于恢复西方“毛泽东美学”对“毛泽东文艺思想”遮蔽的地方，从而突显被遮蔽的毛泽东文艺思想中“极为独特的声音”。马欣认为布莱希特对《矛盾论》的提炼和运用，是在熟读列宁辩证法并为之所用的基础上的崭新尝试，他在戏剧理论与实践中分别运用了列宁著作中未曾阐明的“主要矛盾”与“次要矛盾”在事物发展过程中的地位和作用，以及“主要矛盾”与“次要矛盾”在一定条件下可以相互转化的思想，从剧情分析到表现方式，他都提出了具体的美学要求。吴娱玉以德里克对《矛盾论》的阐释为线索，探究被西方话语建构的中国马克思主义呈现出怎样的面向：中国语境中的“马克思主义中国化”完全是指向实践的，这完全可以从《矛盾论》的问题意识、版本对照和文本佐证三个角度看出。而德里克的“马克思主义中国化”倾向理论维度，如此，德里克从《矛盾论》中生发出了“反现代性的现代性”、反历史目的论、反霸权等理论意义。可以看出，德里克在全球化、现代性视野下对《矛盾论》的重新解读取消了其政治实践诉求，转而变成一种后殖民的文化抵抗策略。蓝江研究了巴迪欧对《矛盾论》的看法，认为正是毛泽东的矛盾理论，让巴迪欧可以在今天重构马克思主义的唯物辩证法。在《矛盾论》中，毛泽东强调了矛盾的不平衡性，从而彻底摧毁了西方马克思主义中的唯心主义残余，而矛盾的不平衡性意味着现实是一种由多种矛盾制约的过程，这个过程实际上是无解的，为了超越这个矛盾过程，在巴迪欧看来，就必须抛弃合二而一的思维，将毛泽东的一分为二的辩证法作为思考现实社会和革命斗争的唯一理论武器，在一分为二的辩证法指引下，主体从众多矛盾中决定什么是主要矛盾，什么是次要矛盾，从而为走向一个史无前例的新未来社会开辟了一条道路。

第三篇关注“中国汉字与法国后结构主义”。曾军认为，德里达在他学术生涯的第一个重要时期所撰写的著作大量涉及对中国汉字问题的思考。对语音中心主义、逻各斯中心主义的“文字等级论”的批判是德里达必须开展自己并不懂的汉字研究的动因。德里达的策略是，通过西方汉学来思考作为哲学问题的汉字。通过解构“汉语偏见”，强调汉字属性的多重性，将“表意性”“表音性”置换为“表意价值”和“表音价值”，进而完成对语音中心主义的解构。此外，德里达还思考了“汉语图形形式的用途”问题，开辟了新的理论空间。姜宇辉认为德里达《论文字学》的“替补”概念并非进入汉字之思合适的概念工具，但其启示的“剧场”概念，在随后《书写与差异》《播撒》等书中进一步发挥为“书写剧场”，它所揭示的可见/不可见的折叠空间、数与形的时空游戏等特征，为重新理解汉字起源提供了有益的线索。以“书写剧场”为方法论意识，与汪迈德的汉字研究互相启示，可见汉字在发端处作为数字一计算系统，又兼理性思辨法则，即相关性逻辑，因而是一个开放而普遍的计算一思辨系统，此系统异于后世成熟的语言文字，相近于德里达的“书写剧场”。张颖发现，克里斯蒂娃在20世纪六七十年代对汉字的兴趣，源于她受到“革命中国”的感召产生的对“文化中国”的好奇。她对汉字的思考，并非出于“研其所是”的学术态度，而是一种“经由中国”的文化态度。后结构主义语境下具有先锋意味的“互文性”理论中的汉字因素主要表现在：克里斯蒂娃对汉字的自主性与构字的自由组合特征的思考，与“互文性”理论的推演相呼应；她用“现象文本”和“生成文本”的相互关系映射了索莱尔斯小说《数》文本实践中对汉字书写和数字的利用。周海天认为，语言的“主体性”是本维尼斯特构建“诠释系统”和“被诠释系统”二元等级论的哲学背景，而这一思想形态是以笛卡尔之“我思故我在”论断为源头的——本维尼斯特只是把“人类理性”的“主体性”转移到“语言”上。然而，无论是《周易》中的“言象意”传统，还是古希腊诗人或《圣经》意义传释方式都呈现出一个以意义先行，并把语言“工具化”的“颠倒的等级”。无论是经典传释过程还是本维尼斯特的等级秩序，其共性在于都要把语言内化于意义中。但是，本维尼斯特希望通过否定语言的工具性而直接达到意义层面实际上是把这一过程简单化了。因为在意义传递过程中，语言的中介性与意义具有差异，但又是内在于意义中的。

第四篇探讨“政治诗学对文化中国的重新发现”。马欣所说的本雅明“手工复制时代”的誊写美学，可视为其“机械复制”美学思想的重要补充。将他在《单向街》中关于誊写的美学阐释放在“手工复制时代”的框架下进行考察，围绕文字的复制与艺术作品的复制之间的差异，及文字的手工复制与文字的机械复制的分歧问题，勾连本雅明的《机械复制时代的艺术作品》《讲故事的人——尼古拉·列斯科夫作品随想录》《论波德莱尔的几个母题》《评安雅·门德尔松与格奥尔格·门德尔松〈笔迹中的人〉》，分别从誊写与阅读、誊写与讲故事、誊写与印刷三个角度进行细读与分析，揭示出誊写作为“文学文化”重要保证的笔迹学内涵，以及誊写美学在数字复制时代的启示意义。韩振江透过对齐泽克“蝴蝶意象”的分析，看到了齐泽克是如何通过“蝴蝶”这一幻象架构来想象古代中国，以及西方学者如何通过镜像他者关系来理解现代中国。理清齐泽克如何想象中国，也就为当代中国与西方的文化交流提供了一个反思视角。

第五篇分析“中国思想的西学转换”。张冰通过阐释俄罗斯形式主义的语言学诗学、维谢洛夫斯基历史诗学的历史比较语言学诗学和巴赫金超语言学的语言学诗学等理论思想，与俄罗斯汉学的中国民俗、年画、俗文学等中国民间文化研究诸问题，探讨俄罗斯汉学的民间文化研究中，以“语言学诗学”视野展示出的中国民间文化“异质”语境中的独特图景。庄桂成认为，俄国学者查瓦茨卡娅的《中国古代绘画美学问题》从历史、问题等方面阐述了中国古代绘画美学的分期和相关理论问题，尤其对中国古代绘画美学的关键词给予了特别关注。查瓦茨卡娅对中国古代绘画美学问题关键词的阐释，分别采用以西释中、以中释中和中西互释的视角。她对中国古代美学问题的阐释超越了“异国情调”和“东方主义”，体现为一种“多元共生”，这是西方文论阐释中国问题的一种理想状态。喻宛婷发现，鲁道夫·阿恩海姆的格式塔艺术心理学研究了以太极图为代表的众多中国图形，来阐释视知觉的形式动力和“异质同构”现象，并寻找中西艺术理论和美学思想的互通之处。他利用中国思想，尤其是道家学说，试图弥补西方思维的不足和短板。在其反思二元对立模式，弥补感知和思维、艺术和科学之裂缝的理论实践过程中，道家学说提供了灵感和思路。阿恩海姆既通过西方心理学视角观照中国艺术，也以中国为镜反观西方文化，弥补西方经验的不足，以建立具有普适性的科学美学理论，其“中国问题”路径对中国当下美学和艺术研究具有启示意义。

当代中国文论进入“新时代”，面临“百年未遇之变局”，也正在做出相应的学术战略的调整。如果说此前更多是被动式、引进式开放的话，那么随着中国综合国力的增强，尤其是当代中国文论学者在逐步熟悉和消化了西学新潮之后，正在学会甄别与遴选，并在此过程中不断增强文论建设的主体意识。因此，新时代当代中国文论的关键词有“当代中国文论话语体系建设”和“当代中国文论海外传播”等。希望这本书能够为推进当代中国文论的主动式、输出式开放作出一点儿贡献。

曾 军

2019年1月

第一篇

中西文论对话的方法论反思

中学西话的“对话主义”研究视野

曾　军

（上海大学文学院）

一、“西方理论，中国经验”？中西文论对话研究的问题意识

“西方理论，中国经验”？大凡初涉“20世纪西方文论中的中国问题”这一问题的学者很容易在头脑中有此印象，或者说是预设的“前见”。改革开放以来，西学新潮的大规模涌入带给当代中国文论大量新思想、新理论、新方法和新话语的同时，也引发了中国研究者的巨大焦虑：中国问题、中国经验、中国现象正日益被西方学术话语所阐释和图解。进而，如何克服西学新潮对当代中国文论话语的影响，获得当代中国文论的主体性，成为当前哲学社会科学学科体系、学术体系和话语体系的首要任务。因此，对这一问题展开讨论的逻辑起点正在于“中国问题的西方化焦虑”。这一前提也同时预设了下面一系列判断：(1)中国经验创造了举世瞩目的成就，却遭遇了西方理论“削足适履”“有色眼镜”式的图解甚至是歪曲；(2)中国经验是通过“摸着石头过河”的方式获得的，因而缺乏系统的自觉的理论话语完成中国经验的自我阐释；因此，(3)中国经验的阐释需要通过对西方理论的抵抗来完成中国理论话语的建构。不难发现，这一判断是建立在两组二元对立的思维模式的支配之下的：其一是“中国”与“西方”的二元，明确将“西方”置于“中国”之外的居于强势地位的、不怀好意的“他者”地位；其二是“理论”与“经验”的二元，忽视了形成“中国经验”背后的中国传统文化思想、中国化马克思主义的指导以及以实事求是为原则的对西方理论资源的借鉴和学习这一系列纷繁复杂的“理论图景”。

正是在这样的思维模式下，这些年来，围绕着当代中国文论话语的原创性、体系性和自主性的呼声和努力尽管很多，但误区明显：其一，存在狭隘的民族主义倾

向。片面强调摆脱西方、回归传统,认为只有中国传统文论才是"最中国"的学术话语。殊不知,中国古代文论的话语体系也是建立在中国古代的文学艺术审美经验基础之上的,简单照搬中国古代文论话语也同样无法完整解释身处现代化、全球化以及数字化语境的当代中国文艺现实。其二,存在某种程度的当代虚无主义倾向。简单否定改革开放以来引进西学的成绩,仅仅用"西化"来概括改革开放40年的学术发展。殊不知,在"中学西化"的同时,"西学中化"的进程也在同步进行,中国传统文论的现代转换进程也同样构成了当代中国文论的重要力量。其三,强调"理论之后",认为西方文论已经衰落,文化理论已成"过去时"。的确,20世纪西方文论的自身发展逻辑是一个不断自我否定的过程,每一种新学的诞生,都是以宣告一种旧学的死亡为标志的。"文化理论的黄金时代"虽然如伊格尔顿所说的已经"一去不复返",但这恰恰表明21世纪以来的西方文论正处在知识生产和学术转型的新的历史时期,只不过这一新的发展态势还不太明朗,尚未被我们所把握而已。"理论之后"即便成立,也并不意味着"理论"以及"理论之前"作为学术史和思想史资源的"过时"和"无用"。

因此,围绕"20世纪西方文论中的中国问题"的研究,正是从对"中国问题的西方化焦虑"这一问题意识入手,进而展开西方文论与中国问题之间的复杂关系——这里既包括批判西方文论对中国问题的曲解和误释,也包括剖析中国问题对西方文论知识生产的参照和启发;既包括反思中国学者将"被西方化了的中国问题"照搬为自己的问题意识的现象,还包括探索中国学者以中国问题为媒介所可能展开的与西方文论的对话与交流的路径。具体而言,我们需要追问的问题包括如下几个方面:

1. 中国问题之于20世纪西方文论的意义和价值如何评估?20世纪西方文论是西方反思现代性和审美现代性的一个重要组成部分,在很大程度上成为一种西方自己对现代文明进行自省和反思的力量。这一过程也融入了部分中国因素,甚或把中国问题视为"他山之石",成为他们解决西方自身问题的一个重要参考和理论资源。因此,我们要追问的问题是:20世纪西方文论究竟面临哪些亟待解决的问题,这些问题是如何构成他们思考的内在动力的?他们又是如何选择、发现、理解或想象中国问题,并在多大程度上使中国问题起到了"解决之道"的作用?这些西方化了的中国问题又在多大程度上参与了20世纪西方文论的知识建构?

2. 20 世纪西方文论中的中国问题之于当代中国文论话语建设有何意义和价值？改革开放以来，对当代中国文论话语建构产生最大影响的因素正是西学新潮的大规模引入。“西方文论影响下的当代中国文论话语转型问题”成为长期困扰中国文论研究者的理论难题。面对西学新潮的涌入，当代中国文论如何规避全球化风险和地方性陷阱的双重困境？如何处理 20 世纪西方文论自身的多元性及相对于中国而言的异质性问题？中国学者如何通过还原、质疑甚至批判 20 世纪西方文论对中国问题的误读和变形，参与对这些被西方文论阐释过的中国问题的还原、纠偏以及新意义的生成？并反过来深化自己对中国问题的理解和研究？中国思想如何才能真正地走出西方知识的框架？中国学者如何调动中国经验，提出文论中新的中国问题，并逆向影响西方文论的参与和关注？

3. 作为中国学者，我们在多大程度上能够获得在这种“感觉被看”的不对等对话中的文化自信和理论自觉？文化自信的重要表现之一就是“掌握讲述中国故事的话语权”，但是“如何讲述好中国故事”的命题不止于只准“中国人讲述好中国故事”，而且还包括“如何让外国人也讲述好中国故事”以及更为重要的“如何让外国人也能够充分理解并按照中国自身的逻辑来讲述中国故事”等多重复杂的层面。因此，我们要获得的学术自信不是那种夜郎自大式的自信，而是屹立于世界民族之林的自信，是需要在与西方学术思想共同探讨“中国故事的讲法”中获得的自信。

在笔者看来，文论研究的基本语境是“古今中西”。这里不仅有“古今”和“中西”的时间和空间的两维，而且还有“古中”“今中”“古西”“今西”的时空交织。而在这些复杂语境之中，“今中”始终是所有矛盾的汇聚点，也是思想学术最具生产性的场域。所谓“中西”问题，其实是“今中”与“古西”和“今西”的关系问题，而其中，“今中”与“今西”居于矛盾冲突的首要位置，并在一定程度上甚至影响到了“古今”关系（包括“古中”和“古西”与“今中”“今西”的关系问题）。因此，“20 世纪西方文论中的中国问题”所有问题的解决，都要求我们必须在“古今中西”中确立明确的“当代中国”（今中）的主体性并积极展开与“古中”“古西”和“今西”，尤其是与“今西”之间的对话。不仅如此，我们还要认识到“中国问题”本身就是“世界问题”中的重要组成部分，而且成为越来越重要的问题。因此，我们还必须超越“中西”二元对立，认识到正是在“作为世界问题的中国问题”面前，中国和西方不仅具有平等对话的权利，而且有可能具有先发优势、处于领先地位的能力。①

二、全面升级"对话主义"的研究方法

"20世纪西方文论中的中国问题"的研究对象和内容看似简单而单纯，即研究的是20世纪西方文论中文论家对与中国有关的文学艺术、学术思想、政治社会等问题的看法。但正如笔者在《20世纪西方文论知识的中国建构》中所分析的那样，所谓"西方文论"其实在很大程度上已经成为"中国文论知识谱系中关于20世纪西方文论的观念"。② 因此，一旦将"中国学者"这一主体引入研究，问题就变得复杂化了。也就是说，对这项研究的准确表述应该是"中国学者应该如何展开经由中国学者所参与建构的20世纪西方文论中相关文论思想家对其实已经被西方化了的中国问题的研究"。借用视觉文化研究中的关键概念"观看方式"或"凝视"理论来看，这就不是一个简单的"我"看"你"的关系了，而是"我看见你在看我，我该如何看待你对我的观看，以及如何评估你对我的观看？进而，如何反观我对自己的认识？"对这一问题的思考，使得我们不能再简单将"20世纪西方文论中的中国问题"视为一个与己无关的客观性的研究对象，而必须以"镜像"式的态度，在研究中不断强化"中国学者"的主体意识。

研究者主体意识强化的呼声其实已经成为中国学者的自觉，早在20世纪90年代，钱中文就明确提出"对话的文学理论"的看法，认为"20世纪中国各种获得成就的文学理论，大体是通过对话的方式获得发展"。在21世纪之初，钱中文更明确提出，"20世纪中外(主要指西方)文学理论在研究趋向上发生过两次方向相反的'错位'。错位的发生使得双方缺乏共同的基础而难以展开真正的交往与对话"，并提出，"交往与对话是双方的理论各自获得复苏与生存，进而走向理论创新的必由之路"。③ 这是借鉴巴赫金的"对话主义"思想，引入对当代中国文论话语转型问题的思考的重要成果。在此基础之上，本课题的研究拟全面升级中西文论的"对话主义"研究方法，并初步预设了如下的研究视角和研究方法：

---

① 曾军：《文论话语体系需要超越中西之别》，《社会科学报》2016年6月20日。

② 曾军：《20世纪西方文论知识的中国建构》，《南京社会科学》2016年5期，第107页。

③ 钱中文：《文学理论：走向交往与对话》，《中国社会科学》2001年1期，第152页。

1. 超越"刺激—反应"模式，采取"需要—选择"模式

这也可以解释中西文化交往中"西学东渐"和"东学西渐"过程中，我们制造出来的人为的幻象：以为在"西学东渐"中，西学扮演着"强势"角色，而忽略掉了改革开放以来，真正在"西学东渐"中发挥主体性作用的，恰恰是我们中国学者自己。同样的道理，"东学西渐"也不是中国的文学艺术和思想学术被译介到世界，就实现了文化走出去，就以为有了"文化自信"和"文化优越感"了，其实中国文化只是在西学需要解决自身问题而被选择的时候才会被接受。因而，我们需要从接受者的主体性角度(即接受者的需要及其选择)来确立研究方法论。

笔者在拙著《接受的复调——中国巴赫金接受史研究》中提出了一系列创新性概念，并成功地运用于对中国的巴赫金接受史研究。如主张建立一种多元的历史描述框架，命名为"接受的复调"，并预设出一整套接受史的研究方法："对话性基础：需要/可能"(并进一步区分"现实性需要""潜在性需要"和"虚假性需要")；"接受视野问题：知识背景/问题意识"(并区分出"中国问题意识"和"非中国问题意识")；"接受者问题：现实性接受者个体/想象性接受者群体"(并区分出现实性接受者个体的人际间接受和想象性接受者群体的文化际接受)以及"接受者间的对话交流"。① 这一研究方法论的确立实现了两个重要的理论转换：其一，在接受史研究中，从以"信息源"为中心，转移到以"接受者"为中心；其二，在接受活动的分析中，已开始突破"信息源—接受者"的单向图式，初步体现了"对话交往"的思想。

2. 超越单向的"影响—接受"模式，采取双向的"折返—出入"模式

在笔者完成的国家社科基金青年项目"巴赫金对当代西方文学理论的影响研究"课题中，笔者进一步提出影响研究的"多元网络"的概念②，认为影响研究要摒弃那种"点对点"的单向封闭和影响—接受模式，应该认识到接受者所受的某个思想家的影响是复杂的、多元的、局部而侧面的，是在接受者的知识视野、问题意识以及"学术时代"的整体语境所构成的"多元网络"之中展开的。单向的"影响—接受"

---

① 曾军：《接受的复调——中国巴赫金接受史研究》，桂林：广西师范大学出版社 2004 年版。

② "影响的多元网络"一语是受霍米·巴巴的启发，在一次接受中国学者的访谈中，他指出："影响不是一条思想的河流，却更像一种解决问题的活动，更像是对你自己的或者别人思想的一种调解和干预。所以说，影响更像是网络，而不是整体性的思想传统。"(生安锋：《后殖民性、全球化和文学的表述——霍米·巴巴访谈录》，《南方文坛》2002 年 6 期，第 35 页。)

意味着只是采取比较文学的“渊源学”“流传学”或“形象学”方法，描述中国问题是通过何种渠道，由中国主动性输出或被西方选择性接受，并被西方文论理解和阐释。这一模式有其意义，但仅限于还原和描述，还不足以解释本课题面对的“中国学者对20世纪西方文论中的中国问题的研究”时对“中国问题”的更为强烈的关注动力。因此，有必要将单向的“影响—接受”模式升级为“折返—出入”模式，在中西文论与中国问题的多重主体间性之间展开反复、交叉、折返式的探讨，同时深化中国学者对20世纪西方文论和中国问题的双重认识。

从方法论的角度讲，弗朗索瓦·于连的“迂回与进入”、保罗·德曼的“盲视与洞见”、布鲁姆的“影响的焦虑”和“创造性误读”、齐泽克的“斜视”(looking awry)等概念有助于我们推进“折返—出入”研究模式的创新。

所谓“折返”，原意为“调头回来，折身返转”，强调在研究中，不仅要面向20世纪西方文论发言，更要能够从对20世纪西方文论的研究中“折返”回来，反躬自省。在获得了对中国问题自身的重新评价之后，还能够再度“折返”，实现对20世纪西方文论的重估和反思。

所谓“出入”，是在弗朗索瓦·于连的“迂回与进入”的基础上修正而来。笔者认为，在中西文论比较、不同语境中的中国问题的理解和阐释中，应该倡导一种“出入”的姿态，即既能深入西方文论之肌理，又能跳出西方文论之藩篱，进而获得一种更具超越性的理论立场。

作为“折返—出入”模式的重要方法，笔者拟提出“双向提问”的研究方法，即对具体问题的研究采取针对不同主体的双向提问的方式：相对西方文论而言，我们的提问方式是中国问题之于西方文论的解决的意义和价值；相对于中国问题而言，我们的提问方式是西方文论之于我们理解中国问题的参照与局限。

3. 超越“比较—对立”模式，采取“对话—共识”模式

在跨文化比较中，一般会有三种研究立场：一种是“文化普适”的立场，强调文化的全球化和共通性，其背后隐藏着西方中心主义的立场。在中西文化比较中，则表现为“全盘西化”的态度。绝大多数中国学者都没有采用这种立场，而往往会采用另外两种立场和态度。其二是客观中立的立场，即将所比较的对象和问题作为与己无关的客体和对象，采取“零度比较”的方式。其三是“文化例外”的立场，即选择文化比较的某一方立场，坚持特殊性、反对普遍性，坚持差异性、反对共通性。鉴

于本项研究有着鲜明的“中国学者身份”和“中国问题意识”，完全采取“零度比较”方式是不现实的；但片面采取“文化例外”的立场也是有问题的，因为它只会进一步强化“中西”二元对立的思维，强化“文明的冲突”的程度，强化狭隘的民族主义立场。因此，笔者认为，应该改变现有的“比较－对立”模式，借鉴巴赫金的对话主义立场以及中国文化强调的“和而不同”的文化理想，推进“对话－共识”模式的形成，并希望能够将之发展成为第四种跨文化比较的立场和态度。

弗朗索瓦·于连仔细辨析了“普世”“划一”和“共同”三个概念，提出“唯有‘共同’才能最大程度地保护文化多样性”的看法①；美国著名的哲学家桑德尔最近在回应陈来等中国学者时也指出，“跨文化对话的范式有两种：即‘比较式对话’(comparative dialogue)与‘合作式对话’(collaborative dialogue)”，并认为“我们可以试试合作式的对话路径，也可称之为‘合作诠释学’(Collaborative Hermeneutics)”。“因为‘合作诠释学’的路径会让更多人参与进来，并看到不同思想传统中的不同文本的特征，它将在一定程度上扭转不同传统之间的对立局面……共同合作研究将比那种整体比较的方法走得更深、更远。”②近年来关于“共通体”的研究，更多是在后现代多元文化论的立场上发展出来的，我们将一方面充分吸收其“内在的多样性”和“求同存异”思维的合理性，另一方面也试图克服其可能导致的文化相对主义和文化虚无主义的不足。

三、“视域错位”和“不对等对话”：如何“让被看者发声”？

中西文论间的不对等对话是否可能以及如何可能？面对“20世纪西方文论中的中国问题”，作为研究者的中国身份也是不可或缺的。因为这些中国问题消解了“中国学者/西方知识”之间的二元区分。西方文论不再只是作为中国学者的客体研究对象而存在，这一过程中还存在着“视域错位”现象以及“不对等对话关系”。这是一种类似拉康所说的“我看见他者正在看我”(see the Other seeing myself)的“感觉被看”的体认，并由此建构起“中国学者/西方知识”之间的一种新型的对话性

① 参见赵鸣：《朱利安〈论普世、划一、共同，兼论文化之间的对话〉中三个基本概念的理解与翻译》，《东方翻译》2015年3期，第70页。

② 桑德尔、章含舟、万思艳、刘梁剑：《从“比较式对话”到“合作式对话”——对陈来等教授的回应与评论》，《华东师范大学学报(哲学社会科学版)》2016年3期，第173页。

关系：中国学者所研究的，不只是 20 世纪西方文论知识体系本身，而且还包括“20 世纪西方文论对中国问题进行了哪些选择、译介、理解和阐释”，以及这一过程中“20 世纪西方文论处理和应对作为他者的异域文化的态度、立场、策略和方法”。

在这些重要思想的启发下，笔者拟提出“视域错位”和“不对等对话”概念，通过“让被看者发声”（“作为被看者的‘开口说话’”）的方式，以“中国问题”为中西方文论共同讨论的平台，建立中西文论的对话机制，并以“中国问题”的理解和阐释上的文化优先性，修正现有的“不对等对话关系”，为中西文论的平等对话，形成文化共识做出自己的贡献。

所谓“视域错位”是指，中西文论以及不同理论思潮、不同专家学者由于各自的知识背景、问题意识、研究方法等的差异，导致在面对相同或相似的中国问题时，会出现研究视角和观念态度上的差异。“视域错位”所导致的结果，就是出现同一文化现象在不同文论语境中的扭曲与变形，可命名为“变形的镜像”。比如说，我们会惊讶于某些西方文论会将我们视为传统的、糟粕的、意欲革除的传统中国文化因素予以放大，并高扬其文化意义；而把那些曾给我们带来巨大创伤的灾难，视为一种带来巨大理论想象力的文化遗产和精神力量，并将之塑造成“乌托邦”。

所谓“不对等对话”是指，基于价值上的“不平等”和知识上的“不相同”而形成的对话中的不对等现象。“对话主义”是巴赫金倡导的跨文化对话立场，它强调的是“外位性”“对位”“众声喧哗”以及“未完成性”。“不对等对话”充分吸取了巴赫金对话主义的精神内涵，有意识地区分现实生活中事实上存在的人与人之间、不同的民族国家之间、第一世界和第三世界之间的对话的不平等关系和基于不同文化、知识背景、问题意识而出现的“不相同”现象。由此避免将一切“不同”也归于“不平等”的简单化作法。在文化的不平等对话中，强势文化通过“求同”而获得文化普遍性的自信；弱势文化则通过“求异”来获得文化自我更新的动力；不同文化间也可以展开基于文化多样性理念而展开的理解性阐释，即通过“求同存异”，在承认双方文化差异性的合理性前提下重建平等的文化对话交流关系。

所谓“作为被看者的‘开口说话’”是指，“看”只是一种关系的建立，“说”则是对这种关系的表达和呈现。因此，“被看者的‘开口说话’”，即是对“20 世纪西方文论的中国问题研究”的研究者的一种描述方式。我们要改变的是中西义论间的不对等关系，其中尤为重要的，是获得“知识上的共识共通”和“价值上的平等尊重”。作为被研究者、被观看者，中国学者需要实现的是与西方学者“对视”。这不是以前是“仰视”，现在要“俯视”，至少是“平视”那么简单。我们正改变的一种态度是，将“‘西方’误认为‘世界’”重新理解为“西方”只是“世界”之一，“中国”也在“世界”之中。即将过去视“西方对中国之观看”为“全知视角”的看法首先还原为“限知视角”。只有还原了其“限知”性，我们才有可能指出其“洞见和盲视”（Insight and Blindness）。从另一方面来看，在“被看者的凝视”中，被看者不是一张白纸，也不只是一个复印机，而是能够产生主观能动反应的主体，因此，在“被看者的凝视”中，首先呈现的，就是被看者的情动与姿势，或欣喜，或义愤；或拥抱，或拒绝。对于我们的研究而言，即是对研究前见的情动和姿势的把握。

四、“经由世界，研究中国”：重建当代中国文论的主体性

研究世界，最根本的目的其实还是研究中国；研究西方文论的意义和价值也不仅仅在于以“拿来主义”的态度完成译介和引入的工作，而且更在于通过消化和吸收，最终实现当代中国文论主体性的重建。因此，“经由世界，研究中国”是“20世纪西方文论中的中国问题”的意义之所在。我们的思路是，在西学东渐和东学西渐的中西文化交流的大背景下，考察西方文艺理论思潮中的重要学者对中国问题的关注和思考；以英、德、法、俄四大语种作为西方文论的主要研究对象，兼顾欧美各小语种国家文论思想和海外汉学中对中国文艺问题的研究，辨析其接受中国因素影响的渠道和来源，剖析其处理中国问题的“异国情调”“东方主义”和“多元共生”的不同范式[①]，探究这些中国接触、中国阅读和中国思考对其学术思想的影响，分析其是如何将“中国问题”进行美学转化并适用于西方文艺批评的；通过对西方文论对中国问题的理解和阐释研究，系统清理西方文论对中国问题的正读、误读、扭曲和盲区，呈现西方文论对中国问题理解和阐释的内在差异，积极展开与西方文论的反思性对话，探讨中国当代文论如何应对西方文论的影响，促进当代中国文论话语体系的建设。

---

① 该研究思路已在拙文《20世纪西方文论阐释中国问题的三种范式》（《学术研究》2016年10期，第1—9、177页）中有所展开。但在最新的研究中，我们拟将“多元共生”调整为“多源共生”（相关问题的讨论在《文本意义的“多源共生”》中展开，该文也发表在《社会科学战线》2017年10期上，第146—155、2页）。

这项研究最关键的问题意识是“西方理论中的中国问题”。不同于以往研究多集中在“西方文论对中国的影响或中国对西方文论的接受”和“西方文论的中国化、本土化”路径,我们更关心“中国作为对象和方法”究竟在20世纪西方文论中扮演了何种角色、发挥了何种作用?从已发现的材料来看,海德格尔、荣格、瑞恰兹、燕卜荪等众多学者都对中国文化格外青睐,都不同程度地、直接或间接地讨论过中国文学艺术和思想文化问题。他们有的长期在中国执教,有的则短期到中国访问,有的与海外汉学家有密切接触,有的则通过文献或影像展开对中国的想象。但在这一过程中,又因其资料来源的局限、对中国问题的隔膜,使得他们对中国理论的选择、强调与借鉴,对中国问题的解读与发言存在诸多偏误。因此,亟待对之进行清理和辨析。

这项研究将有助于推进对西方文论知识生产方式及其理论意义和价值的重估和反思。西方文论毫无疑问是植根于西方的本土文化土壤之中,但在全球化、现代化和跨文化交往过程中,作为他者的异质性文化也成为其关注的对象,甚至发挥着越来越大的作用。为什么20世纪越来越多的西方学者会对中国文化、中国艺术、中国思想、中国革命以及中国的政治经济社会等现象感兴趣?原因非常复杂,这里既有西方文论为了寻求自身理论的普适性而做的用西方理论阐释中国经验的努力和尝试,也有着为了解决和克服自身所面临的诸多难题而取道中国,寻求“他山之石”的意图,还有着经过与中国文艺的接触而受到深深的感染,从而获得了文艺创作和理论创新的灵感等。我们经常说,西方文论是基于大陆理性主义和英美经验主义而发展起来的,重理性、逻辑,轻感性、体悟。但20世纪西方文论中,有不少深受中国文化影响的西方文论家在理论思维上有着鲜明的注重感性、诗性和伦理的特征;20世纪后半个世纪的以阶级、种族、性别为对象的诸多文化理论思潮也是在全球化、跨文化交流,乃至文明的冲突的背景下展开的。因此,确立“中国问题”之于西方文论的他者位置,寻找到中国学者研究西方文论的“外位性”立场,也是本课题得以展开的关键所在。

作为中国学者,我们更关心如何以我为主体在反思西方的中国问题的同时,折返自身,进而思考自身问题的解决之道。中国有上下五千年的文明史,既有着百家争鸣、汉唐盛世的辉煌过去,也有着百年屈辱、救亡图存的悲惨遭遇,还有着民族自强、改革开放的艰难历程。作为一个当代中国学者,身处一个急剧变化的时代,有如此的中国问题亟待认识和解决,有如此丰富的中国题材可以选择和讲述,是非常幸运的。但是,我们当前却面临着“讲不好中国故事”和“讲不清中国道路”的尴尬。开展与西方文论关于中国问题研究的对话,在“赞成与反对”中,形成中国学者对于中国问题的看法,形成中国故事的讲法,对于当代中国文论话语体系的建构也是大有裨益的。对于中国问题而言,西方文论也具有“他山之石”的作用,借鉴西学方法,激活中国经验,也是不断丰富和深化中国问题研究的重要路径之一。

本项研究将有助于中国问题成为中西方文论研究的重要领域。中国问题不仅应该成为中国学者最有话语权的学术领域,更重要的是,成为中国文论走出去,开展中西文论交流,并逆向影响西方文论的重要途径。通过对 20 世纪西方文论中的中国问题的清理,我们发现,中国的革命与建设的理论与实践以及传统思想资源成为 20 世纪西方学者关注中国问题的焦点,经过美学转化的中国问题已经成为西方文论的组成部分。但是国内外的既有成果还缺乏以之作为对象进行独立完整研究的成果,既有研究多侧重于政治、经济、社会和思想文化的维度,没有专门从文艺思想、批评理论和创作实践的角度清理西方文论思想中的中国问题。从研究方法来看,从早先对于“异国情调”的殖民主义的猎奇眼光,到“中国作为方法”(经由中国)从外部反思欧洲的重要力量①,再到随着综合国力的不断提升,中国已经成为影响世界政治、经济、社会和文化发展的重要力量,“研究中国,就是研究世界”的态势也正在形成。近年来英澳文化研究者从“创意经济”角度展开的对当代中国文艺创作和发展的研究即是其中典型的代表。作为中国学者,更应该积极回应西方学者对中国问题的既有关注,在推进西方文论更多、更深入地将中国问题纳入研究领域的同时,也使当代中国文论自身获得更大的文论话语的影响力。

---

① 曾军:《20 世纪西方文论阐释中国问题的三种范式》,《学术研究》2016 年 10 期,第 1—9 页。

西方文论"中国问题"的研究方法

乔国强

(上海外国语大学英语学院)

西方文论中经常会涉及一些"中国问题"。而且随着中国地位的不断提升,这种"涉及"可能会越来越多。这就不得不促使我们研究者思考如下一些问题:出现在西方文论中的"中国问题"都是些什么样的问题;这些"问题"的性质该如何界定;西方学者在其文论中又是如何处理这些"中国问题"的。

一、作为"折中"或"兼顾"的研究目的与过程

当下,西方文论中的"中国问题"研究似乎面临着两难选择:作为一项文论课题,它的研究目的显然是指向文论的;而从课题的题目看,它的中心词却又是"中国问题",即研究重心应倾斜到"中国问题"上来。

应该说,这是两种不同的研究指向,前者是要把"中国问题"作为西方文论中的一个话题加以研究,其终极研究目的还是在西方文论上,只不过这个西方文论是嵌入或融合了"中国问题"的西方文论。也就是说,该项研究还是应该划分到文学(艺)理论之中。后一种研究思路则是把西方文论作为一种文献,即研究者通过研究这些文献来看那些西方学者是如何看待和架构"中国问题"的。这种偏于西方学者眼中的"中国问题"的研究理路,严格来说,应该不属于文学(艺)理论的范畴,更应该划分到文化、社会、政治或意识形态研究等其他与文学(艺)理论关联不大的学科中去。

显然,西方文论中的"中国问题"命名本身含有双重的含义——文论研究的含义和非文论研究的含义,这就给这项研究的定位带来了一定困难。在这两难的选择中,非此即彼的思路是行不通的,因为不管舍弃哪一方都可能违背研究者的初

衷。唯一可行的办法就是“折中”,即西方文论中的“中国问题”应该既是被作为一个问题,也是被作为一种方法来进行探讨。当然,所谓的“折中”也只是一个想两面都“兼顾”的说辞而已。其实,即便是“折中”或“兼顾”,作为一项文论研究的课题,其研究目的还是应该有所侧重:以文论性研究为主,以文献性研究为辅,这应该是该项研究的一个较为合理的学术定位。这就要求研究者在从事这项研究时,总体研究思路要按照文论研究的逻辑来构建,即在研究的起始阶段要预设一个适合于这种“折中”或“兼顾”目的的研究方法或推理形式,并且还要预设一个“折中”或“兼顾”研究的过程及预期的研究走向甚或结论。

这样说有些笼统,如果再细分的话,至少还应该从以下的四个方面入手:(一)首先筛选并分析哪些“中国问题”被西方学术界“文论化”了,并且要分析它们是在何种语境下如何被“文论化”的。这一点异常关键,从中我们可以看出他们的研究视野与舆论导向;(二)在研究过程中注重分析西方文论相关研究对象的理论基础、性质及其属性,即要对研究对象有个较为全面、立体的把握。唯有如此,我们才能够从西方文论的表层表述中解读出该文论潜在的实质和内涵;(三)通过分析这些“中国问题”来抽绎出哪些中国的事情被西方学者“问题化”了,并藉此分析和评价这些学者的立场和价值取向;(四)通过分析这些被“文论化”的“中国问题”透视出西方学者论述自己文论思想的理路,并在此基础上构建我们自己的认知或话语体系。

在此还必须强调的是,有些学者在谈及西方学者的著述时,经常会有意无意地表现出过分“谦恭”的态度,似乎西方学者所说的一切都是对的,特别是对那些“大人物”的著述表现得更是“温良恭俭让”,缺乏一种鞭辟入里的批判精神。这是不可取的。

二、作为文论与其他学科相结合的研究方法

如前文所言,这项课题的研究是界定于西方文论中的“中国问题”这一框架内的。这意味着谈论这个话题势必要牵涉两个方面——西方文论和“中国问题”。按理说,针对西方文论的研究,其性质就应该是“文论”的,而非意识形态或其他。然而,由于西方文论中的“中国问题”并不都是文论问题,其中还牵涉许多文化、社会、政治或意识形态等领域中的问题。这样一来,必将出现一个研究方

法的问题。

这当然不是说研究同一个话题却没有一个统一的研究方法,而是说在统一的“上位”研究方法之下,还应该有一些具体的“下位”研究方法。具体说,这个具有统摄作用的或统一的“上位”研究方法,应该是围绕着西方文论与“中国问题”这一话题而采用的历史的和客观的研究方法;而位于其项下的“下位”研究方法,则应该是一些结合具体问题和研究目的而采用的更具有针对性的研究方法。譬如说,美国的埃兹拉·庞德对中国的诗歌、儒学等都十分感兴趣,无论是在其诗作还是文论中,都程度不同地有所涉及。所以,我们在对他的文论中的“中国问题”进行讨论时,就需要采用“上位”和“下位”相结合的方法。所谓的“上位”,就是我们需要从历史的纬度去客观地查看庞德接触“中国问题”的顺序,即他是因为喜欢中国诗歌而涉猎中国儒学,还是因喜欢中国儒学而涉猎中国诗歌,或者两者是发生于“同时”。这个先后顺序的不同或“同时性”决定了我们需要采用不同的切入点或方法。自然,事情也许并非如此简单到按照先后顺序或“同时性”就能决定庞德受中国诗歌和儒学影响之间的关系。在这种情况下,就需要启用“下位”的研究方法,即对庞德所处的时代、所接受的教育和知识背景、诗学思想的理论基础、个人的生活阅历和创作历程等诸种因素,如何促成他对“中国问题”感兴趣的前因后果进行拆解。只有对庞德做出以上两方面的分析,我们才能进行真正意义上的客观分析和判断。

需要指出的是,针对西方文论中的“中国问题”而采用的作为文论与作为文化、社会、政治或意识形态相结合的研究方法,最终指向的还应该是文论。这是由我们的研究目的所决定的。

此外,在采用这种文论与其他学科相结合的研究方法时,还需要注意进行论证的识别和建构。所谓论证的识别在这里主要指的是“运用真实的或者至少是可以接受的理由,去论证某个论断的真实性或虚假性的思维过程及其语言表述形式”①。这个识别的工作可以在论题、论点、论据、论证方式以及隐含的前提或假设上下功夫。② 我们可以以论题为例。就这项研究而言,论题可以分为两个方面:一是识别我们自己的研究论题;二是识别研究对象在他们的文论中所提出的论题。

---

① 陈波:《逻辑学十五讲》,北京:北京大学出版社2008年版,第318页。

② 参见同上。

比如说，虽说苏珊·桑塔格(Susan Sontag，1933—2004)的小说创作与她的诗学主张在很大程度上是相互渗透或相互影响的；然而，我们对西方文论中的“中国问题”研究却不能用她的小说创作来作为研究的主要对象，而只能把她的小说创作作为参考资料来使用。原因不言而喻。即便退一步说，假如我们确定研究桑塔格的小说是一个合理的论题，那么，我们则需要分析研究桑塔格在自己的创作中，如在其小说《中国旅行计划》(*Project for a Trip to China*)中，对中国的认知起点在哪里；或她谈及“中国问题”时，其论题是什么，其主要论点和支撑这些论点的论据又是什么等。只有沿着这样一个推理和论证路径，我们的论题才具有合理性，才能以理服人。总之，确立具有一定可信度的论题是我们展开论述的基本条件。

所谓建构指的是，通过开展讨论西方文论中的“中国问题”，来揭示嵌入或融入了“中国问题”的西方文论的事实真相，并在此基础上建构意义。意义构建的方法有多种，比如说，我们可以通过评估的方式，来发掘那些嵌入或融入了“中国问题”的西方文论中的价值取向或与所论“中国问题”发生冲突的价值取向。这种构建也是具有双重性的，即一方面我们可以从所揭示的事实真相中看出西方文论作者试图在构建什么；另一方面，我们也可以通过揭示事实真相这一方法，来构建我们对这类文论的认知方法、思想观点和话语体系。

三、分类与文类研究

对问题进行分类是科学研究中经常采用的一种方法。通常，它指的是按照种类、等级或性质进行分别归类；其方便之处是可以让研究者把无规律的事物分为有规律的，并从中看出各类事物间的关系。

这种分类可以有多种或多个层面：(一)按照地域分类：可以将西方文论中的“中国问题”分为欧洲的、北美的、亚太的等；(二)按照时间分类：可以分为20世纪初期、20世纪中期或20世纪晚期等；(三)按照文类分类：可以分为诗歌、小说、戏剧、散文、文论等；(四)按照问题分类：可以分为社会的、文化的、政治的、伦理的、历史的、心理的、哲学的、古典的、现代的、出版的，以及由于文化差异而导致的误解等问题。当然，这也还只是个大概的分类。每个大的类别下面还可以继续细分为许多小的类别。通过这些分类，我们不仅可以看出西方学者对“中国问题”的大致兴趣点，而且还可以看出西方学者关注“中国问题”的演化过程，及其在共时和历时两个不同维度上的相互关联关系与互动关系等。通过这样的分类工作,我们就可以在分析其各种关系之中,析出其带有规律性的问题和西方学者将其"文论化"的方法、方式等。

除上述之外,分类的作用还在于可以构建一些类比的对象。我们可以通过这些类比的对象,推演出两个(或多个)或两类(多类)事物在一系列属性上的相似性,并藉此推演出另外一些类比对象是否也有此属性等。这样做的一个方便之处是,我们可以归纳总结出一些带有规律性的东西,既可以为我们做定性分析作参考,也可以举一反三地用于分析同类事物。不过,这样做也会带来一些问题,即由于作为人文学科研究对象的文论不像其他自然学科研究对象那样具有明确的数据或界限,这样的类比更多地属于一种或然性推理,因此在构建类比对象时,有可能会在推演过程中出现问题。比如,同样是讨论"中国问题",I. A. 瑞恰兹(Ivor Armstrong Richards, 1893—1979)、埃兹拉·庞德(Ezra Pound, 1885—1972)和威廉·燕卜荪(William Empson,1906—1984)这三位同时代的英国学者的关注点就各有不同。瑞恰兹对《孟子论心》中的社会秩序感兴趣,认为通过语言、礼仪、音乐等就可以规范社会秩序;庞德对中国文字感兴趣,认为中国文字是表意文字,体现了文字与自然之物之间的关系;燕卜荪则对中国古典诗词中词语的歧义感兴趣,并因此而提出了《朦胧的七种类型》(*Seven Types of Ambiguity*, 1930),而且他曾两度来中国任教,对中国文化、文学、语言等应该有着更直接的体悟。从总体上看,他们三人有许多相似之处,可以进行类比;然而,由于在这些相似之处中还存在一些细微的差异,如果不细心观察和分析,将会导致我们在通过类比得出结论时出现些许偏差。

需要承认,西方文论与"中国问题"有些是不属于同一种"文类",如庞德谈论的"中国问题"基本上局限在诗歌范围内;瑞恰兹谈论的"中国问题"则部分地超出了文论的范围。还有些西方学者,如弗雷德里克·詹明信(Fredric Jameson, 1934—　)和苏珊·桑塔格的部分文论著作,在讨论西方文论中提及的"中国问题"在很大程度上与文论没有直接的关系。随之而来的问题是,这些与文论不相干或关联不大的"中国问题"为何能进入到西方文论中?它们以何种面貌和方式进入西方文论?它们进入后是否发生了变化或变异?在此基础上再进而追问,"中国问题"进入西方文论之后,西方文论的构成因子、构建方式、所使用的术语及其内涵等是否发生了变化?都发生了哪些变化?所有这些变化对西方文论的整体、西方学者的认知和表述等都产生了哪些影响？

总之，所谓的文类研究在这里不仅仅局限于一般意义上的文学内部的文类研究，它还指向以下两个方面关系的研究：西方文论与除文学以外的“社会文本”中的“中国问题”、西方文论与不同于西方思维方式和表达方式的中国文论。我们通过考察和比较这两种不同文类的研究，来分析“中国问题”在西方文论中的特征及相互影响与演变的过程。

中西文论交流与对话的主体性建基

苗　田

(上海大学文学院)

一

改革开放以后,中国文论界的日常不再忙于检举、批判与检讨,而是转为读书、教学、翻译、研究,介绍西方的,解释传统的……一切都似乎回归常轨。尽管照例会有种种的热或冷,主张或争议,但并没有超出知识常规的话题出现。直到1996年,曹顺庆猝然地向文坛扔下了一个重重的警诫:"当今文艺理论研究最严峻的问题是什么?我的回答是文论失语症!"①

当然指出这个问题的并不始于曹文。早在此前两年,陶水平就提出了"失语症"与"话语权"的问题。② 次年陶东风对文论研究状况也有一番同样的总结:"九十年代中国的文艺理论界已越来越清醒地意识到:自近代以来,中国文学界以至于整个社会科学界、人文科学界几乎没有创造出一个属于自己的、当代形态的概念术语,更不用说理论范型与逻辑框架。我们一直是在通过他者(主要是西方)话语来言说自身,言说我们自己的文学艺术。我们因此而陷入了严重的自我表征危机之中。"③但这些思考都没像曹文那样表现出一种决绝的姿态。如果此前的种种思考与争议还只指向知识,而曹氏在这里则是对所有思考的连根拔起,其震撼效应自是非比寻常。虽然其自己也说如此命名只是权宜之计,也的确有人指出"失语症"提

① 曹顺庆:《文论失语症与文化病态》,《文艺争鸣》1996年第2期,第50页。

② 陶水平:《"失语症"与"话语权"的悖论:对近年来文艺理论界"命名"现象的思考》,《文论报》1994.6。

③ 陶东风:《中国文艺理论的本土化:困境与悖论》,《社会科学战线》1995年第5期,第13—14页。

法存在的语义问题[1]，但这种较为极端的症候命名策略作为当头棒喝无疑是十分成功的。这篇近乎檄文的宣告甫一刊出即引起了热烈的讨论，并且20年来一直热度不减，稳居引用数据的前列，可证“喝”效显著。这说明它不但击中了历史的关要处，而且这个“症”还可以算得上痼疾了。或者说，它持续成为话题正成了文论失语问题的确存在的令人沮丧的佐证，即这一“喝”一直在路上，文学研究并没有因为受了这一喝而幡然改辙。

反思新时期文艺学的研究历程，情况也可说确如所言。20世纪80年代国门再开的结果，就是西方知识飞流直下似的喷涌而入。一时之间举凡哲学、经济、政治、法律、社会、教育等，更不用说美学和文学，文科学界几乎无一不是在将学习、领会西方思想，认识、熟悉西方思想家作为最重要的从业治学乃至经世之道。翻译与复述成为研究的全部，学问高低只在于对西方理论家的资料熟悉与著作理解的程度。在经过了视西方如洪水猛兽的长期封闭之后，中国知识界似乎瞬间实现了与西方思想的空前同步，文艺学成了西方文论的同义语。非但知识上，问题上亦复如此。“意境”要使用“主客关系”模式去理解和解释，意境概念的解释先是比附于典型，再则使用主客关系模式。文学批评则成了自然主义、浪漫主义、现代主义、后现代主义、象征主义、结构主义、女权主义等各种主义的跑马场。陶东风断之曰“不伦不类”[2]。三十多年来我们一直在追随西方世界的主题变换而“前进”着。西方文论界的问题就是中国的问题，思想的热点就是中国理论的热点，所关注的理论家即是中国所关注的（比如巴赫金就是被美国人重视了之后才能在我国成为需要大力研究的对象）。他们现代我们就现代，他们解构我们就解构，直至最后他们的视角也成了我们的视角。西方不仅成了我们的知识之源，而且也改造了我们的思维范式。他们说人道主义我们便人道主义，他们说逻各斯中心主义我们也逻各斯中心主义，虽不至言必称希腊，但柏拉图之恋似乎远比仁者爱人更得宠爱，“我思故我在”也比“吾日三省吾身”更禅于口头。更为奇妙的是，当西方思想界的跟头翻一段落，呈现出一种历史的车轮所必然出现的消歇时，我们的理论界也同样地开始变得沉闷了。如果初时的汲汲之求、饕餮之取还是一种资源意义上的需要，后来却在这

---

① 张卫东：《回到语境——关于文论“失语症”》，《文艺评论》1997年第6期，第23—27页。

② 陶东风：《中国文艺理论的本土化：困境与悖论》，《社会科学战线》1995年第5期，第14页。

种需要中润物无声地养成了知识与思想上的他者依赖,致使这些被借鉴、被需要的客人最后登堂入室,坐上了主人的位置。

1987年似乎是“危机”意识的觉醒年。这一年开端《文艺报》即刊文批评文学理论界存在的“崇拜新教条、洋教条,批评理论与批评实践的脱节”的问题。[①] 随即骆宾基发文直接使用了“危机”概念。[②] 此后一直到现在,使用“危机”“困境”“失语”等几个关键词讨论文论现状的文章每年都未缺席过,且不是三篇两篇,争论也常常变得激切,可见问题的显明与严重,更可见问题的关键。这种忧虑或不满表现在两个方面:首先是理论自身的危机,表现为理论的碎片化、去文学化。这里不是指席勒以来所讨论的那种存在的碎片化,而是指知识转移过程中由于主题的空乏所导致的散乱无序,无所指向。人们批评理论话语的散乱无序,不成体系,以及与文学创作的严重脱节,日益自我封闭成了无文学的文学理论。理论是系统化表述的思想话语,一种追新逐异的知识译介当然无法保证知识的历史与系统性,“长期困扰理论界的当代文论的体系建构等问题始终得不到令人满意的解决”[③]。其次是理论的本土化危机。表面看来这两个问题似乎不相干,然而无论散乱抑或封闭,都与理论与话语的他者化取向相关,二者很大程度上其实是二而一的。几十年的中国文论研究几乎成了一场没有悬念的运动会,我们不是领跑者也非并跑者,而是气喘吁吁的追跑者:从结构主义到叙事学,从审美主义到文化批评,从精神分析到存在主义,从形而上学到娱乐至死……林林总总,蔚为大观,所谓的大,其实不过是一种领跑与追跑的热闹。

这种已经本土化了的西方视角似乎已经变得不假思索,理所当然。本土知识要么被严重边缘化,要么被改造成西方文论的注脚,言说成了中国土地上的西游记,持着西方的思想,谈着西方的作品,操着西方的话语。这种亦步亦趋的追随常常让人感觉像是在中国土地上种植了西方的庄稼,不是他们的水土不服,而是我们的不得其收成。一番劳碌之后,收割的却是“失语”“危机”——中国与西方历史的非同步性、发展的不平衡所形成的话语错位。在我们刚刚走出疯狂年代,开始培育理性的头脑,恢复被破坏殆尽的传统土壤,致力于民族身份与人文精神的重塑时,

---

① 李倩:《对文学理论批评现状的几点诘难》,《文艺报》1987年1月3日。

② 骆宾基:《文艺理论的危机:也谈“方法论”》,《北方文学》1987年第2期,第64页。

③ 陈定家:《文艺理论研究综述》,《中国文学年鉴》,北京:作家出版社2002年版,第301页。

部分学者的话语却是去传统、去中心、去本体、去理性主义。当西方遭受现代化的副作用，痛恨现代性所挟来的种种弊病，我们便也开始满中国地标贴“后现代症候”，并且还在老子、庄子、孔子直到近现代人身上到处都发现了后现代主义这个在西方上个世纪后半期充分工业化之后才出现的东西。如果说曾经有一段时期我们的文学史被简化成现实主义和浪漫主义如DNA螺旋一样的“二人转”，八九十年代的先锋批评家们所发明的这些后现代症候似乎也同样没有虑及中国刚刚走出温饱无着的生存状况，土地里仍然伛偻着距离刀耕火种并不遥远的八亿农民，城市里奔走着无所适从的下岗工人，即使那些行色匆匆地忙碌于大学校园的教授们，年收入也还不过万八千人民币。西方思想在中国不仅仅是知识，而且被建构成为了中国土地上的思潮，在没经历过工业革命的这片土地上衍生出西方社会整个资本主义的思潮史。标签式的发现总不是困难的，于是从知识到视角，从问题到范式，从概念到言说，西方话语几乎实现了对中国文艺理论的全覆盖。

当然，种种罗列并不是要暗示学界的流荡黯昧。西方文论研究的贡献是毋庸置疑的，无论在文论的理论性、科学性，还是话语的思想性、现代性方面，都可谓劳苦功高。经过了人道主义、审美主义、形式主义、现代主义与后现代主义以及文化研究与社会批评等的讨论，西方文论的引入对中国思想与话语的更新起到了关键性的推动作用。独阴不生，孤阳不长。没有西方文论的大规模输入，就没有中国文论话语今天的繁荣。但作为对话的主体与作为言说的主体是不同的。长期西方化的结果导致了理论目光不是面向本土现实，而是不断去寻找尚未发现的他者。“时而研究橘树和桑树，时而研究松树和桦树”，各领风骚没几天。西方不但成为理论界的本土，决策的依据，甚至漫入社会生活，成了日常。挤车抢座、乱穿马路、随地吐痰原本就不是文明习惯，但我们常常见到的批评是中国人如何、在外国如何、如果让外国人看到了如何如何之类；节日礼俗本属地方文化，是一个民族的文化肌体，却被视作陈规陋习、封建迷信而被扫地出门。甚至有人写文章提议要中国放弃对龙的崇拜，对红色的使用，理由竟是龙和红色在西方人的认识里都是凶暴野蛮的象征；连部门的收费涨价也拿外国的做法或价格作为理由——这里的纷然杂陈当然不是在展示一种保守主义的排外立场，而是想说，目光外向的后果难免造成了本土问题的盲视，本土资源的闲置，本土话语的空心化。反认他乡做故乡，这种解决问题的方式几乎已经内化成为一种本能，认识活动中的下意识。它必然又反过来强化思维范式的西方化,使中国文学变成了西方话语的充实材料,于是“危机”论的出现便也顺理成章了。

二

同样,说文论研究一味沉迷于引介而缺乏自省也是不公平的,危机与失语的话题本身就是由文论界内部提出的。作为因应,人们也给出了多种破解之道,这些思考首先要求理论回归文学自身、回归中国。回归文学包含了将文学作为理论客体与面向文学创作实践的理论言说两个方面。前者似乎是不证自明的,不应该成为问题,但在以哲学美学为传统的西方话语浸灌下,理论往往奠基于启蒙主义、现代性与后现代性之类的哲学问题,文学问题被置于哲学和美学问题之下,成为附属的、次生的。我们在追随过程中也就不免为这些问题所拘牵,辗转于哲学话语的解读以致遗忘了本体,正所谓“这些文学理论研究者在研究一切,就是不研究文学理论。或者,这些人在读各种各样的书,就是不读文学理论方面的书”[①]。特别是文化研究兴起以后,文学更加成为文化乃至社会学、人类学的附庸,文学价值成为最不重要、最末的判断。“文学理论陷入危机已是不争的事实。摆脱危机的办法有二:一是密切文学理论与当下创作实际的联系;二是静下心来,反思百年来文学理论走过的路。”[②]尤西林一样认同文论危机源生于理论与经验脱节的判断,但主张以批评为中介重建二者的关联:“文学理论危机主要并非理论自身的概念或逻辑问题,理论范畴的中西古今之争毋宁说根源于一个更深层的结构性危机,即文学理论与其研究对象及基础的文学经验的脱离”,“在很大程度上可以说,当代文学理论的出路是走向或融合文学批评”。[③]

回归本土,构建自己的文学理论的讨论,大体可以分为四个方向,即将散乱的思想系统化理论化、古代文论现代化、上文所陈的文学本体化以及方法跨界化。

在宣布失语症的同时也就意味着要解除对异域话语的依赖,然而脱离依赖并不等于获得自立,更不等于进入现代化。“我们能否贡献出具有世界影响的文论家

---

① 高建平:《文学理论有明天吗?》,《中华读书报》2004 年 2 月 11 日。

② 童庆炳:《当前文学理论发展新趋势——以罗钢十年来的〈人间词话〉学案研究为例》,《探索与争鸣》2011 年第 9 期,第 59 页。

③ 尤西林:《以文学批评为枢纽的文学理论建构》,《文艺理论研究》2015 年第 3 期,第 69、70、73 页。

和具有世界影响的文学理论？这将取决于我们是否能够摆脱代洋人立言的失语症状。"[①]这里思路的跳跃是显然的。简单的摆脱也许是容易的，"两耳不闻窗外事"就是了。若将摆脱视为一种新的开始而非目的，则所谓"摆脱"不过是提出了一种可能性。摆脱之后自然只能回归中国本土才有希望重新"得语"。然而问题是，中国是在西方现代化之潮的强势裹挟下被迫走向现代化之路的。中国近代开始的现代化进程中充满了传统与西方的碰撞，现代中国就是在这种碰撞中，并在西方话语的主导之下塑成的，早已与西方难分难解，对传统表现出明显的异质性。现代文论并非是简单地移用西方理论或使用西方话语的结果，而是与现代文学、现代中国的历史进程一体，失语的现象正是于近代开启的师夷之路的成果。如果真的要与西方进行彻底的切割，则可以说是等于将那个自近代以来被西方文化所塑造的中国切除出去。所谓回归中国，重建中国话语，是不是要越过这个阶段而复归传统？如此则回归实则变成了复古。那么，如何面对一百多年来的理论遗产？"潜沉于中国五千年生生不息的文化内蕴，复兴中华民族精神，在坚实的民族文化地基上，吸纳古今中外人类文明的成果，融汇中西，自铸伟辞。"[②]话自然可以这么说，但既然提出吸纳"古今中外"的成果，是否意味着既存的现代文论只有西方成果？这里必然走向一种历史的悖论。自近代开始的文学学科的建构，不正是在借鉴西方知识的基础上对古代传统所进行的现代化转换吗？而在一百年后的今天，我们却判定这种改造导致了本土话语的沉沦，走上的是一条错误的道路。那么，重回古代传统，是否意味着我们要完全舍弃近代以来几代学人的孜孜之求而另辟新径？用什么可以保证超越既在的现代文论返回古典就足以正本清源，获得自我呢？

如果说古代资源的转换就是吸收其精神含蕴，具体说即古人的生命意识状况，则其在今天从来没有成为过问题，失语症也并非这种隔绝所造成，否则我们走出困境或摆脱失语的目标就成了单纯的复古。如果引入西方文论造成的只是言说古典的困境，这显然不能被视作当代文论的总体困境。而如果将古典的重新阐释视为拯救当下理论走出困境的途径，那么我们将用什么样的语言来阐释呢？今天使用的文论语言恰是在被判为西化并被视为"失语"病根的历史进程中所养成的，其中

---

① 曹顺庆、李思屈：《重建中国文论话语的基本路径及其方法》，《文艺研究》1996年第2期，第12页。

② 同上。

充满了西方化的质素,如要返回古典,是否也要连现代语一并摆脱掉?即使我们可以重新返古,今天文学的对象、主题、形态等都远非古代文论所能统摄。文物可以供今人观赏,给今人以启发,但却不能说它会成为今天的东西,我们观察文物的眼睛是无法“古代”的。严格说来,古代的永远地属于了古代,古代文论生成于古代的语境,这个语境并不属于现代人。或者换句话说,其实根本不存在存在意义上的古代,孔子之外都不可能再“孔子”,任何对孔子的理解都是当下的,而非孔子的。

因此,问题的关键并不在于理论或话语的东西古今与否,而在于处理对象的能力。中国作为一个名词本身是无所谓的,其意义与价值来自于作为一个国家的实体指向,因而其变化也就取决于实体的变化。中国文论的现状固然值得警醒,但这并不是话语问题,也不是西方思想本身有问题,问题在于文论的叙述者自身。语言是对存在世界的表述,所谓“失语症”既不是面向西方也不是面向传统的失语,其实质是对当下中国的表述失效。从本体意义上说,文学就是文学,并不存在中国的文学或西方的文学,如果一定要恢复经史子集的知识划分,则无妨进一步倒退直至混沌太一的世界。破除这种无穷倒退的只能是时间,而时间即存在,尽管只存在一个文学,但存在的质料样态却都是各具面目,彼此相别的。文学理论诞生于文学现实,其对象只能是文学现实。西方理论创生不竭的动力之源,也正在于其现实性的品格。当我们在追逐中因西方人所宣布的文学消亡、美学沉沦理论已死而感到悲痛时,西方却已经开始了美学的复兴、文论的转向。如此让我们瞠乎其后的根本原因,在于其理论孕生于现实关注。文学是现实言说的构成部分,不进行这样的定位,则无论什么方法,怎样的本体化,都未免陷入浮游境地,不断在反思中被命名为“失语”。其所失者,其实是现实关注,而非表述形式。这个现实并非只有文学,而是中国的一切。如果文学是果实,自然不能不同时也关心果树。因此,拯救中国的文学理论,不应该到话语或思想资源里寻病源,更不必回到历史中去开药方,而是应该重建中国理论与中国现实间的亲密关系。

这种认识早在“失语症”提出之始即有表述:“如果真有心治疗今日的文论失语症,首先必须回到我们所处的语境,明白我们面临的问题。只有在问题之中,我们才能明了自身的处境,产生言说的冲动,才能有真正的言说者出现。”[①]文论要面向中国问题才可

---

① 张卫东:《回到语境——关于文论“失语症”》,《文艺评论》1997年第6期,第26页。

能脱离困境并非一家之言，而是得到许多共识的。然而时间过去了20年，问题依然是问题，现实却仍然没有进入文论，“失语”依旧。不宁唯此，曹顺庆所力倡的回到传统，转换古典，20年后也仍还难说取得了突破性的成绩，古代文论同样也并未如愿地实现向现代的华丽转身，也未与现代文论融为一体，而西方话语也没有被它所排除。

那么，阻障何在？

20世纪90年代，政府将工作重心转移到经济建设上来，市场进一步开放，经济、科技发展迅猛，资本的潜能很快被释放出来，社会开始发生巨大的变化。消费主义现身，古典精神遭遇到前所未有的严峻挑战，文论研究在独语的悬浮与失语的迷困中又迎来了被快速边缘化的命运。在这一双重压力下，西方的文化研究被引入中国以应对消费主义横行的局面，并立即成为文学研究的新生力量，一时之间无处不文化。从文论的他者化、封闭性来说，这自然是一个摆脱他者依赖、重新进入社会现实的机会。理论是指向现实的，没有现实的关怀就难以产生理论的创造。文化研究的输入，不仅给日益变成能指化知识的文论研究带来了重获生机的机会，也带来了理论创造的新希望。然而，事实却与逻辑或想象出入很大。正如存在主义、精神分析、结构主义、解构主义、现代主义、后现代主义等眼花缭乱的走马灯剧场一样，文化批评仅仅使这个理论的旋转舞台增添了一个章节，并未成为现实批判的利器。拥有现实品格的思想仍然退化为知识，这不能不说是个遗憾。“90年代中国文化批判的另一个显著误区是不顾中国社会文化的特殊语境，机械套用西方的文化批判理论与批判话语，尤其是法兰克福学派的大众文化批判理论，以及后现代、后殖民、第三世界批评理论……没能充分考虑中西方社会文化的差异，因而也就极大地忽视了在当代西方历史语境中产生的文化批判理论（包括法兰克福学派批判理论）在学理范型、问题意识、价值取向等方面与中国现实的错位与脱节。”①

三

理论缺乏真正的问题对象，也就很难出现真正的思想对话，或者说，彼此间的种种批评或论争或有空论之嫌。一种思想对另一种思想的批评，不是它面向中国现实的凿枘或错误，问题仍然是来自西方的，也即我们实际是在用西方批评西方。

① 陶东风：《文化批判的批判》，《天津社会科学》1997年第3期，第67－68页。

理论不仅与本土脱离,而且与文学实践脱离,如浮于这片古老土地上的游魂,成了没有言说对象的理论独语。思想能指化,理论知识化,所指他者化。这大概是文论"失语症"的实质,它导致的危机就是文学不但一天天地边缘化,而且也一天天地游离化,中性化。既非西方的,也非中国的;既非纯文艺的,也非超文艺的。这并不是说它处在一种合理的、恰到好处的中庸上,而是缺乏理论地平或基底的表现。然而"回归中国的语境"这个命题的宾词,在新文化运动以后已经生成古代的、传统的与现代的、西方化了的两重或多重内涵。从近代的体用之争到新文化的全盘西化,再到全面的苏化,80年代以后再转回西方,文论其实一直在西方话语系统中演生、变化。如此,要从话语上回归本土,只能首先清理这个西方化的历程。然而文艺理论学科的建立本身就是西方化的结果,要不滑入那种极端的文化保守主义,可行的就只有在现有理论空间中加入中国经验与中国传统,也就是面向中国问题。

思想的火焰无不由现实问题的触发而燃起,理论的贫弱状态说到底还是缺乏人生现实的雄厚支撑。从苏格拉底到海德格尔,根本上是对其各自当下状况的审视与批判。20世纪以后西方文艺思想的新异迭出纷然杂陈,同样也是由现代性的深度扩展所激起的多方位反思,是人的现代存在境域下生命意识形态的表征。即使是形式主义文论,我们也能看到其背后力图脱离日常的慵懒、迟钝、盲目,恢复人对世界的感知敏度,重新激起生命活性的意向。相比较而言,不但中国思想与话语传统与西方异质,即便经历了百多年的西方化历程,中国社会目前也很难说已经超越了前现代阶段,与西方现代性历史可以无缝对接了。值此,西方文论在我国就不再是现实问题所触发的思考,而是对一种可能的未来的预支;不再是思想的结果而只是一种新知识。既无历史的土壤,也无文学的地基。至于古代文论,则是另一种情形,它反而要面对西方化、现代化的语境,要成为现代话语,古代之于现代几乎与全盘西化的话题相同。总之,西方文论与古代文论都发生在与当下中国十分异质的历史语境下,这就注定了无论输入还是转换都不可能不经历一番艰难曲折,二十多年持续不断的走出困境的挣扎,与成效的呼而不出,就是这种艰难性的表现。

我们固然与西方有着历史的错位,与古代有着转型的距离,但这并不妨碍各种知识与思想的汲取与融通。理论危机的热议与因应中形成的资源、方法、道路等的思考归于一个基础就是回归中国,而中国是一个绵延了历史与他者的时空统一体,这个"统一"的内部隐含了一个实践的主体。问题不在于吸收知识,不在于知识的多源与纷乱，而在于怎样吸收上。也就是说，在于接收者的主体性上。我们是一个空的，还是自我意识清明的主体，这是获得视角的前提。西方文论的引入给中国的文学话语带来了革命性变化的同时，却在存在层面造成了极大的困挠，迫使我们不得不进行多方面的反思与突围。言说的终极所指是存在主体，然而"失语"的忧虑如不散的乌云始终盘桓在中国知识的领空，并没有因为杜鹃望乡式的多情而被冲淡，反而随着西方话语追随者的日益转深而愈益浓重了，甚至激出了告别理论的激烈反弹。究其实质，一切的一切还是源于主体性的空乏所致。由于这种缺失，我们成了无人称视角的观察者，无主体的对话者，无自身的理解者，无意识的接受者。

这里并非要去恢复一个需要并已经被后现代思想所消解了的形而上学的主体，这个被笛卡儿所竖立起来的高大形象俨然成为人与对象之间的一道屏障，制造了许多"现代性症候"；也不是要拉撑起一个意识形态主体，或者说那种其实是意识形态的崇高客体的无主体性的主体幻觉，就像希特勒的"人民意志"。这里的主体性，首先是指在清醒的自我认知前提下对一切外来信息的批判与建构能力。阅读文学史远不等于拥有了文学素养，正如照相机并不具有对象识别能力。理论知识也显然不能等于理论素养，但理论素养必须经由知识所培养。主体性在现代常常被作为理论意识的同义语来使用，而这显然也是一种错觉。拥有理论素养自然也就拥有理论意识，但理论意识不能等同于理论的主体性。在知识中发现他者或他者自我，也就是说，在知识中发现知识的叙述者，确定其身份及叙述意向，发现其表述与叙述之间的裂痕，比较其理论属性与接收者自我之间的间隙，不是单纯的理论素养所能达致的。通过我思以发现他者、理解他者的前提，只能建基于主体性，之后始可谈及理论的创造。

这样就必须首先在主体、主体性与主体意识之间进行区分。主体是认识者、行动者，在由人所构成的世界里就一定存在着主体，它是意识和行动发生的前提。这个主体并不表现为单一的对象化或反思性。一个人打电话并不耽误其看电视，被某种念头所控制的耽思者照样可以正常骑车，尽管他可能走错了路。这里的主体只是一个作为活动承担者的身体，当其反观自己的观看、骑思行为时，才是主体意识的活动。但这还不等于拥有了主体性，阿 Q"以为人生天地之间，大约本来有时要抓进抓出，有时要在纸上画圆圈的"时候，虽然也在反思着自我行为，却是一个空的自我，这时的阿 Q 是没有什么主体性可言的。所谓"自身意识的主体化"不能说就等于获得了主体性。主体性也不等同于个体性,甄宝玉与贾宝玉截然不同不等于他们都能够进行有效的自我检省与价值判断。由此,这个主体首先是此在的,一个拥有种种生命禀赋的此时此地的存在者;其次是与他者之间相互传递意义所指的共同此在。这就将不同主体之间的关系上升为文化关系,主体成为文化共同体下的文化造物与载体,是一个人文世界里的文化性共在。如此,则主体在与物质化的自然世界与由自我和他者、同族和异族所构成的周遭世界的交互中,经由此在而生成一种文化主体,在对此文化主体的理性反思与建构中,主体性得以展开。一个在与他者共在的境域中能够对主体间性保持着自觉的理性观照与价值反思能力的主体,才可以展开其主体性,它是普遍意识与自我意识的双重建构。

所谓普遍意识,不是指对人的自然属性的普遍性认同,而是对人的存在状况的价值沟通,它当然是建基于目的论的。目的必然系属于主体,但却是无所谓善恶的。一个行为的好坏无法通过其与目的的关系,即无法以它是促进还是阻碍这个目的的状况来衡量,"只有当正在设定或已经设定了目的的意欲是善的,目的本身才是有正当理由的"①,否则我们无法区分"神的目的"还是"魔鬼的目的"。因此,作为主体性存在基底的普遍性必然属于价值范畴。而价值必须植入日常现实的存在实践中才有意义,不进入存在的价值是空的,这就会遭遇到主体性。历史可以没有主体,也没有目的,人却是有主体性要求的意向性存在者。普遍性的价值存在于信念、欲望、记忆、感觉、自我意识、情感生活、对自己未来的感知等具体的存在体验中。理论不是普遍性,而是建构物。世界上并不存在普遍性的理论,任何所谓普遍必然的理论实际上都是特定的人在特定的时候、出于特定的目的建构出来的。同时任何理论都是话语操作,而语言是人类看待世界的途径,是此时此地的存在主体的言说。这个此时此地构成了言说的语境,它不仅包含了言说者的当下认知,也沉淀着历史经验。也就是说,言说的主体性是一个沉淀了生命感知、社会认知与历史文化经验的话语结构。当我们面对西方文论时,首先应该将其视作一个言说事件,而不是自然科学定理那样的发明。如此处置的意义在于可以打破关于理论的自明性、普遍性与必然性的神话。

---

① 马克斯·舍勒:《伦理学中的形式主义与质料的价值伦理学》(上册),倪梁康译,北京:生活·读书·新知三联书店2004年版,第9—10页。

中西对话“多元共生”的文化理想

吴　攸

（上海交通大学外国语学院）

西方文论中的中国问题研究是中西思想与文化相遇的重要场域，20 世纪西方文论对中国问题的阐释主要有三大范式，即作为“异国情调”的中国问题，成为“东方主义”的中国问题与谋求“多元共生”的中国问题，而多元共生无疑作为一种理想的研究范式为其打开全新的视角，并为中西学界展开创新型的文化交流与思想对话提供可能。① 作为多元共生文化理想的践行者，弗朗索瓦·于连（François Jullien）②主张置身其外的思考，将中国视为反思欧洲的外部逻辑，采用“迂回”的策略绕道中国，在中西思想的比较与对话中不断地思考与修正欧洲经验。于连主张尊重文化多元性并从差异性的角度去思考它，提出文化的“复数性”与文化的存在本身是一体的，同时将异质文化中的“差异”（la différence）与“间距”（l'écart）视为一种重启思维的动力，主张中西思想对话应当“面对面，使用各自的语言，保持文化的相异性，跨越有间距的立场，追寻理解彼此”。③

一、中国作为反思方法

除却汉学家的身份以外，于连首先是一名哲学家与希腊学家，因而在很大程度上，中国问题对于他来说不仅是研究的对象和目标，更是思考的范式与方法。于连

① 见曾军：《20 世纪西方文论阐释中国问题的三种范式》，《学术研究》2016 年第 10 期，第 1—9 页。

② 本文将 François Jullien 译作弗朗索瓦·于连，但在目前的中文出版物中他的姓氏有多种译法，主要译法还有翻译成“余莲”（见卓立的译作），以及译成“朱利安”（见北京大学出版社的“海外中国哲学丛书”）。本文使用“于连”这一中译名，但在文献引用时将严格遵照不同中译本使用的译名，并在其后使用标注法文原名的方式避免读者可能产生的理解偏差。

③ François Jullien, «Respecter la diversité culturelle», *Le Débat* 2009/1 (n° 153), p. 162.

主张迂回的策略,他认为欧洲思想继承了希腊传统,为了从外部反思欧洲的哲学传统,他找到了欧洲的绝对"他者"中国——从语言系统、思维方式再到历史文化传统都与欧洲大不相同——作为研究的参照。"经由中国,从外部反思欧洲(希腊)",借助中国拉开与欧洲本土的距离,进而在"差异"与"间距"的基础上对欧洲进行反思,以此"重新质疑植根于欧洲理性逻辑当中的思维定式,去追求我们的'未思'(impensé)"。① 在这一过程中,中国为欧洲思考自身思维体系中的"未思"提供了间接的方法。② 于连这样总结自己的研究路径:"自始至终,我的研究目标都是经由中国的思想、迂回欧洲来反思与质疑我们的思维模式。"③因此,经由欧洲来到遥远的中国,再由中国回到遥远的欧洲,这种"出发—归来"的迂回研究方法使他开创了不同于法国传统汉学研究的全新路径,力图在中国和西方的思想之间打开一条探索通道,并向中、西两种世界开启理解彼此文化的可能。这一迂回战略与异国情调毫无关系,而是一种系统的方法(méthodique)④,即将汉学作为研究方法论。⑤

对作为研究方法的中国,于连是这样描述的:

> ……我想在一个外在的立场观念中找到一个欧洲思维的对立面,但我不想成为一个人类学家,只想当个哲学家。我在中国找到了这种方便,因为中国为我提供了一种外在的观点,而且是在经过一个清晰的、经过制作和解说的思维背景里。⑥

可见,在于连的研究范式当中,中、西思想互为各自的"外部"(dehors)、"他者"

---

① François Jullien, «De la Grèce *à* la Chine, aller-retour. Propositions», *Le Débat* 2001/4 (n° 116), p. 134.

② François Jullien, «Penser entre la Chine et la Grèce : nouveau chantier. Entretien», *Le Débat* 2007/1 (n° 143), p. 86.

③ François Jullien et al., «Détour par la pensée chinoise», *Commentaire* 1998/2 (Numéro 82), p. 548.

④ 该文的中译文《为什么西方人研究哲学不能绕过中国?》中将"méthodique"一词翻译成"有条不紊",笔者认为有失精当,根据《拉鲁斯辞典》该词的含义应为"qui agit, qui raisonne avec méthode"或"qui procède d'une méthode",结合法语原文的上下文理解,可见此处的"有条不紊"应当被理解为"有系统方法的",强调的是方法。见弗朗索瓦·于连:《为什么西方人研究哲学不能绕过中国?》,邹琰译,《跨文化对话》第5辑,乐黛云等主编,上海:上海文化出版社2001年版,第146—156页。

⑤ François Jullien, «De la Grèce *à* la Chine, aller-retour. Propositions», *Le Débat* 2001/4 (n° 116), p. 134.

⑥ 弗朗索瓦·于连、阿兰·李比雄:《更新文化人类学研究方法:重估中国文化传统对人的认识》,刘成富译,《跨文化对话》第1辑,乐黛云等主编,上海:上海文化出版社1998年版,第21页。

(l'autre)和"他处"(ailleurs),从一方的镜子中去观察另一方的成像无疑是一条理想的研究之路。于是,正如法国《人道报》曾以《在东方的镜中》(«Au miroir de l'Orient»)为题发文评述其汉学研究方法:"于连提出从外部反思欧洲的哲学传统,这样的迂回是为了更好地进入"①,于连也曾从西方的镜子中去审视映射其中的中国形象,他在《西方镜中的中国》(«La Chine au miroir de l'Occident»)一文中这样总结其汉学研究方法:"总体来说,从方法论的角度,我并不'建构'中国思想,而是将之用于思考中国与欧洲思想之间的间距,从而去呈现出中西双方各自的文化资源,并促成二者之间的对话。"②

那么,这样的迂回策略意味着中欧之间是存在着可比性与可对话性的,至于为何选择中国作为欧洲的参照物,原因在于中国之于欧洲是真正意义上的异域:中国既脱离印欧语系,脱离欧洲本土的历史、传统与影响,又是一种由本土生发的、高阶段的思想文化形式,并拥有丰富文本的支撑。③ 于是,相对于欧洲而言,中国是一个完全的"异托邦"(hétérotopie),于连这样阐释其内涵:

> 在我的理解中,中国从未作为一个乌托邦而存在过,而是一个完完全全的"异托邦";这并非意味着我在此发现的一切都必定有所不同,而是仅仅在于其出发点在彼岸。④

保罗·利科(Paul Ricoeur)在《论翻译》(*Sur la traduction*)中论证"建构可比性"的观点时,便是采用于连的思想作为其理论预设与逻辑起点,即中国之于希腊(西方)是"绝对的他者",是一个从外部观照的途径。⑤

---

① Jérôme-Alexandre Nielsberg, «Au miroir de l'Orient», *l'Humanité*, Vendredi 6 juin 2003.

② François Jullien, «La Chine au miroir de l'Occident», *Le Monde Diplomatique*, octobre 2006, p. 22.

③ François Jullien, «Un usage philosophique de la Chine. Entretien avec François Jullien», *Le Débat* 1996/4 (n° 91), p. 164. 于连在 1996 年接受《论战》(*Le Débat*)杂志访谈时指出中国是从外部迂回、观照欧洲的唯一选择,并详细分析原因、阐释其研究逻辑。此后,他又多次重申这一观点,比如见:François Jullien et al., «Détour par la pensée chinoise», *Commentaire* 1998/2 (Numéro 82), pp. 548—553;François Jullien, «De la Grèce *à* la Chine, aller-retour. Propositions», *Le Débat* 2001/4 (n° 116), pp. 134—143.

④ François Jullien, «Un usage philosophique de la Chine. Entretien avec François Jullien», *Le Débat* 1996/4 (n° 91), p. 164.

⑤ Ricoeur, Paul, *On Translation*, trans. by Eileen Brennan, London and New York: Routledge, 2006, p. 36.

事实上，于连的汉学研究本质上是在找寻一种相对于欧洲最为激烈的思想断层，突破欧洲一脉相承的思想与思维模式藩篱，在追寻中国之于欧洲的“相异性”(altérité)中得到启发：

我从中国相对于欧洲的“外在性”(extériorité)出发：无论是从语言还是历史的角度，中国都是不折不扣的“他处”，这一“外在性”不言而明。然而，需要将其与“他者”“差异”(différence)或“对立面”(opposé)的概念相区分。如果中国与欧洲之间存在着“相异性”，那么这样的相异性是有待建构的，而非可以假定的。①

正是由于这样的“相异性”和“外在性”的存在，中西思想才更加需要对话。在对话进程中，如果仅仅将差异物化或本质化，那么将对思想的创造无甚推动，若让基于相异性之上的文化“间距”发挥作用，使之成为内部精神交流与外部文化反思的工具，则能开启一种全新的研究模式。② 中、欧的思想文化在传统上互为漠不关心(indifférence mutuelle)的他者，在这样逐渐建构“相异性”的过程中，两种思想开始互相凝视，一种可比性因而被构建。可见，于连研究汉学的主要目的并非是为了开启一个研究领域，而是将汉学作为方法，利用中、欧思想文化之间的间距效果，从一个外部的视角回到对欧洲哲学思想的研究。

那么，从中国出发、再迂回欧洲是方法论与战略上的需要，可以创造出进行远景思维的空间，这一过程主要在于逐渐推进一系列的“移位”(une série de décalages)，可以分为两层含义：

相对于常规思维(我们的思维习惯)进行某些移动，将一个框架挪移到另一个框架中去(从欧洲到中国，再从中国回到欧洲)，移动我们的艺术作品，重启我们思维的运动；移位，同时也有拿掉楔子的一层含义，从这个视角我们能够开始意识到一些我们抗拒或反对的东西——正是它们阻隔了我们的思想，

---

① François Jullien, «Penser entre la Chine et la Grèce : nouveau chantier. Entretien», *Le Débat* 2007/1(143), pp. 86—87.

② François Jullien, *Chemin faisant : Connaître la Chine, relancer la philosophie*, Paris: Seuil, 2007, p. 11.

使得我们无法思考。①

这一方法被于连称为“外部解构”(une «déconstruction» du dehors)。

在于连看来,经由中国迂回的益处在于“回归”(retour),回归则能带来双重的好处:

> 首先,可以发现其他可能的一致性模式,我称之为其他的“可理解性”(intelligibilité);同时,基于此探索钻研,直至进入思想的“离乡”(dépaysement)状态……因此,这种迂回也就暗示着一种回归,从这种外在性的视角出发,再回到欧洲思想中生发出理性的部分——那种深藏的、不明确的,却被欧洲思想视作自明性的部分,欧洲思想将其吸收、转化,并在此基础上繁荣了起来。②

于连认为,对于欧洲而言,真正意义上的他者只有中国,正是这样的事实造就了中国的工具性,中国思想扮演了“实验反应物的角色,成为解释其他可理解性模式的工具”。③ 在《迪欧根尼》(*Diogène*)杂志的一期名为《东方在西方:镜中的文明》(*D'Est en Ouest-civilisations en miroir*)的特刊中,于连在访谈中表达了自己将汉学作为哲学研究工具的观点:

> 中国与西方面对面的相遇是当代的重大挑战之一,中国思想为我们开启了另一种一致性模式,使得我们重新回到我们理性思维的上游,因此它是我们如今最能激发思想与反思哲学传统的重要方法……中国作为一种哲学工具。④

因此,于连反对将中国思想构建于哲学的对立面,而是超越传统的两极构建模式,将中国思想作为一种“在实验装置里使用的工具”、一种“精神假器”,藉此对西

---

① François Jullien, «De la Grèce à la Chine, aller-retour. Propositions», *Le Débat* 2001/4 (n° 116), pp. 136—137.

② Ibid., pp. 135—136.

③ François Jullien, Thierry Zarcone, «La Chine comme outil philosophique», *Diogène* 2002/4 (n° 200), p. 18.

④ Ibid, p. 17.

方哲学进行介入和干预。[①] 经由中国,于连努力挣脱精神上的藩篱,将思想放逐至尽可能远的异乡,从而超越范畴化的思想去反思欧洲哲学传统,为欧洲开拓形而上的思考空间,使中欧思想在相互凝视中迸发出多样性、启迪性的火花。

二、中国作为异域资源

既然于连的汉学研究是将中国作为哲学研究的工具与迂回曲折的方法,而非研究的客体,那么全面、深刻地了解中国无疑也并非他研究中国所最终期待实现的目标。鉴于迂回的期待是返回,研究中国的目的是从外部反思欧洲,于是将中国作为丰富的异域资源——从中国传统的艺术、思维与符号中汲取欧洲本土与西方传统中所不具备的艺术形式和思维方式——便成为于连取道中国的研究历程中最为重要的收获,成为他反思、丰富与发展西方理论的重要理论与灵感来源。

1. 中国艺术

中国艺术相对于欧洲具有鲜明的"多异色彩",故而成为于连汲取灵感的重要来源。于连第一部系统阐述中国美学思想的专著《淡之颂:论中国思想与美学》(*Eloge de la fadeur*: *À partir de la pensée et de l'esthétique de la Chine*)首版于1991年,由他博士论文中的一个章节发展而来,该书围绕"淡"(la fadeur)这一核心概念在中西美学思想中的不同内涵展开论述。"平淡"作为中国的特质之一,在于连之前已经引起了西方学者的关注。早在1975年,罗兰·巴特(Roland Barthes)跟随左翼知识分子代表团完成了与处在"文化大革命"浪潮中的中国的亲密之旅,归来后在旅行报道中用寥寥数页记录了对中国似有保留的感受,称他们在中国发现了一个新的场域,一个极细致的场域,或者更准确、大胆地说是一个"平淡"的场域。[②] 巴特倾向于支持"文化大革命",虽称"中国很平静",但又根据实地观察记录下自身的感受,即中国不是"色彩缤纷"的,而是"枯燥无味"的、"平庸无奇"的,于连认为这样的评论虽然"友善",却不乏"冷淡"。[③]

---

① 谢弗(Jean-Marie Schaeffer):《从哲学到人类学》,王晶译,《跨文化对话》第17辑,乐黛云等主编,上海:上海三联出版社2005年版,第155页。

② 余莲(François Jullien):《淡之颂:论中国思想与美学》,卓立译,台北:桂冠出版社2006年版,第3页。

③ 同上书,第4页。

在中国，“淡”是一种风格、体验与价值；在西方，“淡”则往往意味着淡而无味与缺失。于连一改西方思维中理解“平淡”的前见，独辟蹊径地从积极的层面去阐释“淡”的概念，认为“淡”汇集包括道家与儒家在内的中国众多思想流派的基本直觉判断，这一思想来源可以追溯至古代，是中国文化精髓中最淳朴、最本质的部分；“平淡”的美德亦反映在文学、绘画、音乐等众多文化领域——从构筑大和谐进程中的“形而上”的直觉，到圣人的道德与精神评价，再至美学判断。① 于连提出：

> 中国人所发展的艺术美学，不仅因为这种对平淡的直观而更有深度，同时还使众人对本质上的淡更为敏感……因为太平凡也太乏味，所以不值得众人注目，它的特点正好提供了最丰富的多元变化，最远的发展。②

这样的“平淡”虽然细微，却是存在于可感的范围内，人们可以在一幅山水画中召唤它。于连在《淡之颂》第二章中以元四家之一倪瓒的《容膝斋图》和《秋林野兴图》为例来论“淡的山水”，画家的画风追求朴素与单纯，画面整体是平淡的，笔触也不甚明显，画面中的“淡”浑然一体，体现出至美境界，反映出画家向往“超脱”、趋向“淡然”的生活态度，这样“平淡”的艺术理念实则反映出生活的智慧。③ 在中国诗学中，“淡”亦是综合儒家、道家各派思想的概念，它主张超越相对性的差别，而回归大道之“味”。平淡意味着慢慢地发现、永无止境地发现，故而平淡的诗学理论“以最自然也是最全面的方式，阐明人的意识如何捕捉感觉，同时说明什么是对该过程最有利的条件”。④ 在音乐方面同样如此，最美妙的声音并非以强烈的方式占据人的感官，而是尚未以乐器形式表达出来、尚未外在化的“遗音”，即“淡”之音，渐微之音，能够在听者意识中以渐行渐深之势态扣人心弦、不被遗忘。⑤ 比如，白居易便主张“遗音”美学——“曲澹节稀声不多”（《五弦弹》）、“调慢弹且缓，夜深十数声。入耳澹无味，惬心潜有情”（《夜琴》）——让声音在逐渐减弱中产生平淡，在平淡中

---

① François Jullien and Graham Parkes, "The Chinese Notion of 'Blandness' as a Virtue: A Preliminary Outline", *Philosophy East and West*, Vol. 43, No. 1 (Jan., 1993), p. 107.

② 余莲(François Jullien)：《淡之颂：论中国思想与美学》，卓立译，台北：桂冠出版社 2006 年版，第 2、8—9 页。

③ 同上书，第 11—16 页。

④ 同上书，第 94 页。

⑤ 同上书，第 49 页。

引发心中无限情思。于连甚至冠之以“沉默的音乐”,即道家所言的“大音希声”。

与“大音希声”一脉相承的是“大象无形”,后者恰巧构成于连另外一部作品的书名《大象无形或论绘画之非客体》(*La Grande image n'a pas de forme: ou du non-objet par la peinture*),该书于2003年初版。该书共包含十五个章节,于连详尽论证与比较了中西艺术传统的差异,主要体现在西方的画家往往通过摹仿艺术地再现周围世界,而中国画家则不拘泥于再现可感知的世界,故而中国绘画被于连称为“非客体”。尽管这本书从表面看来研究的是中国的绘画与哲学,但实质上于连的目的是“去打破强有力地塑造出欧洲话语的那个东西,它已经将其范畴强加给了世界的其他地方”;藉此,他希望能够消解诸如在场与缺场、生命与死亡、主体与客体等的二元对立。① 为了实现这一目标,于连将中国绘画视为道家思想的化身,书名取自《老子·四十一章》:“大方无隅,大器晚成,大音希声,大象无形,道隐无名”,颂扬的是虚实相成、超越形迹之美而不拘泥于一定格局的大美境界,此为“道”的最高境界。“象”是不具备感官实在性的纯态势存在,大象即为道,道可化生天地万物,具有生命性,却又无成法可循,故应当顺其自然。于连在论及中国山水画论时,提及中国山水画的“烟云雾景”,并摘录钱闻诗《子言论画》中“既泮复合,景物昧昧”的情状,描绘或晴或雨、晴雨交错之下山水变化的模糊性,不将风景置于直接凝视之下,而是将其融入画面之中,抓住物象背后的世界,引入不在场的元素,从而打通通向本体的道路。② 在这个意义上,中国绘画是一种“充满活力的绘画”艺术(peinture énergétique)。③ 与欧洲自希腊以来崇尚的摹仿艺术传统相异,中国绘画更偏爱朦胧、虚实相融、不完整的艺术表现形式,即该书标题中“非客体”所传达的意味。于连认为中国绘画是“不可描述性”与“超验性”的图像化表达,是思维通达本体之前的居所。④

此外,在于连的视野中,无论是“淡”还是“道”,都不仅是一种美学标准,还是一

① François Jullien, *The Great Image Has No Form, or On the Nonobject through Painting*, trans. by Jane Marie Todd, Chicago: University of Chicago Press, 2009, p. 27.

② Ibid., p. 2.

③ François Jullien, Thierry Zarcone, «La Chine comme outil philosophique», *Diogène* 2002/4 (n° 200), p. 19.

④ François Jullien, *The Great Image Has No Form, or On the Nonobject through Painting*, trans. by Jane Marie Todd, Chicago: University of Chicago Press, 2009, p. 46.

种圣人哲学。艺术上表现出的“淡”，在道家思想中与最终极的状态“道”相连，同时又被赋予了特殊的思想意义，“现实的底蕴本身，在其圆满和无穷尽的更新中，它对我们所显示的，是一种‘淡乎无其味’(《老子·三十五》)的状态”①。当没有任何味道出现时，“品味”就更有意义，因为它溢出其偶然性之外，向各种变化敞开，圣人称“味无味”“为无为”“事无事”(《老子·六十三》)。② 中国文化传统中完满的“淡”之思想恰恰能够使得西方与世界本体论中的中立性相互沟通③，从迂回中国、反思欧洲的外部逻辑来看，“淡”正是欧洲思想传统中的“未思”。正如《淡之颂》英文版译者的评价，于连对“淡”的阐释能够激发西方读者在一个跨文化比较的相对主义框架中，从一个游走于两种文化之间的双重视角，重新去审视“淡”这一概念在西方最为传统、本质和与生俱来的价值判断。④

2. 中国思维

在1992年出版的《势：中国的效力观》(*La propension des choses: pour une histoire de l'efficacité en Chine*)一书中，于连以穷尽之势详细分析了汉语各个语义层面的“势”(la propension des choses)的概念，主要分为军事、政治、文艺与历史四个方面。于连表示，“势”在中国语境中具有“令人尴尬的暧昧性”，可以被解释成“位置”(position)或“情势”(circonstances)等静止性状态，也能被理解为“权力”(pouvoir)，“趋势、势能”(potentiel)等活力性因素。⑤ 因而，“势”摇摆于动、静之间，其含义永远不够明晰，却对人的思维建构起到决定性作用；它甚少按照可循的规则活动，而是在思维的底层运作，却建构了中国思维中最为重要的部分。⑥

于连所设想的“势”首先来源于中国古代军事战略家孙膑所提出的“势”的概念。与西方(希腊)直接对抗、正面交锋式的军事理念不同，“势”在中国智慧中实质是因势利导、乘势而为，“它不是构建一种理想形式并以此为目标，让它进入现实，

---

① 余莲(François Jullien)：《淡之颂：论中国思想与美学》，卓立译，台北：桂冠出版社2006年版，第18页。

② 同上书，第19页。

③ François Jullien and Graham Parkes. "The Chinese Notion of 'Blandness' as a Virtue: A Preliminary Outline", *Philosophy East and West*, Vol. 43, No. 1 (Jan., 1993), p. 111.

④ François Jullien, *In Praise of Blandness: Proceeding from Chinese Thought and Aesthetics*, trans. by Paula M. Varsano, New York: Zone Books, 2004, pp. 14—15.

⑤ 余莲(François Jullien)：《势：中国的效力观》，卓立译，北京：北京大学出版社2009年版，第2页。

⑥ 同上书，第3页。

在强制下方可进行；而是依靠辨别——侦查——在临界形势中对他有利的因素，让形势渐渐偏向于它一方”[①]。这样，形势在发展过程中，其“效果”会自然而然地显现：

> 中国式战略的核心就在于利用情境中既有的势态，并且借由它在事物的变化中承载自己，这样一来，就会排除在事先构想计划来预先决定事件的发展过程，并把那当作一个仿佛即将实现，且或多或少已经决断的理想。[②]

换言之，在中国古代军事艺术中“形势”是被间接地介入，而非被强制地追求与操控；“效果”也不是预设的目标，而是被激发的趋势过程——不刻意追求效果，而是因势利导地催生期待的“功效”自然生发。这有别于西方基于理性基础上的思维模式，这里的效果产生过程是自然的、间接的和隐秘的。因此，观察—甄别—估量—利用势态的过程成为决胜的关键，我们就此进入一个演变发展的逻辑，让其中含带的功效受已进行的变化过程影响并自行发展。[③]

在于连的研究中，“势”充分体现出中国思想的散点式智慧，所蕴含的意义已远远超越军事战略与政治策略，成为一个“能够阐明中国文化之效能机制的关键词”[④]。“势”的概念具有跨场域性，于连认为只有在从一个场域追踪到另一个场域的过程中方能体察“势”的真正含义：

> 首先是，策略上“局势所产生的可能性”与政治上“势位”具有决定性的特点；其次是，书法字之形体所显露的力量、绘画画面之布局所揭示的张力，及文学作品所展现的效果；最后是，历史中各种情况的演变趋势，及推动自然的大演变(le grand procès de la nature)的势。[⑤]

尽管“势”存在于不同的场域，然而将分散于各处的势整合起来思考可以发掘出一系列交汇点，于连称之为“不同场域共有的一致性”——组合之中起作用的潜

---

① 弗朗索瓦·于连：《如何思考中欧之间的对话》，张颖译，《国际汉学》2009年01期，第59页。

② 朱利安(François Jullien)：《功效：在中国与西方思维之间》，林志明译，北京：北京大学出版社2013年版，第26页。

③ 同上书，第27页。

④ 刘耘华：《汉学视角与中西比较文化方法论的建构——以于连为个案》，《中国比较文学》2014年第2期，第50页。

⑤ 余莲(François Jullien)：《势：中国的效力观》，卓立译，北京：北京大学出版社2009年版，第4页。

势状态、机能运作的两极性、交替作用的趋势。[①]

因势利导，“功效”自现。于连顺着对“势”的分析、思考，在1997年出版的《功效》(*Traité de l'efficacité*)一书中探讨中国与西方思维方式的差异。于连认为，在中西思想之间，最基本的差异在于西方思维模式惯于先构建一个模型，再将其投射到情境之中，其理论预设在于情势会在一定时间内静止；而中国的思维模式则是依赖情势而生，即由吻合情境发展而得“势”，而情势是变化无穷、无常形的，故而模式化的思维也是无可能的。那么，功效成功与否取决于情境，在一个无常形、不确定的世界中，中国思维“将效果脱出一个纯技术的视野”，去思考其因合于道而可行的功效：

> 古代中国的智慧大师教导我们如何以计谋利用真实——不是利用他人完成计谋……而是利用情境完成计谋，即利用它的发展逻辑：让功效自己形成——因而不必花力气或消耗——并且可以避免对它的排斥，使得它可以被忍受。前者制约着后者，因为要求是一整体，而且可以由《老子》中的三个主要面向一同被认知：功效不可被强迫而得、不要将它据为己有，而且避免使其盈满。[②]

可见，情境中的潜在能量产生了“势”，势态发展则决定着情境的变化：势态是属于情境的，情境的发展不再“磨蚀计划，而是创造势态”；情境也是属于势态的，因而应当由情境中的势态而取得利益。因此，于连从中国思想中总结出“乘势而为，功效自成”的智慧，相对于西方去模塑情境的思维方式，中国讲求吻合情境而获得功效的最大化。[③]

鉴于此，“势”的概念实质上打破了动态(dynamique)与静态(statique)的二元对立(dichotomie)，提供了介于二元之间的思考空间。而中国哲人因势利导的功效论则摆脱了西方哲思自亚里士多德以来“真实和其模型间的断裂”，跳出理论和实践的关系论，而在一个规律和持续变化的过程中体察相关元素的互动关系，在不断

---

① 余莲(François Jullien)：《势：中国的效力观》，卓立译，北京：北京大学出版社2009年版，第3页。

② 朱利安(François Jullien)：《功效：在中国与西方思维之间》，林志明译，北京：北京大学出版社2013年版，第131—132页。

③ 同上书，第27—32页。

流变之中确保其中的可行之道。① 二分法作为理性思维模式构成西方思想的精髓，而“势”和“功效”则集中体现了中国思维中的二元统一性，从中所发掘出的二元间因素则是西方的“未思”，成为于连在对中西思维模式进行的对比中反思欧洲思想的外部理论源泉。

三、全球化、多元共生与中西文化的交往对话

近年来，全球化成为人文社科领域研究的焦点议题，且学者关注的重点从早期的经济、贸易维度转向如今的政治与文化维度，“全球化更为深入而又十分根本的一个方面，隐藏在纷繁复杂的社会维度之中……可以被称作文化全球化”。② 在全球贯通的背景之下，文化的多元融合、异质碰撞无疑形成了具有强大张力的全球社会场域。一方面，伴随着全球化席卷而来的趋同性、融合性力量在经济领域可以体现为标准化或“麦当劳化”，在文化领域则表征为同质化，尤其是西方化与美国化。西方国家由于经济上的优势，在对发展中国家进行消费模式示范的同时，也引起了文化或信仰上的跟随，造成后者不仅需要面对自身经济发展过程中的民族文化演进问题，还必须应对西方前沿现代文化扩散所带来的挑战。③ 因此，在全球化语境之下，文化的交流与融合伴随着纵横交错的信息、观念与价值观流的冲击一并到来，民族文化的“不可渗透性”(impermeability)面临严峻考验。④ 文化具有“本土性”与“民族性”两大特质，它既依赖于一定的地理疆域而存在，又与特定的民族历史记忆和社会共同经验息息相关，模糊地理疆域划分、冲击民族价值观念的全球化趋势在此体现为消解文化异质性的力量。⑤ 与此同时，在全球跨文化交际的场域之中，不同文化地位的不对等与不平衡性日益凸显，同质化成为时代的主导力量，往往体现为西方主导的世界秩序将其文化经验上升为“普遍”的标准，于是“弱势文

① 朱利安(François Jullien)：《功效：在中国与西方思维之间》，林志明译，北京：北京大学出版社2013年版，第17—21页。

② Anthony Giddens, *The Consequences of Modernity*, Cambridge: Polity Press, 1990, p. 77.

③ 吴攸：《文化产业政策与民族文化复兴》，《毛泽东邓小平理论研究》2014年第12期，第79页。

④ Paul Kennedy and Catherine J. Danks eds., *Globalization and National Identities: Crisis or Opportunity?*, New York: Palgrave Macmillan, 2001, p. 1.

⑤ 吴攸：《全球化背景之下的“文化例外”与文化复兴》，《华东理工大学学报》(社会科学版)2016年第4期，第96页。

化"的身份与传统受到冲击便成为常态。[1]

另一方面,全球化也有其对抗力量,即"本土化"(localization)。在后殖民主义视角下,本土文化的抵抗基于全球性/本土性、全球主义/民族主义的二元对立,体现出鲜明的地方抵抗主义色彩,成为对抗全球化带来的同质化风险的重要力量。然而,本土性与全球化的对抗可以表现为两种具体形式:第一,当地方性、民族性抵抗力量以温和、适度、开放的态势出现,无疑对维护民族文化传统、保持文化多样性具有积极意义。第二,异质文化的碰撞一旦走向激进、绝对、消极的层面,则极有可能诱发潜在的冲突,更有可能以一种极端的态势而喷发。正如哈佛大学亨廷顿教授所提出的文明冲突论所言,最危险的冲突正沿着文明的断层线发生,"文明的冲突"成为世界最大的不稳定因素。[2] 近年来,欧洲不断爆发的恐怖主义事件以鲜血的代价印证着文明的断层与撕裂,尊重异质文化的多元存在,而轻视文化的交流与交融使得欧洲的多元文化理想沦为教条的主义,并正在成为消解欧洲文明的力量。与教条地追求对多元文化的尊重与保护相比,秉承着文化融合、和而不同的理想以推动文化之间的交流与对话是更加值得追求的目标。

因此,"多元共生"成为研究中西文化交往的理想范式。多元共生的文化理想是"文化多元主义与和而不同思想的有机结合",既反对文化的单极化与由此产生的文化霸权,又在承认文化区隔的同时以发展、演进的观点去审视民族文化。[3] 多元共生强调文化的流变性与交融性,主张不同文明之间的持续对话,并致力于将与不同文化对话产生的外生性力量转化为本民族文化发展的内生性动力。

于连从"对话"(Dialogue)在希腊语中的词源含义来阐释多元共生的意义:一方面,"dia"表示"间距的距离"(la distance de l'écart),因而在以复数形式存在的多元文化中,分开的、有间距的文化之间的对话能使其保持互动关系,因而也能生发出创造力;另一方面,"logos"表示文化之间的"可对话性"(communicabilité),即文

---

① Wang Ning, "Identity Seeking and Constructing Chinese Critical Discourse in the Age of Globalization", *Canadian Review of Comparative Literature/Revue Canadienne de Littérature Comparée*, Vol. 30, No. 3—4, 2011, p. 527.

② 塞缪尔·亨廷顿:《文明的冲突与世界秩序的重建(修订版)》,周琪等译,北京:新华出版社 2009 年版,第 6 页。

③ 曾军:《20 世纪西方文论阐释中国问题的三种范式》,《学术研究》2016 年第 10 期,第 8 页。

化的“可理解性”。[①] 无疑，“文化的共同性和理论的通约性是人类文明得以交往的前提”[②]，人类文化中存在着超越民族传统经验而具有普遍意义、能够通约的共同价值。基于普遍主义之上，于连提出“可理解性”的概念，即在中欧思想的对话过程中，中国和欧洲在对方那里总是有一致性、可理解的东西，从欧洲出发来到中国与之相遇的理论预设就意味着不需要设定经验的断裂。[③] 然而，在这多元文化相遇、碰撞的场域中讨论文化的普遍性价值，首先必须注意不能混淆“普遍”(l'universel)与“一致”(l'uniforme)这两个概念，其原因是：

> 在世界主义思维(la pensée mondiale)的时代，危险的倾向是混淆“普遍”与“一致”两个概念。“普遍”是理性的概念，它奠定了一种必然性；而“一致”则是生产的概念，其存在的唯一的理由在于便利性(标准化、模式化的便利)。[④]

因而，在区分二者差异的基础上便不难发现，在全球化之下，我们不仅需要对抗经济领域的标准化与一致化力量，还亟须对抗思想文化领域的普遍性的强制要求。于是，这样的一致性实则走向普遍性的反面，在思想文化领域用“一致性”代替“普遍性”，将会导致文化的民族性被消解，杂糅而成的“全球英语”成为世界通用语(koinè)，主宰所谓的国际化“大辩论”，世界有可能成为均一化的场域。对中国而言，这样的语言霸权无疑会导致中国思想的消失，事实上自中国将源于西方的全球性术语(诸如“主体”和“客体”、“抽象”和“具体”)译介入本土之时起，中国思想就变得晦涩难解、难以读懂了。[⑤] 于连这样描述同质化的威胁：

> 今天，我们极有可能陷入“一致性思想”与由标准化带来的普遍主义的范畴，即由模式化的便利带来的世界趋同性。因此，我们需要重新找寻思想中的差异与间距，继而重启思维。为了进入欧洲的人文科学传统范畴，中国与日本在十九世纪末开始大量引入概念化的术语重新阐释它们的传统思想；于是，一

---

① François Jullien, «Respecter la diversité culturelle», *Le Débat*_ 2009/1 (n° 153), p. 162.

② 曾军：《西方文论对中国经验的阐释及其相关问题》，《中国文学批评》2016年第3期，第39页。

③ 弗朗索瓦·于连：《如何思考中欧之间的对话》，张颖译，《国际汉学》2009年01期，第63页。

④ François Jullien, «De la Grèce à la Chine, aller-retour. Propositions», *Le Débat* 2001/4 (n° 116), p. 143.

⑤ Ibid.

旦遭遇了这些理念，便无法再跨越它们。[①]

可见，文化与观念的趋同性是包括中国在内的一些东方国家面临的重要威胁，全球化是所有参与这个进程的文化主体伴随着交融、冲突、杂糅、流变不断互动的动态过程，在这一进程中人们与日俱增地受到一致性的专横力量的威胁。面对文化全球化下同质性力量的围困，于连提出自己的疑问：

> 对于世界上各种文化所发展出来的这些智性资源、这些可理解性资源，我们是要任其被掩盖和消失呢，还是任其被当下的驱赶了思想之特点和对照的模式化所消耗殆尽呢？……在中国与欧洲之间，难道不会显示出一种根本性的抵抗(résistance)资源吗？[②]

面对全球化潮流，于连将其视为“时代的机遇”，认为从此各种可理解性之间的流通将更为便利，从而不同文化可以通过迂回策略从外在/他者/别处/侧面了解自身的“未思”，并在这种文化间距中得到新的启迪与收获。[③]

由此可见，我们应该同时远离浅薄的普遍主义与迟缓的相对主义，否则，我们将在二者之间不断摇摆，难以自拔。[④] 因此，文化维度的全球化不应当是某种“普世主义”的现代文化代替其他文化，抑或某种“优越”文明碾轧消解民族性的过程，全球化之下理想的文化交流路径应当是一种包容性重构过程，在相异性文化相遇、碰撞、交流与互鉴的进程中，自然而然地达成某种功效，形成兼得本土文化传统与普遍文化价值之精要的新型多重文化实体。

四、结语：在中西思想的对话中建构中国文论话语

中欧思想的相遇是有积极意义的，异质文化的交流与碰撞让欧洲从侧面以“迂回”的路径更加清楚地看到自己映射在中国这面镜子中的成像，进而得以从“外在性”与“相异性”出发去思考自己的哲学与文化。然而值得关注的一点是，这场相遇并非单向度的，而是相互作用的，中国与欧洲互为“异域”与“他者”，便意味着中国

---

① François Jullien et al., «Détour par la pensée chinoise», *Commentaire* 1998/2 (Numéro 82), p. 548.

② 弗朗索瓦·于连：《如何思考中欧之间的对话》，张颖译，《国际汉学》2009 年 01 期，第 63 页。

③ 同上。

④ François Jullien et al., «Détour par la pensée chinoise», *Commentaire* 1998/2 (Numéro 82), p. 552.

与欧洲应当互为参照，那么符合逻辑的推断是中国也可以以他者（西方）为参照，力图更加理性与客观地审视自身的思想文化传统。

这样的审视应当包含两层含义：第一，在中西相互凝视的过程中，通过迂回的路径，以西方经验为参照去思考与修正中国理论。一个多世纪以来，中国都在经历一个文化适应与同化的过程。自近代始伴随着中西交流日盛，西方为中国带来了进步的思想，彼时相对于中国传统思想是十分新奇的所在，又在与中国思想的交流过程中逐步渗透进入中国的理论话语。[①] 然而，这一点在我国已明显呈现出"过犹不及"的态势，主要表现为西方理论大规模地涌入，并通过译介与转化，内化为中国理论话语不可或缺的部分，得到中国学界的广泛追随，异质文化因素对本土文化的渗透侵蚀着中国传统文化思想，造成本土文化的"游离"与本国文论话语的"失语"。第二，也是更为重要的一点，基于经由外部的反思，应当消除西方投射在中国身上的牵强色彩与强制性影响，重塑中国本土的文论体系。中国历经近代的屈辱历史、传统与现代的断裂式焦虑以及全球化背景下"文化帝国主义入侵"困境，凡此种种无不映射在 20 世纪以来的文论话语体系之中。尤其在当下，我们一方面意识到全球化背景下共同问题的存在，且中国问题已成为世界问题的有机构成，其重要性日益提升；另一方面，又必须警惕"中国性"被消解，强调民族文化复兴与传统回归，故而当代中国文论亟须面对"全球化风险"与"地方性风险"的双重挑战。[②]

事实上，理论视角具有相对性，正如被建构的"东方"一样，"西方"本身也是一个被建构的理论视角。在中国经验与西方理论的相遇过程中，并非一定会"削中国经验之足，而适西方文论之履"，中国学界借助中国经验推动理论创新、以中国经验修正西方理论，是值得尝试的一个努力方向。[③] 中国以西方作为外部参照，需要认清西方理论体系并非一定比中国优越，也不应将西方奉为中国的高点去一味地追捧，而是应当用批判的眼光去审视二者的差别、从中西思想的间距中反思中国理论的建构之路，从追随、阐释到对话、引领，应当成为中国学者们理想的治学之路。

当代西方文论在不同历史时期、不同语境下被不断认知与建构，背后有着"当

---

① François Jullien et al., «Détour par la pensée chinoise», *Commentaire* 1998/2 (Numéro 82), p. 552.

② 曾军：《20 世纪西方文论阐释中国问题的三种范式》，《学术研究》2016 年第 10 期，第 2 页。

③ 曾军：《西方文论对中国经验的阐释及其相关问题》，《中国文学批评》2016 年第 3 期，第 43 页。

代中国文论话语转型”这一问题意识，应当作为中国文论的“理论他者”被重新认识，并与中国文论话语进行交流与碰撞，成为创新中国文论话语体系的新形态、构建中国文论话语的重要外部推动力。[①] 在多元共生的文化理想之下，我们应当结合内生性和外生性两大不同的视点，将中国文化和中国问题置于全球化、语境化的世界文明谱系中去审视，既扎根中国传统思想文化的要义，又贯通人类共同成果的精髓，透过西方汉学家对中国问题的“异质性”体察与思考去发掘中国的“未思”，从而推动中国文论话语在新时代的重新定位。

---

① 曾军：《20 世纪西方文论知识的中国建构》，《南京社会科学》2016 年第 5 期，第 107 页。

第二篇

《矛盾论》与西方左翼思潮中的“毛泽东美学”

西方左翼思潮中的毛泽东美学

曾 军
（上海大学文学院）

一

马克思主义在20世纪的全球流变是一个非常重要的现象。发端于欧洲的马克思主义经过俄苏再传到中国，发展成中国马克思主义①；以毛泽东为代表的中国马克思主义在20世纪60年代之后对欧美资本主义国家产生巨大影响，它在西方左翼思潮中所展开的美学维度，可命名为“毛泽东美学”（“Mao Zedong Aesthetics”）。西方“毛泽东美学”不是中国“毛泽东文艺思想”的翻版或镜像，而属于西方左翼思想中的美学和文艺维度。长期以来，学术界在“毛泽东文艺思想”与“毛泽东美学”关系上一直存在某种认知的断裂，甚至将它们视为彼此对立的思想体系。80年代以后，“毛泽东美学”以西方马克思主义美学和文艺理论的面貌重返中国，形成了“毛泽东文艺思想”和“毛泽东美学”各自独立但互不兼容的理论格局。作为对这一知识运动的学术清理，本文的研究重点是，通过对西方左翼思潮中毛泽东思想影响的清理和辨析展开对“毛泽东美学”的认知测绘。既然毛泽东的思想和著述是彼此共享的理论资源，我们就需要在一个新层面建立“毛泽东文艺思想”和“毛泽东美学”的比较和对话平台。

以毛泽东思想及其著作为核心，我们可以以“同时代性”将作为中国马克思主

① “中国马克思主义美学”一词的最早出现应该是在20世纪50年代“美学大讨论”期间。目前资料所能够查到的最早表述是翟立林的《论建筑艺术与美及民族形式》（《建筑学报》1955年1期，第46—48页）。但正式提出这一问题的，要属1958年8月周扬“建立中国自己的马克思主义的文艺理论和批评”的讲话了。在这篇讲话中，明确提出“中国马克思主义的文艺理论和批评”要克服的是“教条主义”和“修正主义”。

义美学的“毛泽东文艺思想”和作为西方左翼思潮中的“毛泽东美学”建立起必要的学术关联。在中国马克思主义美学和西方左翼美学之间,尽管隔着“东/西”的文化差异和“社会主义/资本主义”的意识形态分野,但是它们都对20世纪“第二次世界大战”之后政治、经济、军事、社会以及文化秩序的恢复和重建做出了积极回应并提出了建设性方案。这一“同时代性”决定了西方左翼学者能够主动接受“来自东方的风”的毛泽东思想的影响,从中国社会主义革命中获得启迪,并能够作为西方同行展开与毛泽东思想和中国革命的“远西对话”。

中国马克思主义者经历了从革命党到执政党、从社会主义革命到社会主义建设的历史场景转换,还面临着如何在一个落后的、资本主义发展不充分的“东方亚细亚”国度贯彻马克思主义思想、践行社会主义理想的诸多难题,更不用说其中还经历了诸多曲折和弯路了。而西方左翼学者则经历的是从国际共产主义运动的革命失败和思想分化,社会主义革命在西方暂时失去了现实的可能性,马克思主义者只能从社会变革退回学术思想;他们所面对的资本主义社会的现实已经从早期资本主义过渡到晚期资本主义,面对的是各种“后学”在思想文化领域里的泛滥。[①]如果仅仅停留在国际共产主义运动的维度来审视,西方左翼学者早已退回书斋,用“话语革命”替代了“社会革命”;真正的政治革命和社会革命的旗手无疑是从欧洲经过俄苏,转移到了中国。如果仅仅从毛泽东思想的角度来判断,西方左翼学者无疑停留在对毛泽东思想的断章取义的浪漫想象层次;20世纪50年代之后,中国也将绝大多数的西方左翼美学作为批判对象归为“资产阶级文艺理论”。而如果仅仅站在西方左翼的立场来考察,西方左翼思想所受到的毛泽东思想的影响无论如何也都是局部的、阶段性的、存在巨大局限的;同时期毛泽东思想国际传播的重心也不在西方发达资本主义国家,而是在亚非拉第三世界国家和地区。这致使“中国马克思主义美学”和“西方左翼美学”虽然长期同时存在,却始终没能处于同一个话语平台展开交往和对话。

长期以来,毛泽东文艺思想研究主要是在中国马克思主义美学和文艺理论学

---

① 在此特指作为学术思潮意义上的从卢卡奇、葛兰西到法兰克福学派、阿尔都塞学派以及英美新马克思主义等,此外还有各种林林总总的借鉴和部分马克思主义思想,或者打着“马克思主义”旗号的理论思潮,20世纪后半期的“后马克思主义”思潮则并不包含在内。

术界内部开展的知识生产。其中,狭义的毛泽东文艺思想特指毛泽东作为革命领袖和浪漫主义诗人对于文艺问题的思考和看法。这里有必要区分作为革命领袖的毛泽东和作为诗词作家的毛泽东对美学和文艺问题的看法。两者的共同点在于,都是由毛泽东亲口或亲笔表述的思想。不同点在于,前者是毛泽东代表党和国家对文艺问题的表态,因此是集体智慧的结晶;后者则是毛泽东个人美学和艺术趣味的表现,因此具有鲜明的个人风格。尽管两者在许多时候都是共通的,但这一区分恰好划定了毛泽东文艺思想的外延和边界。还有,“文艺的工农兵方向”作为党和国家文艺政策的价值导向与毛泽东古典诗词创作的审美偏好之间也保持着一种美学张力。广义的毛泽东文艺思想则泛指以毛泽东为代表的共产党人领导中国社会主义革命和社会主义建设过程中对文艺问题的方针、政策以及创作思潮等。这超出了毛泽东个人的范围,是将整个毛泽东时代作为一个整体进行命名。如李准、丁振海所编的《毛泽东文艺思想全书》就属于后者。① 不难发现,毛泽东文艺思想并不是一个纯粹的文艺创作风格、文学流派甚至写作技法的问题。更主要的是,作为一个以马克思主义为指导的中国共产党的文艺指导思想还经历了从革命党到执政党的转变。此外,“毛泽东文艺思想”还有第三种形态,即从中华人民共和国成立之后,毛泽东文艺思想进入文艺理论的研究和教学的领域,逐步被知识化、逻辑化和体系化地建构起来。这些教材或专著主要的贡献在于在“马克思主义中国化”框架下对毛泽东文艺思想进行系统化的梳理。

如果从中国马克思主义美学发展史的角度来看,“毛泽东文艺思想”自身还有一个不断形成、演变、发展和成熟的过程。它继承和发扬马克思主义基本精神,在结合中国本土经验和现实需要的过程中逐步形成了有别于俄苏的列宁－斯大林主义,并最终成为世界马克思主义美学发展史上相对独立的一个阶段。我们就需要既在“中国外部”又在“中国内部”,在既“继承”也“发展”的多重维度,完成对“毛泽东文艺思想”的准确定位。

将中国马克思主义与西方左翼思潮纳入马克思主义思想史的整体中予以考察,即是这种试图兼容“杂音”形成“复调”的学术努力。如英国学者莱恩(D. Laing)在《马克思主义的艺术理论》一书中,专章介绍了“社会主义现实主义在中

① 李准、丁振海主编:《毛泽东文艺思想全书》,长春:吉林人民出版社 1992 年版。

国”,并分为“鲁迅与上海的亭子间作家”“毛泽东与革命根据地”“社会主义内部的文化斗争”三节来展开中国马克思主义美学思想内部的复杂性。① 南斯拉夫的弗兰尼茨基(Predrag Vranicki)在《马克思主义史》第三卷第二篇中专设两章,即“毛泽东在革命时期的主张”和“武装革命胜利后的理念和实践”,比较系统地描述了中国革命历程和以毛泽东为代表的中国共产党从革命时期到中华人民共和国初期的各个历史阶段的主要哲学理念和政治主张。波兰的科拉科夫斯基在其专著《马克思主义的主要流派》第3卷的最后一章即第十三章中,用一节篇幅评述毛泽东的理论,将其思想命名为“农民马克思主义”②。王善忠主编的《马克思主义美学思想史》第4卷《中国马克思主义美学思想的发展历程》从中国近代农民美学观念的表现开始讲起,经过梁启超和王国维启蒙美学的奠基、马克思主义美学在中国的传播、中国马克思主义革命美学的发展,聚焦到毛泽东文艺观和美学观的集成,最后落脚到蔡仪美学思想,尝试将“毛泽东文艺思想”置于中西马克思主义美学发展史中进行定位。

二

将西方左翼学者中接受毛泽东思想影响的美学家视为“西方同行/同时代人”,便可讨论他们在“同时代”面对相同或相似的问题时如何展开理论与实践,以及他们之间是如何展开学术思想的交往对话,形成既有内在的关联又存在明显差异的多维“毛泽东美学”。结合西方左翼思潮的自身发展轨迹,主要受到毛泽东思想影响,聚焦毛泽东思想中的关键文本,进而提炼出毛泽东美学中的关键议题,我们可以粗略绘制一幅“西方左翼思潮中的毛泽东美学”的学术地图:

时间	国家	理论家	关键文本	关键议题
1954	德国	布莱希特	《矛盾论》	辩证戏剧
1955	法国	萨特和波伏娃		新中国
1962	法国	阿尔都塞	《矛盾论》	多元决定

① D. Laing, *The Marxist theory of art*, Atlantic Highlands: Humanities Press, 1978.

② 莱泽克·科拉科夫斯基:《马克思主义的主要流派》第3卷,唐少杰等译,哈尔滨:黑龙江大学出版社2015年版,第475、476页。

续表

时间	国家	理论家	关键文本	关键议题
1968—1974	法国	索莱尔斯	毛泽东诗词、《矛盾论》	辩证法
1970	德国	马尔库塞	流动剧院	革命和艺术
1974	法国	巴利巴尔和马舍雷	《在延安文艺座谈会上的讲话》	文学和意识形态形式
1975—	法国	巴迪欧	《矛盾论》	辩证思维
1977	英国	雷蒙·威廉斯	《毛泽东论文艺》	作家与人民的关系
1980s	美国	詹明信	《矛盾论》	政治无意识
1990s—	美国	德里克	毛泽东选集	中国马克思主义
2000s	斯洛文尼亚	齐泽克	《矛盾论》《实践论》	辩证法

西方“毛泽东美学”的形成始于20世纪50年代。从时间上看，德国的布莱希特算是较早接触毛泽东和中国革命的西方左翼学者中最为重要的一位。可能受到斯诺《红星照耀中国》引起的世界性轰动的影响，布莱希特在1937年流亡丹麦期间创作了一首关于毛泽东的短诗。1952年4月1日，《人民日报》刊登了毛泽东写于1937年的《矛盾论》。该文也于1954年被翻译成了德文，并立刻引起了布莱希特的强烈兴趣。1955年，在回答一家杂志社关于“什么是1954年的最佳图书”的问题时，布莱希特认为：“在去年阅读过的图书中，给我印象最为强烈的，是毛泽东的论文《矛盾论》。”①对毛泽东《矛盾论》中的辩证法思想的学习，使布莱希特深化了自己对戏剧创作的理解。他在后期戏剧理论著述中有意弱化早年的“陌生化”理论，并不断强化“辩证法”思想，而且还将自己的戏剧创作实践的命名从“史诗剧”变更为“辩证剧”。次年，法国哲学家萨特和波伏娃接受中国政府的邀请，访问北京并参加了中国的国庆庆典。这次中国行促使萨特发表了《我对新中国的观感》(《人民日报》1955年11月2日)和《我们所见到中国》(《法兰西观察家》1955年12月1日和8日)，波伏娃也撰写了《长征：中国纪行》。他们从中国文化的传统、五四新文化运动的发展历史以及中华人民共和国成立之初的文化普及程度的现实等问题的梳理出发，提出对中华人民共和国文化普及的必要性、文字改革的可能性以及作家思

① 张黎：《布莱希特与毛泽东》，《中华读书报》2009年7月18日。

想改造的现实性等诸多问题的看法,认为"只有大众的知识水平和判断力都大大提高了,中国才能成为毛泽东所许诺的'一个文化繁荣的国家'"①。这些著作又在法国思想界引起了更大的轰动和热烈的讨论。这两个事件都是具有标志性的,揭示出毛泽东之所以引起西方左翼思想家的关注,得益于毛泽东著作的翻译。

1962年,毛泽东的《矛盾论》法文版在《思想》杂志发表,引起了阿尔都塞的强烈兴趣。他及时做了《矛盾与多元决定(研究笔记)》,次年又撰写了《关于唯物辩证法(论起源的不平等)》一文。这两篇文章分别发表在1962年12月和1963年8月的《思想》杂志上。阿尔都塞通过对毛泽东《矛盾论》的解读发现,"马克思主义的矛盾观似乎与黑格尔的观点毫无关系"。② 他创造性地借鉴毛泽东关于"主要的矛盾和矛盾的主要方面"的思想,并将之用"多元决定"这一概念来概括。③ 阿尔都塞还从"文化大革命"中发掘其现代性的意义,认为这是既有别于"斯大林偏向"的经济主义本质,又有别于资产阶级人道主义的无产阶级意识形态领域的文化革命。

真正构成对西方左翼思想的巨大影响的时期,主要集中在以法国"五月风暴"为代表的60年代末到70年代初的五六年时间里。这一时期最重要的"毛泽东美学"的代表要数原为法国先锋文学和激进思想的《原样》(*Tel Quel*)团体了。1968年秋,《原样》发表了集体宣言共同理论④,寻求"全面颠覆",并将写作和革命视为共同的事业,这标志着《原样》团体进入毛泽东美学时期。作为主编的索莱尔斯,不仅创作了包含中国因素的小说,而且还翻译了毛泽东诗词和相关著作⑤,并在1972年春的第48和49合期、1972年夏的第50期和1974年秋的第59期出版了三期中国专号,共43篇文章。1974年5月,《原样》代表团来到中国访问,这是他们转向左

---

① 西蒙娜·德·波伏瓦:《长征:中国纪行》,胡小跃译,北京:作家出版社2012年版,第288页。

② 路易·阿尔都塞:《矛盾与多元决定(研究笔记)》,《保卫马克思》,顾良译,北京:商务印书馆1984年版,第72页。

③ 阿尔都塞用"多元决定"来概括毛泽东的《矛盾论》,其主要的目的是为了将之与黑格尔的思想相区别,具有"反决定论",尤其是"反对单一的决定论"的倾向。但surdétermination(英语的overdetermination,德语的Überdeterminierung)一词的翻译历来也是争讼不断,如何既避免"决定论"的简单,又不至于陷入"多元论"的陷阱,从而更好地呈现阿尔都塞所欲保持的理论的张力,确实需要认真拷量。参见蓝江:《症候与超定——对阿尔都塞surdétermination概念的重新解读》,《马克思主义与现实》2017年6期,第98—106页。

④ Philippe Sollers, *Theorie d'ensemble*, Paris: Le Seuil, 1968, pp. 67—68 et 78—79.

⑤ 仅《原样》杂志就在1970—1976年期间发表过两组毛泽东诗词的翻译,翻译了毛泽东的《关于哲学的面谈》,还重译了《矛盾论》。可见这一时期是他们积极主动了解和研究毛泽东思想的时期。

翼后的重要事件之一。中国行期间，罗兰·巴特写了《中国行日记》，对中国这一时期的文学艺术状况多有记录和评点。克里斯蒂娃则写了《中国妇女》一书，成为"欧洲妇女眼中的中国妇女"的重要文本，该著不仅全面描述了中国妇女社会地位、文化风俗、思想观念的变迁，而且还开展了专题访谈，其中就访谈了时任北京大学中文系教师的冯钟芸，了解到当时大学文学教育的现状①；她的小说创作中也频见中国元素。中国行之后，《原样》内部思想逐渐分化。

马尔库塞虽身在美国，但仍然坚持法兰克福学派批判理论的立场。在《反革命和造反》一文中，他从"文化革命"的角度重新理解了19世纪末期到20世纪以来的现代主义艺术思潮，认为艺术和美学形式的变革体现了"艺术的政治潜力"这一激进主义的特征。该文是马尔库塞根据他1970年在普林斯顿大学和纽约市社会研究所新学院所做演讲的内容写成的小册子，并在1972年发表。它通过对资产阶级的艺术传统以及美学原则的颠覆，指出无产阶级艺术充分发挥了其"否定性力量"；而作为这一"强有力的力量"的典型代表，中国革命文艺时期的流动剧院得到了马尔库塞的高度评价。在他看来，"中国的戏剧并不在一个'游戏的世界'里进行演出；它是革命事件的一部分，插曲性地反映了演员和战士的同一性：演出空间和革命空间的统一"②。

《毛泽东选集》以及专题性的《毛泽东论文艺》的英译本首先是由中国翻译出版并海外发行的。英国伯明翰学派的精神领袖雷蒙·威廉斯在其《马克思主义与文学》中所引的就是由中国1960年翻译发行的英译本《毛泽东论文艺》。在该书的第9章《立场与党性》中，雷蒙·威廉斯征引了毛泽东的《关于正确处理人民内部矛盾的问题》(1957年2月27日)和《在延安文艺座谈会上的讲话》中的三段话，认为："毛泽东这种论点(连同先前我们已熟知的那些立场观点)之中最能在理论上引起人们兴趣的是，他非常重视改造作家同人民之间的社会关系……'党性'成了由某种迄今分立的、同社会和政治还保持一定距离或间离化状态的写作所采取的一种

① 张颖：《阅读中国：论克里斯蒂娃〈中国妇女〉的文本张力》，《上海大学学报》(社会科学版)2016年2期，第93－101页。

② H. 马尔库塞：《反革命和造反》，《工业社会和新左派》，任立编译，北京：商务印书馆1982年版，第172页。

行动。"[①]这段征引放在《马克思主义与文学》全书中也许并不特别引人关注，但是如果从整个"毛泽东美学"展开认知测绘的角度，其特殊之处也就凸显出来了：首先，所征引的毛泽东文献是由中国选编翻译并海外发行的《毛泽东论文艺》，这使得威廉斯能够"准确"把握"毛泽东文艺思想"的要义，因此，成为"毛泽东文艺思想"产生海外学术影响的典范；其次，雷蒙·威廉斯所关心的议题不再是"辩证法"或"文化革命"，而是作为"马克思主义文学理论"关键问题的"立场和党性"的重要组成部分[②]；最后，雷蒙·威廉斯强调了毛泽东处理"立场和党性"方面的特殊之处，即在"改造作家和人民之间的社会关系"的意义上强调文学的"立场和党性"问题。

詹明信与中国的关系也极为密切。早在1971年的《马克思主义与形式》一书中便征引过毛泽东的《矛盾论》。[③] 其"认知测绘"的理论作为凯文·林奇的"城市的意象"和阿尔都塞"多元决定"的混合体，也包含了毛泽东《矛盾论》的理论因素。[④] 在其《理论的意识形态：1971—1986年文选》中，大体呈现了詹明信在20世纪七八十年代重要的思想历程，其中涉及对毛泽东著作和毛泽东思想的讨论非常之多，且尤以对《划分六十年代》一文的讨论最为集中，展现了詹明信的"毛泽东情结"。[⑤]

美国马克思主义学者德里克同时也是一位汉学家。他致力于对中国近现代史的研究，曾自述对其学术思想影响最重要的人物有三个：马克思、毛泽东和陀思妥耶夫斯基。[⑥] 作为《亚洲哲学百科全书》中"毛泽东和'中国马克思主义'"词条的撰

---

① 雷蒙德·威廉斯：《马克思主义与文学》，王尔勃等译，郑州：河南大学出版社2008年版，第214－215页。

② 雷蒙·威廉斯的《马克思主义与文学》由三部分组成（"基本概念""文化理论"和"文学理论"），《立场和党性》这一章属于"文学理论"中的第9章。

③ Fredric Jameson, *Marxism and Form: Twentieth Century Dialectical Theories of Literature*, Princeton: Princeton University Press, 1971. 所征引的文献来自 Mao Tse-tung, "On Contradiction", in *Selected Works*, *II*, 13－53, 5 vols, New York: Interatonal, 1954—1962.

④ 吴娱玉：《从政治实践话语到文化阐释策略——以詹姆逊对毛泽东思想的美学挪用为例》，《文艺理论研究》2016年6期，第202－210页。

⑤ "毛泽东情结"一词是谢少波的命名。参见谢少波：《弗·杰姆逊的毛泽东情结》，邓少辉译，《天涯》1999年5期，第136－142页；颜芳：《"毛主义"与西方理论——弗雷德里克·杰姆逊教授访谈录》，《外国文学研究》2017年2期，第1－4页。

⑥ Arif Dirlik, "A Short Biography & Selected Works", *Perspectives on Anarchist Theory*, Vol 1 No. 2 (Fall 1997).

写者，德里克以“毛泽东思想”和“中国马克思主义”的名义对毛泽东的思想进行了全面介绍，并认为毛泽东哲学的形成有赖于第三世界革命反抗殖民统治、寻求独立自主意识的觉醒。因此，“中国的马克思主义”在某种意义上说，就是“毛的马克思主义”(Mao's Marxism)。因此，德里克对毛泽东的介绍立足于“马克思主义中国化”①，聚焦《矛盾论》和《实践论》。

进入20世纪70年代之后，阿尔都塞学派发生内部分化。作为学生的巴迪欧、朗西埃等分别自立门户，并在90年代之后汇成西方激进左翼思潮。这批学者更加紧密地将审美与政治、文化与社会、艺术与革命等问题结合起来，更加直接地从中国思想和中国现实中汲取理论灵感。艾蒂安·巴利巴尔(Etienne Balibar)和皮埃尔·马舍雷(Pierre Macherey)也在20世纪70年代初期接触到了毛泽东著作。1974年，在他们合作完成的《论作为一种观念形式的文学》一文中引用了毛泽东《在延安文艺座谈会上的讲话》中的观点来论证文学和意识形态的关系问题。巴迪欧在70年代撰写了大量以毛泽东思想为背景的著作，如用来批判和超越阿尔都塞的《矛盾理论》(1975)、《论意识形态》(1976)等。进入80年代之后，他的《主体理论》(1982)试图用拉康的精神分析来解决毛泽东思想中革命实践的主体问题，形成别具一格的主体理论。对文学艺术和审美的政治维度的强调是雅克·朗西埃(Jacques Rancière)的重要特点，在从“美学的政治”到“政治的美学”的过程中，朗西埃一直思考着“艺术如何政治”的问题。他从中国革命的工人阶级动员和革命中获得启发，有感于“五月风暴”中阿尔都塞等知识分子不是走上街头进行革命，而是转而研究工人运动和劳工问题，朗西埃因此认为应该像毛泽东那样“相信群众的能力”，主张普通工人也能够欣赏和创造文学艺术。

如果说，西方左翼思潮在半个多世纪的发展中，从早期的对毛泽东思想和中国革命的浪漫想象是一种出于无知和善意的误读，到了20世纪70年代随着“五月风暴”革命激情的消退从而进入理性且克制的沉默的话，那么，90年代之后，西方左翼思想界对毛泽东和当代中国的态度正在发生重要的转变。其中，齐泽克作为激

---

① 在“Global Capitalism and the Condition of Postcoloniality”一文中，德里克采用的是“the Sinification of Marxism”一词(参见 Arif Dirlik, *The Postcolonial Aura: Third World Criticism in the Age of Global Capitalism*, Boulder: Westview Press, 1997)。

进左翼思潮中的重要成员，在21世纪之后转向了对毛泽东最具代表性的理论——《矛盾论》和《实践论》中的辩证法思想——的批判性反思便是这一具有标志性的转变之一。齐泽克以其《意识形态的崇高客体》为标志，正式进入英语学界，并一跃而成为炙手可热的学术明星。但是，他对毛泽东和当代中国的关注却是从1999年《敏感的主体》开始的，进入21世纪之后齐泽克"重新发现"并高度重视列宁的革命遗产，进而展开对"革命"的重新理解。[①] 在这一"列宁时期"大背景下，齐泽克的著作中对毛泽东和当代中国问题的讨论陆续增多起来。其中，他对毛泽东最重要的评价就是2007年给新版《矛盾论、实践论》所做的长篇序言，一方面认为"他的名字就代表了对数以亿计的默默无闻的第三世界劳动者的政治动员"，但另一方面，认为毛泽东的《矛盾论》对"否定之否定"的反对是有局限性的，认为毛泽东的思想和政治的核心缺点正是"他没有把握到'否定之否定'为什么不是肯定和绝对否定的妥协，而恰恰相反是真正的否定"。[②] 2011年 *Positions* 推出了"中国与齐泽克"专号。齐泽克与刘康展开了激烈的交锋，中国学者张颐武、杨慧林等人也参与了讨论。在这次与中国学者展开的正面交锋中，齐泽克把希望寄托到了巴迪欧式的"共产主义"的"永恒理念"之上。[③] 齐泽克对毛泽东《矛盾论》的批评在西方"毛泽东美学"发展中是标志性的事件：如果说长期以来，毛泽东的思想对西方左翼思潮的影响主要是正向激励，西方左翼学者也主要是以"同情之理解"的方式来汲取毛泽东思想和作为"他山之石"的中国问题的思想启迪甚至是精神支撑的话，那么，西方左翼学者对毛泽东和当代中国问题的态度则经历了从20世纪70年代之后的沉默到20世纪80年代之后的隔膜再到90年代之后尤其是21世纪以来的质疑，西方"毛泽东美学"正在发生重大而深刻的变化。这值得我们关注。

---

① 2001年，齐泽克撰写了《重述列宁》(*Repeating Lenin*, Zagreb: Arkzin D. O. O.)，并于2002年选编了《一触即发的革命：列宁文选》(*Revolution at the Gates*: *Zizek on Lenin*, the 1917 Writings, London: Verso, 2002)。2017年，齐泽克再发表《列宁2017》(*Lenin 2017*: *Remembering*, *Repeating*, *and Working Through*, London: Verso, 2017)。

② Slavoj Zizek, "introduction", Mao Tse-Tung, *On practice and contradiction*, London: Verso, 2007.

③ "Chinese Perspective on Zizek and Zizek's Perspective on China", *Positions*: *East Asia Cultures Critique*, 2011. 问题的讨论参见韩振江：《齐泽克对毛泽东辩证法思想的阐释与误读》，《上海大学学报》(社会科学版)，2016年5期，第72—82页。韩振江认为："作为西方马克思主义者的齐泽克虽然很推崇毛泽东的历史功绩，但是他对毛泽东的唯物辩证法的理解很多是错误的。"

三

长期以来,中国马克思主义研究中一直存在“西马非马”的争论;在对待西方“毛泽东美学”的问题上,也存在将“毛泽东美学”“毛泽东文艺思想”对立起来的倾向。这种思想观点有一定的合理性,即站在“经典论”和“还原论”的角度,坚持全面、客观、准确地把握马克思主义和毛泽东思想,警惕在一定程度上对事实存在的歪曲和误读。但这同样也存在给发展和丰富马克思主义、毛泽东思想带来思想上的禁锢的问题。我们不可简单地偏执一端,而应该保持思想的活力和张力。

清理西方左翼思想中的“毛泽东美学”,有利于在中西方左翼美学交往对话中进一步厘清“毛泽东美学”与“毛泽东文艺思想”、“中国马克思主义美学”与“西方左翼美学”之间的相互影响和复杂关系。“毛泽东美学”更重视的是毛泽东的《矛盾论》中的辩证法再加上与文学艺术密切相关的“文艺与政治”“艺术与革命”“作家与人民”(立场与党性)等问题,因此,“毛泽东美学”也不是简单的毛泽东政治理论的美学化或曰美学转向,而是对毛泽东哲学思想、文艺问题的政治思考,以及对文艺社会学维度的强调。

“毛泽东文艺思想”和“毛泽东美学”虽然分属中西,但80年代之后,“毛泽东美学”伴随西方左翼思想在中国的译介和传播已经进入当代中国文论话语体系的内部,在不同历史时期对不同的文论话语产生了不同程度的影响,如布莱希特的戏剧理论、萨特的“介入”思想、阿尔都塞的辩证法、马尔库塞的解放美学、雷蒙·威廉斯的马克思主义文学理论、詹明信的政治无意识、德里克的后革命以及近年来激进左翼思潮的大规模引入等。但是我们并没有特别留意它们与毛泽东思想的关系,没有展开毛泽东文艺思想与之的对话。与此同时,强调中国马克思主义美学和西方左翼美学之间的“同时代性”,还有一个非常重要的原因。长期以来,西方左翼往往简化并片面强调毛泽东美学中的某些侧面,对中国马克思主义美学内部的复杂性存在严重忽视、误读和曲解的问题。因此,将两者置于“同时代”展开讨论,有助于恢复西方“毛泽东美学”对“毛泽东文艺思想”遮蔽的地方。正如刘康所说的:“中国的马克思主义美学具有原创性,不仅是因为它提供了概念性的框架,而且是因为它敏锐的立场和议程构成了极为独特的声音,有助于消除当代文化研究中对差异的过度偏爱。中国的这种独特的声音既来自激进的遗产,又包含了对激进的遗产的自我批评,正是这个激进的遗产培育了当代的‘他者政治’。而当代西方激进的文化政治学者们却忽略了这种声音,这样的情形是很讽刺的。”[①]西方“毛泽东美学”与中国“毛泽东文艺思想”的平行比较、影响研究以及对中国的“折返影响研究”,有助于更加凸显被遮蔽的中国毛泽东文艺思想中“极为独特的声音”。

① 刘康:《马克思主义与美学》“序”,李辉、杨建刚译,北京:北京大学出版社 2012 年版,第 9 页。

布莱希特对毛泽东《矛盾论》的美学转化

马 欣

（东华大学马克思主义学院）

有关布莱希特与中国古典文化，如布莱希特与老子、布莱希特与中国诗歌、布莱希特与中国传统戏剧等论题一直颇受关注，而关于他与中国现代思想家进行“对话”的研究则凤毛麟角。众所周知，布莱希特创作活跃的年代，恰逢中国社会转型，新旧文化更替的时期。因此，他与中国现代文化的交集虽然有限，却并非只是从中国戏曲艺术中汲取养分，创造出“陌生化”理论。布莱希特从早年开始一直关注毛泽东，到晚年又特别推崇毛泽东的辩证法思想，因而，他对《矛盾论》的阅读以及美学转化也应该为我们所重视。

保罗·约翰逊在《知识分子》一书中曾对布莱希特进行了尖锐的批评：“对于他人的情节和思想，布莱希特是个天才的改编者和模仿家”①，但是约翰逊也不得不承认，布莱希特的表现风格极具独创性。曾军在《西方文论对中国经验的阐释及其相关问题》一文中指出，西方学者对中国经验进行理解与阐释的逻辑起点建立在本国文化对“异国情调”的接触、理解和想象的基础上。② 他根据“接触”的程度，区分为完全没有接触中国、部分接触中国和将中国作为研究对象三种情况。布莱希特属于部分接触中国的西方学者，他曾经同中国艺术家梅兰芳会面，与中国学者元苗子合作，阅读并且翻译了毛泽东的部分著作。因此，布莱希特对中国经验的处理，特别是对《矛盾论》的理解和运用，虽然不可避免地带有“前见”与“模仿”，却也融合了他对中国经验最直观的感受与切身的思考。

---

① 保罗·约翰逊：《知识分子》，杨正润译，北京：台海出版社 2017 年版，第 212 页。

② 曾军主编：《欧美左翼文论与中国问题》，上海：上海大学出版社 2016 年版，第 95—96 页。

张黎的《布莱希特与毛泽东》[1]一文非常详尽地提供了布莱希特接触毛泽东著作的背景与线索。他指出，布莱希特从20世纪30年代初起一直关注毛泽东，在50年代中期阅读了《矛盾论》德译本后，特别推崇毛泽东的辩证法思想。对此，张黎举出两个重要例证：其一，布莱希特在《戏剧小工具篇补遗》一文中重点谈论了唯物辩证法在史诗剧中的应用；其二，晚年布莱希特将自己边学习《矛盾论》边总结舞台经验的系列短文，命名为《舞台上的辩证法》。

《矛盾论》是毛泽东的哲学代表作，其中将中国共产党领导中国革命的实践经验概括为处理主要矛盾与次要矛盾、矛盾的主要方面与次要方面的问题。因此，讨论"布莱希特对《矛盾论》的美学转化"这一问题的关键在于：布莱希特运用了《矛盾论》中的何种思想与方法，对史诗剧进行了怎样的改造和创新。

一、布莱希特读《矛盾论》

布莱希特研读毛泽东《矛盾论》的来龙去脉，还得从一封短小的私人信函谈起。1955年8月31日，布莱希特在写给元苗子（时任莱比锡外国语学校的汉语教师）信函的后半段提到两件事，一是他在戏剧中大量运用了毛泽东的《矛盾论》，二是《八路军的小米》一直在上演，深受观众喜爱；这封信的前半段则是感谢元亲自写了一幅毛泽东诗词的书法作品赠予他，并告知元已将这幅字挂在墙上。[2] 这封信还被布莱希特书信集的编纂者加了一段较长的注释，内容如下：

> 毛泽东的诗——《飞跃长城有感》。布莱希特根据吴安与弗里茨·严森的译本进行了自由的发挥。（《布莱希特全集》第4卷，第164页）
>
> 布莱希特在这里提到的原文，作为一幅书法壁挂保存在布莱希特最后的居所中。
>
> 布莱希特在回答《新德国文学》(*Neuen Deutschen Literatur*)杂志的提问时，称《矛盾论》为1954年他读过的最优秀的一本著作。这本小册子多次出现于布莱希特的遗稿。

---

① 张黎：《布莱希特与毛泽东》，《中华读书报》2009年7月18日。

② Bertolt Brecht, *Briefe 1913—1956 Band 1*: *Texte*, Herausgegeben und kommentiert von Günter Glaeser, Aufbau-Verlag Berlin und Weimar, 1983, S. 715.

《八路军的小米》——元苗子将这出中国大众剧目译成了德文。在 Manfred Wekwerth 的执导下，于 1954 年 4 月 1 日在柏林剧院首演，截止到 1957 年 3 月 7 日共上演 77 场。①

布莱希特将毛泽东《矛盾论》看成是他在 1954 年读过的最优秀的作品，他对《矛盾论》思想价值的充分肯定，其实已经隐含在他探索戏剧理论的过程中对《矛盾论》精髓的吸收中。《矛盾论》提出的矛盾分析方法原本是一种同美学风马牛不相及的哲学思想，布莱希特将这一思想纳入他的史诗剧理论，从哲学到美学有一个转化，剧本分析与戏剧排演在当中充当了重要媒介。

对照布莱希特 1948 年的《戏剧小工具篇》(以下简称《小工具篇》)与 1954 年的《戏剧小工具篇补遗》(以下简称《补遗》)，可以看到在后者中“矛盾”与“矛盾性”的出现频率明显高于前者。《戏剧小工具篇》②德文版 49 页篇幅，除去“前言”每一条都有编号，共 77 条，其中“矛盾”与“矛盾性”共出现 10 次。《戏剧小工具篇补遗》③德文版 9 页篇幅，全文呈自然段落排列，没有编号，《补遗》的英译者约翰·威利特将布莱希特留下的 8 个编号以及其他没有编号的段落，重新排列增补至 12 个带有编号的条目，以便与《小工具篇》的内容相对应。在这些段落中“矛盾”“矛盾性”共出现 16 次。这说明布莱希特一直较关注戏剧中的“矛盾”与“矛盾性”，也表明毛泽东《矛盾论》对布莱希特戏剧理念的影响，尤其对其“矛盾”概念的补充与强化作用不容小觑。威利特在《小工具篇》末尾的注解，也提供了两点重要信息：布莱希特的“舞台上的辩证法”(Die Dialektik auf dem Theater)是由“辩证唯物主义”(出现在《小工具篇》第 45 段)衍生而来的；由于“买黄铜”(Der Messingkauf)理论的残缺不齐，《戏剧小工具篇》成了布莱希特保存下来的最为重要的理论著作。④

---

① Bertolt Brecht, *Briefe 1913—1956 Band 2: Anmerkungen*, Herausgegeben und kommentiert von Günter Glaeser, Anmerkungen, Aufbau-Verlag Berlin und Weimar, 1983, S. 264.

② 贝托尔特·布莱希特：《戏剧小工具篇》，张黎、丁扬忠译，北京：北京师范大学出版社，2015 年版，第 3—68 页。

③ 同上书，第 71—80 页。

④ Bertolt Brecht, *Brecht on Theatre*, trans. John Willett, New York: Hill and Wang, 1964, p. 205. 20 世纪 30—50 年代，布莱希特陆续创作了一些对话诗，他将这些讨论戏剧表演艺术的诗句收集起来统一命名为“买黄铜”。有研究者认为，由黄铜制作的小号，可引申为“宣传、传播”，德国邮政的标志便是一个小号的图案。布莱希特指出，戏剧即宣传，所以他以“买黄铜”为名，想通过这些零碎的关于戏剧表演的思考，来构建自己的“非亚里士多德戏剧学”，最终达到宣传其戏剧表演理念的目的。

布莱希特《小工具篇》第52段将“矛盾”“矛盾性”同“运动”“运动着的事物”挂钩，他说：“如果让行动符合性格，或者让性格符合行动，这就是一种特大的简单化；真实人的性格和行为所表现出来的矛盾，不允许这样来表现。社会的运动规律不能用‘理想状态’来证明，因为‘不纯’（矛盾性）恰好是属于运动和运动着的事物的。”①简言之，戏剧人物的行动与其性格不都是相符的，因此演员在呈现上，应当将行动与性格之间的“矛盾性”考虑在内。列宁在《黑格尔〈哲学史讲演录〉一书摘要》（1915）中简明地概括“运动”与“矛盾”的关系：“运动是矛盾，是矛盾的统一”②，这与布莱希特在《小工具篇》中对“矛盾”与“运动着的事物”关系的理解相一致。布莱希特的《补遗》则充分展示了“矛盾”“矛盾性”的另一个面向，在戏剧表现方法中引入矛盾双方相互对立的要素：

> 那些没有受过教育的头脑这样理解表演（显示）与体验（移情）的矛盾，好像在演员的工作中不是采用这种方法就是采用那种方法（或者按照《小工具篇》里说的只是表演，或者按照老方法那样只是体验）。实际上，当然是两种对立的方法（过程）在演员的工作中结合在一起（登台表演包含的不仅是这一丁点或那一丁点）。从两种对立因素的斗争和对峙中，从它的深处，演员求得他自己的结论。有一些错误的理解来自《小工具篇》的表达方式。这种表达方式也许因为过于缺乏耐心而导致别人理解上的错误。另一个原因，就是因为我只讲了“矛盾的主要方面”。③

布莱希特将“表演”与“体验”看成是戏剧表演当中相互“矛盾”的两个方面，二者的关系既同一又对立，其中“表演”属于史诗剧中“矛盾的主要方面”。这里的“表演”是指能够产生“陌生化效果”的表现方法，它的目的是阻绝观众沉浸在剧情当中，要达到这一目的，演员首先要避免全情投入地“体验”所饰演的人物，要同角色拉开一定的距离。

《补遗》中针对“矛盾的主要方面”有一则注释：“毛泽东《矛盾论》，一个矛盾的

---

① 贝托尔特·布莱希特：《戏剧小工具篇》，张黎、丁扬忠译，北京：北京师范大学出版社2015年版，第48页。

② 列宁：《列宁专题文集：论辩证唯物主义和历史唯物主义》，北京：人民出版社2009年版，第143页。

③ 贝托尔持·布莱希特：《戏剧小工具篇》，张黎、丁扬忠译，北京：北京师范大学出版社2015年版，第73—74页。

两个方面，其中必有一个主要方面。”[①]由此可知“矛盾的主要方面”这一提法来自毛泽东的《矛盾论》。《矛盾论》作于 1937 年 8 月，是毛泽东为克服中国共产党内严重的教条主义思想而写的，其主要内容在于厘清“矛盾法则”所涉及的几个重要问题：“两种宇宙观；矛盾的普遍性；矛盾的特殊性；主要的矛盾和主要的矛盾方面；矛盾诸方面的同一性和斗争性；对抗在矛盾中的地位。”[②]其中第 4 个问题“主要的矛盾和主要的矛盾方面”显得尤为突出，因为它内在于“矛盾的特殊性”问题中，却被“特别地”提出来自成一节。毛泽东对这个问题的重视程度可见一斑。

毛泽东在第 4 部分主要回答了如何定义、区分主要矛盾和次要矛盾，以及矛盾的主要方面和次要方面，并围绕着主要矛盾和次要矛盾、矛盾的主要方面和次要方面的辩证关系展开。他认为：“在复杂的事物的发展过程中，有许多的矛盾存在，其中必有一种是主要的矛盾，由于它的存在和发展规定或影响着其他矛盾的存在和发展。”[③]也就是说，在事物发展过程中同时存在主要矛盾与次要矛盾，主要矛盾起主导作用。毛泽东还强调：“无论什么矛盾，矛盾的诸方面，其发展是不平衡的。有时候似乎势均力敌，然而这只是暂时的和相对的情形，基本的形态则是不平衡。矛盾着的两方面中，必有一方面是主要的，他方面是次要的。其主要的方面，即所谓矛盾起主导作用的方面。事物的性质，主要地是由取得支配地位的矛盾的主要方面所规定的。”[④]纵览《矛盾论》的注释部分，多处引证了马、恩、列的相关论述，其中列宁著作的引证率位列第一，主要涉及《黑格尔〈哲学史讲演录〉一书摘要》与《谈谈辩证法问题》(1915)。孙正聿在《毛泽东的“实践智慧”的辩证法——重读〈实践论〉〈矛盾论〉》一文中指出：“毛泽东为《矛盾论》提出的主要的理论任务，是‘引申和发挥’列宁在《谈谈辩证法问题》中所阐发的哲学思想，深刻地体现了‘辩证法就是认识论’的基本思想。”[⑤]然而毛泽东在《矛盾论》的第 4 部分，即对主次矛盾与矛盾的主次方面的集中探讨，则没有引述列宁的任何著作。

---

① 贝托尔持·布莱希特：《戏剧小工具篇》，张黎、丁扬忠译，北京：北京师范大学出版社 2015 年版，第 74 页。

② 毛泽东：《毛泽东选集》(第一卷)，北京：人民出版社 1991 年版，第 299 页。

③ 同上书，第 320 页。

④ 同上书，第 322 页。

⑤ 孙正聿：《毛泽东的“实践智慧”的辩证法——重读〈实践论〉〈矛盾论〉》，《哲学研究》2015 年第 3 期，第 9 页。

这是因为《矛盾论》中提出的矛盾分析方法，既与列宁的辩证法一脉相承，又进行了深入的阐发，尤其在“主要的矛盾与主要方面的矛盾”这个部分，蕴涵着毛泽东在实践基础上的理论智慧。列宁在《黑格尔〈哲学史讲演录〉一书摘要》中重点讨论了辩证法的研究对象，即“对象的本质自身中的矛盾”，并且这个“本质”是“短暂的、运动的、流逝的、被约定的界限所划分的”，由此确立了辩证法的“发展原则”。[①] 他虽然在文中表示，辩证法遵循的是“对立面的同一”这个公式，但是并没就对立面的双方进行具体的说明；他尽管在《谈谈辩证法问题》中指出“统一物”分为两个部分，并且这两个部分彼此“矛盾着”，却并未将这两部分划分出主次。

布莱希特在《补遗》里整段引用了列宁《谈谈辩证法问题》对辩证法的基本规律之一对立统一规律的阐释。在列宁看来，认识世界上一切过程的自主的运动，自发的发展以及它生机勃勃的存在的前提，就是把这些过程作为“对立面的统一”(Einheit von Gegensätzen)来认识。[②] 布莱希特将对立统一规律引申到戏剧理论便转化为：剧情要以充满矛盾的方式展开，各种理念融汇其中，充满各种跳跃和反转。

布莱希特对《矛盾论》的美学转化，同他对列宁的辩证思想在史诗剧中的应用是相互交织在一起的，他有意识地吸纳了《矛盾论》中关于“矛盾的主要方面”与“矛盾的次要方面”、“主要矛盾”和“次要矛盾”的论述，这些关于矛盾的新提法、新思想在列宁著作中没有出现过。布莱希特在《补遗》以及《舞台上的辩证法》对《矛盾论》的美学转化主要从两个向度展开：一是戏剧当中的“主要矛盾”与“次要矛盾”；二是戏剧当中“主要矛盾”与“次要矛盾”的相互转化问题。

二、布莱希特谈戏剧中的“主要矛盾”与“次要矛盾”

布莱希特在其戏剧理论的代表作《小工具篇》与《补遗》中对“主要矛盾”与“次要矛盾”的概念所进行的美学转化，既涉及演员表演的方法论问题，又包括对剧情的结构和发展走向的分析。

---

① 列宁：《列宁专题文集：论辩证唯物主义和历史唯物主义》，北京：人民出版社2009年版，第142页。

② 贝托尔特·布莱希特：《戏剧小工具篇》，张黎、丁扬忠译，北京：北京师范大学出版社2015年版，第79页。

上文谈到布莱希特在《补遗》中引用了《矛盾论》中“矛盾的主要方面”概念，借以反思自己在《小工具篇》中阐述“表演”与“体验”的关系过于“缺乏耐心”的弊病，他发现这是导致自己被人误解只重视“矛盾的主要方面”——“表演”，忽略“矛盾的次要方面”——“体验”的主要原因，而实际上演员是在“两个对立面”充满斗争与张力的关系里，从“它们的深处”寻找到一种“效果”(Wirkung)。也就是说，演员在表演过程中总是将两种方法结合起来，而非东一点西一点的简单拼凑。当他以《浮士德》为例进行剧情分析时，则借助“主要矛盾”和“次要矛盾”概念，揭示出《浮士德》第一部中的爱情悲剧与整部作品所贯穿的矛盾理念之间的关联以及它们各自的地位与作用。

《浮士德》被誉为歌德最为杰出的作品，是作者前后跨越 60 年的思想和创作结晶。它的译者杨武能将一个多世纪以来各国文学中出现的以浮士德故事为题材的剧本、小说与诗歌，都看成是作家们对此作品所做的新的解释的尝试。[①] 布莱希特借用《矛盾论》中的分析方法，对浮士德故事的阐释亦属其列。他在《补遗》中先是指出：“演员必须动用他有关世界和人类的知识，他还要像一个辩证学家那样提出问题。”[②]接着他以歌德的《浮士德》为例提出问题：浮士德不应该与甘泪卿结合吗？换言之，浮士德与甘泪卿的爱情悲剧难道不能避免吗？这就涉及浮士德的故事当中谁为“主要矛盾”，谁为“次要矛盾”的问题。布莱希特认为，《浮士德》的“主要矛盾”是浮士德的“纯粹精神”的冒险(“rein geistiges” Abenteuer)与永不满足的“纯粹感性”的欲求(“rein sinnliche” Begierde)之间的矛盾，它贯穿整部作品，故事的“次要矛盾”才是“浮士德”与“甘泪卿”之间的情感纠葛，“次要矛盾”是否解决、如何解决均依赖于处于支配地位的“主要矛盾”。

《浮士德》故事取材于德国 16 世纪以前就已流传的奇异传说，第一部以浮士德与甘泪卿的爱情故事为情节核心，与魔鬼订立契约的浮士德博士吃下了返老还童药，重获青春，并如愿以偿地与美丽的甘泪卿相知相爱。但是，这场恋情在给甘泪卿带来短暂的欢乐之后，便令她一次次遭受痛苦，最后身陷囹圄，神智失常。尽管

---

① 歌德：《浮士德》，杨武能译，石家庄：河北教育出版社 2015 年版，第 5 页。

② 贝托尔特·布莱希特：《戏剧小工具篇》，张黎、丁扬忠译，北京：北京师范大学出版社 2015 年版，第 75 页。

浮士德为自己给爱人造成的不幸深感懊悔、痛不欲生,可是终究还是无力回天。按照布莱希特的理解,浮士德与甘泪卿的爱情之所以经历了一个"灾难性的过程",原因在于浮士德精神内部同时存在着的"纯粹精神"的冒险与"纯粹感性"的欲求之间的矛盾。浮士德与甘泪卿的矛盾,实质上是浮士德的两种追求彼此斗争的结果,浮士德在精神方面朝更高阶段发展,必然要在感官享乐方面做出牺牲,而甘泪卿只是矛盾斗争的牺牲品。浮士德与甘泪卿的矛盾的统一或曰化解,必得通过更大的统领整个作品的矛盾的解决才能达到。浮士德在魔鬼的帮助下,才得以从"纯粹精神"的冒险同"纯粹感性"的欲求这一充满痛苦的"主要矛盾"中解脱出来,最终在为了全人类的创造性的劳动中,精神追求与感性欲求取得了统一。布莱希特在此番分析中,特别强调了"主要矛盾"在整个故事中对于"次要矛盾"的意义和作用:"主要矛盾的解决是在整个诗剧结尾。只有这个时候次要矛盾的意义和位置才能清楚地显露出来。"[①]这恰好折射出毛泽东所主张的"主要矛盾"在事物的发展过程中起主导作用的观点,毛泽东所谓的"事物",被布莱希特转化为"剧情",毛泽东的"主要矛盾"与"次要矛盾",则被布莱希特转化为统领整部剧情发展的两种理念的对立,以及剧情发展过程中表现出来的人物之间的冲突。

布莱希特在戏剧理论中对毛泽东《矛盾论》的美学转化可概括为:借助"主要矛盾"和"次要矛盾"对故事结构的编排和故事发展的逻辑进行梳理与整合,让人物之间的对立及其背后的原因呈现出来;在表演策略方面,他要求演员在进行"表演"之前,要像辩证法专家那样提出问题,即将问题从世俗的层面转移到思辨的层面,让演员对故事中的主要矛盾,甚至剧本的总体思想获得更为清晰的体认。布莱希特所着力构建的这种戏剧美学,本质上是为满足无产阶级的诉求,正如他在《补遗》末尾为《小工具篇》所作的辩词:无产阶级所要求的戏剧,应当充满着矛盾双方的激烈斗争。[②]

三、"主要矛盾"与"次要矛盾"在戏剧实践中的相互转化问题

毛泽东的《矛盾论》探讨了两种形式的转化问题:"主要矛盾"与"次要矛盾"的

---

① 贝托尔特·布莱希特:《戏剧小工具篇》,张黎、丁扬忠译,北京:北京师范大学出版社 2015 年版,第 77 页。

② 同上书,第 79—80 页。

转化;“矛盾的主要方面”与“矛盾的次要方面”的转化。布莱希特在其戏剧实践中主要使用的是前一种。他在1953年排练根据莎士比亚同名剧本改编的《科利奥兰纳斯》第一场戏期间,运用了“主要矛盾”与“次要矛盾”的转化来把握错综复杂的剧情,这亦说明布莱希特至少在1953年就读到了《矛盾论》。安东尼·史奎尔在论文《矛盾与〈科利奥兰纳斯〉:毛泽东对布莱希特产生影响的哲学分析》中指出:“布莱希特所受到的欧洲影响已被很好地记入文献,而他所受的东方哲学的影响却鲜有提及,尤其是来自毛泽东的影响。”①据史奎尔的分析,《矛盾论》之所以被布莱希特认为是他在1954年所读过的书中对他影响最大的一本书,主要原因在于毛泽东对“主要矛盾”与“次要矛盾”之间存在的更高秩序的对立的处理,吸引着布莱希特。②

布莱希特在《舞台上的辩证法》中开宗明义:这部分内容是关于将唯物辩证法运用于戏剧的尝试,它在内容上延续了《小工具篇》第45条所提出的要求:

> 什么样的技巧允许戏剧把新的社会科学方法——唯物主义辩证法运用到它的反映中来呢?为了探索社会的可动性,这种方法把社会状况当成过程来处理,在它的矛盾性中考察它。一切事物在转变的时候,亦即处于与自身不一致的时候,都存在于这种矛盾之中。人类的感情、意见和态度也是如此,他们的社会共同生活的具体形式就表现在这里。③

通过第45条,布莱希特既将“唯物辩证法”在戏剧中的运用作为一个问题鲜明地提了出来,又给出了解决的途径:在矛盾性中考察事物。在戏剧实践方面,《舞台上的辩证法》提出,要通过观察人物、事件发展过程中的矛盾,分析矛盾的对立统一,来帮助导演、演员了解和完善剧情。此外,《舞台上的辩证法》还赋予了“史诗剧”另一个名字——“辩证剧”,他认为“史诗剧”(episches Theater)这一提法太过形式化,它是演员进行表演(Darbietung)的前提条件,但是仅这一点还不足以展示社会的发展和变化,因此对于以社会的发展和变化为灵感源泉的“史诗剧”,还需要用

---

① Anthony Squiers, “Contradiction and *Coriolanus*: A Philosophical Analysis of Mao Tse Tung's Influence on Bertolt Brecht”, *Philosophy and Literature*, Volume 37, Number 1, San Diego: Johns Hopkins University Press, 2013, p. 239.

② Ibid.

③ 贝托尔特·布莱希特:《戏剧小工具篇》,张黎、丁扬忠译,北京:北京师范大学出版社2015年版,第40页。

一种新的提法来弥补其不足。[1] 这意味着,“辩证剧”与“史诗剧”分别从内容与形式两个侧面概括出了布莱希特心中的戏剧类型。

收录在《舞台上的辩证法》中的第一篇《莎士比亚的〈科利奥兰纳斯〉的第一场研究》(“Studium des ersten Auftritts in Shakespeares ‘Coriolan’”),是布莱希特1953年排练莎士比亚的同名剧第一场戏时的谈话记录。在这篇谈话中,布莱希特让人读了一段他特意划出的《矛盾论》中的文字,鼓励同事们运用毛泽东提出的在事物发展过程中“主要矛盾”在一定条件下可转化为“次要矛盾”的思想,来分析《科利奥兰纳斯》中罗马的贵族与平民、罗马人与伏尔斯人之间的矛盾转化,并且引入了《矛盾论》里的一则例子:“当日本入侵时,中国共产党就提出要停止同反动的蒋介石政权的斗争。”[2]布莱希特敏锐地发现,抗战时期中国共产党与国民党之间关系的缓和,同《科利奥兰纳斯》剧情中贵族与平民的暂时和解有着内在的一致性。

《科利奥兰纳斯》剧中的主人公科利奥兰纳斯是视平民如草芥的贵族,被平民视为公敌。正当平民酝酿起义准备杀死他时,伏尔斯人起兵来犯,科利奥兰纳斯率兵出征。对于罗马人而言,原本平民与贵族之间剑拔弩张的阶级矛盾,暂时转化为了“次要矛盾”,而与外族伏尔斯人之间的民族矛盾则上升为了“主要矛盾”。在布莱希特看来,贵族与平民之间是一种“充满对立的统一”(widerspruchsvolle Einheit),由于他们都是爱国者所以能统一起来,并且这种统一卷入了与邻国伏尔斯人的矛盾当中,贵族与平民之间的阶级矛盾由于民族战争退居为“次要矛盾”。但是他们之间的矛盾并没有消失,也就是说,统一当中还存在着对立,这一抽象的辩证法原则在布莱希特的戏剧实践中具体表现为,代表贵族阶级的科利奥兰纳斯与代表平民阶级的护民官之间不能有任何和解的迹象,二人相互回避,不打照面。

当有人问,如何表现罗马人同伏尔斯人的矛盾掩盖了贵族与平民的矛盾,同时又表现贵族的领导强于平民的新领导?这一涉及表演的具体问题,布莱希特的回答则充满了画面感。他首先指出,这种情况很难在“冷血”中呈现,然后描绘出一连串富有张力的场景:“形容枯槁的人立在全副武装者的面前,由于气愤而涨红的脸

---

① Bertolt Brecht, “Die Dialektik auf dem Theater”, *Heft* 15 *der Versuche*, Aufbau-Verlage Berlin, 1957, S. 79.

② Ebd., S. 90.

再一次变色，新的苦难声盖过了旧的苦难声，穷人发觉他们内部掀起了纷争。”①可见，布莱希特不仅将“主要矛盾”与“次要矛盾”的转化作为把握剧情和角色的坐标，而且还提倡将矛盾转化过程中的各种复杂性呈现出来，例如，若要表现英雄人物科利奥兰纳斯骄傲的性格，就必须得找出他表现得谦恭的场面。

总之，布莱希特非常善于从他人的理论中汲取养分，即便对方同自己在艺术上分属两个派系，他在戏剧理论与实践中就多次提及斯坦尼拉夫斯基的优长。布莱希特对毛泽东《矛盾论》的提炼和运用，是在熟读列宁的辩证法并加以运用的基础上的崭新尝试，在戏剧理论与戏剧实践方面，他分别借助“主要矛盾”与“次要矛盾”在事物发展过程中的地位和作用，以及“主要矛盾”与“次要矛盾”在一定条件下可以相互转化的思想，从剧情分析到表现方式，提出了具体的美学要求：首先，在表演方法方面，演员的“表演”与“体验”既要融为一体，又要主次分明；其次，分析剧情时，要从错综复杂的人物关系中抽象出贯穿全剧的冲突的根源，将故事的局部冲突放在故事的整体思想中进行考察；再次，将剧情的反转看成是主次矛盾相互转化的结果，用心揣摩并着力表现剧情反转过程中角色心理和行动上的变化。最近中央电视台电影频道推出一档颇受青睐的电视节目《今日影评·表演者言》，其中一期秦海璐与周迅的对话，也谈到演员在表演中的方法问题。秦海璐直言她在表演前要统观剧本、进行细致的角色分析，正式表演时只是抓住需要传达的要点；而周迅则不然，她的方法是全情投入地表演，用心体会角色的感受，所有表达出来的东西都是自己真实体验到的。如果布莱希特穿越到谈话现场，他或许会向两位演员指指自己的戏剧理论集，淡然一笑。

---

① Bertolt Brecht, “Die Dialektik auf dem Theater”, *Heft* 15 *der Versuche*, Aufbau-Verlage Berlin, 1957, S. 91.

西方左翼话语怎样阐释中国马克思主义:德里克对《矛盾论》的解读

吴娱玉
(华东师范大学中文系)

1938 年,毛泽东提出“马克思主义中国化”,他指出:“离开中国特点来谈马克思主义,只是抽象的空洞的马克思主义。因此,使马克思主义在中国具体化,使之在其每一表现中带着必须有的中国的特性,即是说,按照中国的特点去应用它,成为全党亟待了解并亟须解决的问题。”[①]此后,毛泽东等人就一直致力于中国马克思主义的理论建构。1968 年“五月风暴”前后,西方左翼理论家也将目光投向中国,开始阐释“马克思主义中国化”问题,从阿尔都塞到詹明信、德里克,再到朗西埃、巴迪欧等,不一而足。同样是“马克思主义中国化”,中西方语境中所指涉的内涵却大相径庭。这里存在双重转变,一是中国语境对马克思主义的转化,一是西方左翼对这一转化的再阐释、再转化。马克思主义在这些转化中势必呈现出阐释的差异,而这些差异恰恰潜藏着中西方对中国化的马克思主义解读过程中的重要问题。其中,德里克对《矛盾论》的阐释为探究这些问题提供了一把钥匙。选择德里克,是因为他作为左派理论家和汉学家,自 20 世纪 60 年代开始即对中国革命进行了系统研究,著有《后革命时代的中国》《历史与革命》《中国革命中的无政府主义》等,毛泽东思想则是他进入中国现代思想的一个主要入口;选择《矛盾论》,是因为无论哲学思维还是国际影响力,《矛盾论》都首屈一指。本文重心在西方左翼对马克思主义中国化的理解上,依照德里克对《矛盾论》的阐释,讨论被西方左翼阐释的

① 毛泽东:《毛泽东选集》(第二卷),北京:人民出版社 1991 年版,第 534 页。毛泽东在 1938 年六届六中全会上所提的就是“马克思主义中国化”,形成文件时改为“具体化”。

中国马克思主义呈现了怎样不同的面向。

一、指向实践的《矛盾论》

在介绍西方左翼话语对中国马克思主义的阐释之前，势必先要将《矛盾论》放在中国语境中还原它的逻辑起点和问题意识。具体来说，《矛盾论》是毛泽东建设中国马克思主义理论过程中最重要的文献。1936年长征胜利结束，中国共产党转移到了相对安全之境，作为党的领导人毛泽东终于可以安稳下来，他反思苏联马克思主义作用于中国实践时的诸多不适之处，开始探索中国化的马克思主义理论。紧接着在1937年，毛泽东井喷式地写出了极具分量的文章：《实践论》和《矛盾论》（原作标题有更改，后文会详细论述）。经过一年的理论准备，在1938年的六届六中全会上，毛泽东第一次明确地提出了“马克思主义中国化”的命题。可以看出，《矛盾论》是建构中国马克思主义蓝图中最浓墨重彩的一笔。那么，《矛盾论》的内在指向和外在语境究竟如何？下面从三个方面论述。

1. 问题意识

《矛盾论》看起来是一篇哲学论文，但实际关注的对象始终是中国革命实践，文章分五个部分层层递进，以理论辨析始，以指导实践终：一是“矛盾的普遍性”，即“矛盾存在于一切事物的发展过程中……每一事物的发展过程中存在着自始至终的矛盾运动”①。毛泽东将矛盾作为事物存在之根本，意欲何为？他否定了原先一成不变的世界观，以矛盾代之，矛盾是两种或多种力量彼此交融、相互角逐的状态，是一个变化、交替的运动过程。然而，毛泽东不只是为了提供一种对世界的解释，而且是聚焦于中国实际——以矛盾的观点来看，中国历史并非不可变革，而且是一个新旧更替、择善而从的动态过程：封建社会结束了，资产阶级失败了，这便为共产党领导中国进入一个崭新阶段提供了可能。所以，毛泽东在理论辨析之后，开宗明义地提出：“中国共产党人必须学会这个方法，才能正确地分析中国革命的历史和现状，并推断革命的将来。”②

---

① 毛泽东：《毛泽东选集》（第一卷），北京：人民出版社1991年版，第305页。

② 同上书，第308页。

二是“矛盾的特殊性”,即“各种物质运动形式中的矛盾,都带特殊性”[①],这意味着“不同质的矛盾,只有用不同质的方法才能解决”[②]。毛泽东在理论层面稍作论述,便马上长篇大论地对中国革命进行了分析。如果说,“矛盾的普遍性”为中国共产党建立中华人民共和国提供了可能,那么“矛盾的特殊性”则为中国共产党解决实际问题提供了策略:首先,毛泽东宏观地提出了中国社会各阶级的矛盾:“无产阶级和资产阶级的矛盾,用社会主义革命的方法去解决;人民大众和封建制度的矛盾,用民主革命的方法去解决;殖民地和帝国主义的矛盾,用民族革命战争的方法去解决……”[③]其次,毛泽东回到了他最关心的问题——中国共产党历史。他反思了1924—1927年大革命的失败以及1927年后土地革命战争中的冒险主义,提出1935年以后新的抗日统一战线的伟大斗争正在发展。[④] 可以看出,毛泽东用矛盾特殊性的原则来解释中国革命的过程,特别强调“离开具体的分析,就不能认识任何矛盾的特性”[⑤]。

三是“主要的矛盾和主要的矛盾方面”:一方面,在复杂事物发展过程中,有多种矛盾,其中必有一种是主要矛盾,它的存在和发展规定或影响其他矛盾的存在和发展;另一方面,矛盾的主要和非主要的方面互相转化,事物的性质也就随着变化。矛盾的转化观点进一步为中国共产党领导中国进入新的历史阶段进行了理论铺垫,具体到中国实际:“帝国主义处在形成半殖民地这种矛盾的主要地位,压迫中国人民,中国则由独立国变为半殖民地。然而事情必然会变化,在双方斗争的局势中,中国人民在无产阶级领导之下所生长起来的力量必然会把中国由半殖民地变为独立国,而帝国主义则将被打倒,旧中国必然要变为新中国。”[⑥]

四是“矛盾诸方面的同一性和斗争性”:矛盾的同一性是指矛盾双方在一定条件下有同一性,能够共居于一个统一体中,又能够互相转化到相反的方面去。同一性是有条件的、相对的。而矛盾的斗争贯穿于过程的始终,是无条件的、绝对的。[⑦]

---

① 毛泽东:《毛泽东选集》(第一卷),北京:人民出版社1991年版,第308页。

② 同上书,第311页。

③ 同上。

④ 参见同上书,第316页。

⑤ 同上书,第317页。

⑥ 同上书,第324页。

⑦ 参见同上书,第333页。

可见矛盾的斗争性更加重要，所以在第五部分着重强调“对抗在矛盾中的地位”。透过理论的层面，毛泽东的着力点在于为共产党带领中国进入历史新阶段进行理论准备，矛盾论斗争性的提出旨在说明，对外中国共产党要不断革命、不断反思、不断运动，对内要改造思想，避免由非对抗性矛盾转为对抗性矛盾。可以看出，毛泽东的问题意识和理论观照始终是现实维度。

2. 版本对照

《矛盾论》原是1937年8月7日在延安抗日军事政治大学所讲的《辩证法唯物论》的第三章第一节，原名为《矛盾同一法则》，中华人民共和国成立后，经大幅修改，1952年4月1日在《人民日报》发表，1952年收入《毛泽东选集》第二卷，再版时移入第一卷。因此，《矛盾论》有前后两种形态。《矛盾同一法则》的讲稿虽没有发表，但内容已大体成形——回到历史现场：1937年中国正值内忧外患之际，作为党的领导人，毛泽东的当务之急是解释中国现实，指明未来方向，确立中国共产党的地位，为指导中国革命实践提供理论支持。不止如此，毛泽东在同一时期还写过其他文章，它们相互交叉，彼此照应，例如他1937年5月2日至14日在延安召开的中国共产党全国代表会议上的报告《中国共产党在抗日时期的任务》，其中“矛盾”的使用频率达28次之多，“矛盾”显然已成为他分析国内和国际形势的主要范畴。可以推定，两篇文章的思路交叉，相互补充，可以彼此印证，这样，《矛盾论》在很大程度上也是为了明确“抗日时期的任务”而作。毛泽东曾回忆到：“我们在第二次国内革命战争末期和抗战初期写了《实践论》和《矛盾论》，这些都是适合当时需要不能不写的。”[①]可以说现实的课题迫使毛泽东不得不去构建一种哲学方法论。

修改后的《矛盾论》重新出版也是针对中国实际的，1951年3月27日和1954年12月28日，毛泽东在写给李达的信中就曾提到，“关于辩证唯物论的通俗宣传，过去做得太少，而这是广大工作干部和青年学生的迫切需要”[②]，要利用各种机会，“使成百万的不懂哲学的党内外干部懂得一点马克思主义的哲学”[③]。可以看出，中华人民共和国成立后，马克思主义、毛泽东思想要在全国范围进行普及，本来发

① 龚育之等：《毛泽东的读书生活》，北京：生活·读书·新知三联书店1986年版，第36页。

② 中共中央文献研究室编：《毛泽东书信选集》，北京：人民出版社1983年版，第407页。

③ 同上书，第487页。

表原先的讲稿即可，但是，中国实际情况发生了新的变化，毛泽东要对当时党内存在的教条主义进行批判，所以增加了新的内容，对照前后版本，新增内容一目了然：

	章节	新增
1	引言	苏联哲学界在最近数年中批判了德波林学派的唯心论，这件事引起了我们的极大的兴趣。德波林的唯心论在中国共产党内发生了极坏的影响，我们党内的教条主义思想不能说和这个学派的作风没有关系。因此，我们现在的哲学研究工作，应当以扫除教条主义思想为主要的目标。
2	矛盾的普遍性	关于矛盾的特殊性的问题，则还有许多的同志，特别是教条主义者，弄不清楚。他们不了解矛盾的普遍性即寓于矛盾的特殊性之中。他们也不了解研究当前具体事物的矛盾的特殊性，对于我们指导革命实践的发展有何等重要的意义。
3	矛盾的特殊性	我们的教条主义者在这个问题上的错误，就是，一方面，不懂得必须研究矛盾的特殊性，认识各别事物的特殊的本质，才有可能充分地认识矛盾的普遍性，充分地认识诸种事物的共同的本质；另一方面，不懂得在我们认识了事物的共同的本质以后，还必须继续研究那些尚未深入地研究过的或者新冒出来的具体的事物。我们的教条主义者是懒汉，他们拒绝对于具体事物做任何艰苦的研究工作，他们把一般真理看成是凭空出现的东西，把它变成为人们所不能够捉摸的纯粹抽象的公式，完全否认了并且颠倒了这个人类认识真理的正常秩序。他们也不懂得人类认识的两个过程的互相联结——由特殊到一般，又由一般到特殊，他们完全不懂得马克思主义的认识论。
4	矛盾的特殊性	教条主义者不遵守这个原则，他们不了解诸种革命情况的区别，因而也不了解应当用不同的方法去解决不同的矛盾，而只是千篇一律地使用一种自以为不可改变的公式到处硬套，这就只能使革命遭受挫折，或者将本来做得好的事情弄得很坏。
5	矛盾的特殊性	我们的教条主义者违背列宁的指示，从来不用脑筋具体地分析任何事物，做起文章或演说来，总是空洞无物的八股调，在我们党内造成了一种极坏的作风。
6	矛盾的特殊性	中国的教条主义和经验主义的同志们所以犯错误，就是因为他们看事物的方法是主观的、片面的和表面的。
7	矛盾的特殊性	我们的教条主义者因为没有这种研究态度，所以弄得一无是处。我们必须以教条主义的失败为鉴戒，学会这种研究态度，舍此没有第二种研究法。
8	结论	如果我们经过研究真正懂得了上述这些要点，我们就能够击破违反马克思列宁主义基本原则的不利于我们的革命事业的那些教条主义的思想；也能够使有经验的同志们整理自己的经验，使之带上原则性，而避免重复经验主义的错误。

如果说原版《矛盾论》是毛泽东为特定历史时期而作，那么修订版同样具有明确的现实指向。

3. 互文阐释

说到《矛盾论》，就不得不提它的姊妹篇《实践论》。《实践论》是毛泽东1937年7月在延安撰写，1950年12月29日在《人民日报》上正式发表，收入《毛泽东选集》第一卷。该文针对主观主义特别是教条主义理论脱离实践、脱离国情的错误，强调研究哲学、重视理论“不是为着满足好奇心，而是为改造世界”，“为着有效的指导实践”①。

在《实践论》中，毛泽东详细地辨析了理论和实践的关系：一、实践重于理论。他认为：“辩证唯物论的认识论把实践提到第一的地位，认为人的认识一点也不能离开实践，排斥一切否认实践重要性、使认识离开实践的错误理论。”“理论的基础是实践，又转过来为实践服务。判定认识或理论之是否真理，不是依主观上觉得如何而定，而是依客观上社会实践的结果如何而定。真理的标准只能是社会的实践。实践的观点是辩证唯物论的认识论之第一的和基本的观点。”②二、实践循环往复。认识从实践始，经过实践得到了理论的认识，还必须再回到实践去。认识的能动作用，不但表现于从感性的认识到理性的认识之能动的飞跃，更重要的还必须表现于从理性的认识到革命的实践这一飞跃。抓着了世界的规律性的认识，必须把它再回到改造世界的实践中去，再用到生产的实践、革命的阶级斗争和民族斗争的实践以及科学实验的实践中去。三、《实践论》的现实维度。《实践论》就是为了说明实践高于理论，同时《实践论》也是为了指导实践的，即“反对革命队伍中的顽固派，他们的思想不能随变化了的客观情况而前进，在历史上表现为右倾机会主义……也反对‘左’翼空谈主义。他们的思想超过客观过程的一定发展阶段，有些把幻想看作真理，有些则把仅在将来有现实可能性的理想，勉强地放在现时来做，离开了当前大多数人的实践，离开了当前的现实性，在行动上表现为冒险主义”③。

因此，毛泽东《矛盾论》和《实践论》的现实指向是不言而喻的，在此之后的“马

① 中共中央文献研究室编：《毛泽东哲学批注集》，北京：中央文献出版社1988年版，第152页。

② 毛泽东：《毛泽东选集》(第一卷)，北京：人民出版社1991年版，第284页。

③ 同上书，第295页。

克思主义中国化”理论建构也遵循着毛泽东的现实指向而前行，日渐成为国家的意识形态。毛泽东始终坚持不断革命、不断运动，彼此斗争、周而往复的“矛盾”观点，也不断地将理论作用于中国实践。20世纪60年代，《矛盾论》也在西方理论界登场亮相。

二、指向理论的《矛盾论》

尽管《矛盾论》是指向实践的，但它浓厚的思辨因子被左翼理论家激活，继而在西方理论中大放异彩。那么西方理论家是如何接受和化用《矛盾论》的？《矛盾论》在理论旅行中发生了怎样的变化，呈现出哪些新的面向，生成了哪些新的理论？以德里克为例进行论述可以起到窥一斑而见全豹的功效。

1. “矛盾的普遍性”与“反现代的现代性”

德里克将“矛盾的普遍性”与现代性嫁接，认为毛泽东开辟了批判现代性的另一种现代性形式，进而将《矛盾论》生发成一种“反现代的现代性”。德里克是如何勾连现代性和矛盾论的呢？首先，德里克参考了伯曼关于现代性的阐释，认为现代性是一种在具体空间和时间中感受到的经验，这种经验充满矛盾、悖论，处于无休止的变化和解体之中。“它向我们许诺了冒险、权力、快乐、成长以及我们自身和世界的变化，与此同时它又威胁着要摧毁我们所拥有的、所知道和所归属的一切……现代性把全人类统一了起来。但这是一个充满悖论的统一，一个没有统一性的统一；它把我们所有人都注入旋涡中，一个斗争和矛盾的旋涡，一个混乱和焦虑的旋涡。”[①]接着，推导出了“反现代主义”，依然是从伯曼那里获得灵感。伯曼认为反现代主义是针对现代主义提出的，它分享了与现代主义相同的矛盾，如果不参照现代主义，我们就无法理解反现代主义。更重要的是，因为反现代主义本身是由试图实现现代性目标的冲动所驱使的，反现代主义就代表了一种新的现代性追求：只要现代化在实践中没有及时实现（或者背叛了）解放人类的诺言（这一诺言曾在理论和实践中激励了现代化），那么新的现代化就必不可少。[②] 再次，提出了“反现代的现

① Marshall Berman, *All That Is Solid Melts into Air: The Experience of Modernity*, New York: Penguin Books, 1988, p. 15.

② Arif Dirlik, “Modernism and antimodernism in Mao Zedong's thought”, *Critical Perspectives on Mao Zedong's Thought*, eds. Arif Dirlik, Paul Healy, and Nick Knight, New Jersey: Humanities Press, 1997, pp. 61—62.

代性”。伯曼认为，社会主义是反现代主义的，但它却不可能否定现代以来的经济、政治、文化的发展。在过去两个世纪里，社会主义革命的目标就是要超越资本主义的现代性，以便创造出一种新的现代性，这样一种崭新的现代性无限接近于启蒙运动关于人类解放的境界的描述。伯曼说，马克思是伟大的现代性分析家，又是一位现代主义者，他对现代性问题的解决方案体现了现代主义的最深刻的矛盾。[①] 马克思认识到，资产阶级在突破过去、征服自然方面获取了惊人的成就，但也为此付出了惨痛的文化代价——“一切凝固的东西都化为乌有”。所以，他的著作试图描绘出资产阶级现代化同作为它的文化表达的现代主义之间充满矛盾的关系，而化解矛盾的可能性，就在于其本身也是现代性产物的阶级——无产阶级。马克思认为，无产阶级将会从现代性中获得丰富的解放的可能性，这样的可能性，资产阶级则因为自身的意识形态缘故而注定会擦肩而过：“现代性的创伤”只能通过“更加充分、更加深刻的现代性”来治愈。[②]

在伯曼的理论容器中，德里克注入了毛泽东思想和中国革命实践，他认为毛泽东对现代性矛盾的心态和马克思有异曲同工之处，两者有效嫁接的联结点就在于“矛盾论”。德里克认为马克思主义对现代性矛盾的论述同毛泽东思想相映成趣，形成对照。一方面，毛泽东思想中最核心的部分是矛盾（“一切事物都包含着它的对立面”）：矛盾被当作社会和自然的能动原理，是世界运动的原动力；矛盾被当作把握这个流逝、分裂、冲突的世界的最合适的工具，甚至上升到了认识论的高度；毛泽东把中国的现代性看作矛盾的相互作用的产物，而现代性自身的矛盾性是解决矛盾的根本性策略。从以上三个层面，德里克推断出马克思和毛泽东对现代性的态度如出一辙，在这个意义上，毛泽东延续了马克思的“反现代的现代性”。另一方面，毛泽东将马克思主义中国化，将民族特点与马克思主义剪裁嫁接，在保留本土历史遗产的情况下汲取欧洲理论的积极因子，并以“矛盾”的策略有选择地批判和接受现代性，生成了一种“反现代的现代性”。正因为如此，德里克认为马克思主义

---

① Arif Dirlik, “Modernism and antimodernism in Mao Zedong's thought”, *Critical Perspectives on Mao Zedong's Thought*, eds. Arif Dirlik, Paul Healy, and Nick Knight, New Jersey: Humanities Press, 1997, Ibid., p. 63.

② Marshall Berman, *All That Is Solid Melts into Air: The Experience of Modernity*, New York: Penguin Books, 1988, p. 98.

给毛泽东提供了一种现代性的语言，也正是在中国的马克思主义当中，现代性的复杂和矛盾才彰显得格外分明。

2. "矛盾的不平衡性"与反历史目的论

"矛盾的不平衡性"隐含了历史的稳定结构和决定论线索，但是西方左翼在接受《矛盾论》时，经阿尔都塞的创造性误读，走向了历史决定论的反面。阿尔都塞选择性地阐释了《矛盾论》，他认为："毛泽东把'只有一对矛盾的简单过程'撇开不谈，他这样做似乎是为了一些实际的理由，因为简单过程不涉及他所研究的对象，他研究的对象是社会，而社会却包括许许多多的矛盾。"[①]可以看出，阿尔都塞强化了毛泽东关于多重矛盾的论断，并在此基础上提出了他的著名理论模型"多元决定论"，德里克深受影响，遵循反历史决定论的激进的维度，从"矛盾的不平衡性"中生发了反历史目的论的意义，经历了一次由毛泽东的"矛盾论"到阿尔都塞的"多元决定"，再到"反历史目的论"的理论迁徙。

具体来看，阿尔都塞的《保卫马克思》中的《矛盾与多元决定(研究笔记)》和《关于唯物辩证法(论起源的不平衡)》专门论述了《矛盾论》，阿尔都塞强调了"矛盾的不平衡性"在理论上的伟大创见："《矛盾论》中的基本概念如主要矛盾与次要矛盾、矛盾的主要方面与次要方面、对抗性矛盾与非对抗性矛盾、矛盾发展的不平衡规律等，在黑格尔那里都是找不到的。"[②]这意味着《矛盾论》提供了一种前所未有的思维模式。甚至是对黑格尔矛盾论的超越，"黑格尔所谓的矛盾的母型是将整体一分为二，并且'只有一组对立面的简单过程'"[③]，也就是说，在黑格尔看来，一切事物的存在和发展受某个单一的矛盾决定，而马克思创建了一种非黑格尔的辩证法[④]，从而在政治经济变革的基础上发现了结构性的因果规律。阿尔都塞旨在对黑格尔主义所具有的目的论的、形而上学的"普遍性"概念提出批判，为了反对黑格尔的单一矛盾决定论，毛泽东的"矛盾的不平衡性"的观点被阿尔都塞重新阐发：

---

① Louis Althusser, *For Marx*, trans. Ben Brewster, London: The Penguin Press, 1969, p. 195.

② Ibid., p. 94.

③ Ibid., p. 195.

④ "黑格尔辩证法的一些基本结构，如否定、否定之否定、对立面的同一、'扬弃'、质转化为量、矛盾等，到了马克思那里(假定马克思接受了这些结构，事实上他并没有全部接受)就具有一种不同于原来在黑格尔那里的结构。"Louis Althusser, *For Marx*, trans. Ben Brewster, London: The Penguin Press, 1969, p. 93.

> 在他（毛泽东）全部的分析中，我们接触到的都是一些复杂过程；这些复杂过程拥有包含了多种不平衡决定因素的结构，该结构以一种原生性（而非次生性）的方式作用于这些结构……因此，复杂过程始终都是既定的复杂体，无论是在事实上还是在原则上，这些复杂体都无法还原为原始简单的过程。[①]

阿尔都塞受到矛盾多重性的启发，并以此对黑格尔所谓的“普遍性”简单起源进行了批判，可以看出，“矛盾的不平衡性”经阿尔都塞“症候式阅读”获得了新的理论意义，进而成为反对黑格尔式历史决定论的理论武器。

阿尔都塞进一步解读了矛盾的多元性：“毛泽东说：‘单纯的过程只有一对矛盾，复杂的过程则有一对以上的矛盾’，因为‘一个大的事物，在其发展过程中，包含着许多的矛盾’”[②]，这些矛盾都可能成为历史发展的支配性线索，由此得出“矛盾多元决定”：

> 这些“不同矛盾”之所以汇合成为一个促使革命爆发的统一体，其根据在于它们特有的本质和效能，以及它们的现状和特殊的活动方式。它们在构成统一体的同时，重新组成和实现自身的根本统一性，并表现出它们的性质：“矛盾”是同整个社会机体的结构不可分割的，是同该结构的存在条件和制约领域不可分割的；“矛盾”在其内部受到不同矛盾的影响，它在同一项运动中既规定着社会形态的各方面和各领域，同时又被它们所规定。我们可以说，这个“矛盾”本质上是多元决定的。[③]

阿尔都塞强化了原本在《矛盾论》中作为偶然状况的“不平衡性”，并把它上升为结构性要素，从而提出了“多元决定”论，并以此来完成对黑格尔式单一矛盾的批判；德里克接受了阿尔都塞的观点并进一步阐发了反历史目的论的意义，具体来说，马克思主义唯物论对黑格尔唯心主义的“倒置”涉及一个复杂过程，它不仅是关系的倒置，也是结构的转变。黑格尔的辩证法是建立在现象体现本质的“表达因果性”基础之上，或者说是建立在普遍性的“绝对精神”的目的论和决定论基础之上。

---

① Louis Althusser, *For Marx*, trans. Ben Brewster, London: The Penguin Press, 1969, p. 93.

② Ibid., p. 194.

③ Ibid., pp. 100—101. 参见路易·阿尔都塞：《保卫马克思》，顾良译，北京：商务印书馆 1984 年版，第 78 页。

与之相反，马克思主义辩证法是一种包含着各个矛盾、各种因素，彼此缠绕又相互决定的结构关系，即“结构因果性”。这种特定结构中各要素之间彼此观照、相互关联、多元决定的观念使得阿尔都塞既强调作为不可化约要素的上层建筑的“相对自主性”，又强调作为结构自身的作用，从单一的、二元对立的矛盾转变为一系列相互决定的多元矛盾，这就将马克思主义从作为现代性意识形态的目的论、决定论的启蒙理性中解放出来，通过阿尔都塞的“理论革命”，传统马克思主义的一些概念发生了巨大的改变，比如经济决定论、经济基础与上层建筑的区分等，在这个意义上“矛盾的不平衡性”经由阿尔都塞的“多元决定”的阐释完成了对黑格尔的历史目的论的批判。

3. “矛盾的特殊性”与“马克思主义中国化”

德里克从“矛盾的特殊性”生发出了毛泽东构建“马克思主义中国化”的理论意义，进而将之放置在现代性、全球化和后殖民的语境中论述，经过德里克的重新阐释，《矛盾论》被赋予新的理论意义，并在西方理论界大放异彩。具体来说，德里克从三个方面对“矛盾特殊性”进行了阐发：

（1）从中国具体实践出发。面对中国紧迫的政治军事局势，毛泽东提出“矛盾的特殊性”理论，也就是说，《矛盾论》服务于当时的军事战略、战术等实际情况，它所要面对的是在经济极其落后的农村如何组织一支革命武装力量，又如何应对战争中遇到的具体问题。所以“矛盾的特殊性”一节对于中国历史状况、革命战争中战略战术进行了大量分析，进而被引申、升华成毛泽东的马克思主义中国化的理论基础。

（2）给现代性一种新的可能。德里克指出现代性是一种强大的暴力模式，它强迫其他社会纳入其轨道，如果抵抗或拒绝就会导致民族衰败、社会倒退。现代性是西方资本主义现代化力量缔造的，不是中国本土的产物，遵循的是西方的逻辑和思维模式。这样，现代性之外的中国就理所当然地被认定为“落后”。现代性的吊诡之处就在于，它毁掉了原有的文化框架又许诺一个美好的未来，让人们在既恐惧又充满希望中被现代性吞噬。德里克认为，毛泽东所谓的“矛盾的特殊性”提供了一种新的可能，“中国人也许能创造出更好的现代性，它不仅吸取欧洲现代性的积极因素而且也吸收本土的资源”[①]。

(3)“矛盾的特殊性”理论保留了民族特点。德里克认为民族主义展示了既可以成为现代化的推动力,又抵制和克服现代性的希望,民族意识既是现代主义的,又是反现代主义的。它试图通过创造一种新的政治来改造中国——然而,只有源于前现代的历史遗产将民族的特性铸就出来,才能做到这一点,而这些历史遗产又似乎和现代性及现代化的要求相冲突。这样做的目的并不是逃避到前现代的过去,而是创造一种新的未来。“矛盾的特殊性”就在于把民族特殊性作为考量现代性的终极视域。现代性的经验作为一种外来的入侵因素造成对本土价值观的否定,民族意识必然要呼唤本土的历史文化价值,批判地对现代性进行修改和接受。这样,毛泽东的社会主义本土化的工作并不仅是为了满足富强先进的务实性标准,更是社会主义的真正民族化,不只在政治和经济层面,更在文化层面通过带有中国独特历史经验的表述来使社会主义理论通俗化、本土化。[②]

在德里克的论述中,马克思主义中国化不仅是将马克思主义运用于中国的社会实践,同时,中国的特殊性对马克思主义也进一步反思和深化。毛泽东在现代性的语境下从马克思主义所提供的普遍主义角度思考中国的特殊性,同时,中国的特殊性又激发他开启一种不同于以欧美为中心的资本主义现代性的另一种批判式的现代性。

三、双重视角下的“马克思主义中国化”

前文通过还原《矛盾论》的语境,分析德里克对《矛盾论》的解读,可以看出中西不同语境中对马克思主义中国化的不同阐释。在中国语境中,毛泽东最关注的始终是现实维度——理论指导实践;在西方语境中,更侧重知识学的探索——不同理论家结合自己的问题域对《矛盾论》进行多重阐释和理论生产。

马克思主义中国化是毛泽东用自己的语言系统创造的一种意识形态产品。从中国的角度看,社会主义是一种外来模式。因此用中国本土语言来重新表述它,把

---

① Arif Dirlik, “Modernism and antimodernism in Mao Zedong's thought,” *Critical Perspectives on Mao Zedong's Thought*, eds. Arif Dirlik, Paul Healy, and Nick Knight, New Jersey: Humanities Press, 1997, p. 71.

② Ibid., p. 72.

它吸收到中国意识中来就变得极为迫切。也就是说,具体的中国实际与抽象的马克思主义结合起来,成为一种中国受众感同身受的话语模式,才能更有效地为中国共产党争得话语权。这也意味着毛泽东必须成功地协调马克思主义普遍主义和国族特殊主义之间的矛盾,必须兼顾全球理想和地方现实的对立统一。

而德里克所阐释的马克思主义中国化的理论模式则是基于他自己的理论框架和问题意识。

首先,现代性视野:具有抵御全球化的意义。德里克在现代性的视野下看待马克思主义中国化的意义,他认为现代性是欧美的产物,中国的现代性是毛泽东将中国的实际情况与马克思主义相结合,形成了中国式的马克思主义,如此一来,现代性被深深打上了中国的烙印,从而诞生了中国的现代性。中国现代性为抵御资本主义现代性提供了一种全新的模式——中国原本是作为客体而非主体被迫进入现代性框架之中。而作为中国的马克思主义者,毛泽东力求既运用马克思主义普遍原理来改造中国,又根据中国历史环境的需要来改造马克思主义。中国从19世纪就被卷入全球历史之中,资本主义是其中最主要的动力,而中国绝大多数社会主义者的基本目标都是抵御这一过程。① 从这个意义上来说,马克思主义中国化提供了一种反现代性的现代性的理论模式,可以很好地抵御全球化的吞噬。

其次,马克思主义立场:赋予反霸权意义。德里克认为中国同绝大多数亚非拉国家一道经历资本主义的全球化过程,如果你进入全球化的逻辑,就处于一种权力结构中,必然处于征服与被征服、霸权与反霸权的关系中。当中国历史和全球历史结合为一体时,"中国作为一个第三世界社会也经历了一个被征服的过程。在这一环境下,社会主义不仅是对资本主义的取代,也是一种要从资本主义霸权中解放出来的选择,一种让第三世界社会不是作为客体而是作为主体进入全球历史的选择"②。德里克引入了马克思主义的立场,赋予毛泽东思想以反霸权的理论意义。

再次,后殖民语境:第三世界主体性。保留民族特色尤为重要,中国的民族主义肩负着对全球秩序的抵抗:"中国的民族主义也是这一过程的产物。这种自然发

---

① Arif Dirlik, "Modernism and antimodernism in Mao Zedong's thought," *Critical Perspectives on Mao Zedong's Thought*, eds. Arif Dirlik, Paul Healy, and Nick Knight, New Jersey: Humanities Press, 1997, p. 69.

② Ibid., p. 70.

生的民族主义对新的全球秩序及其依照欧美经验所理解的普遍的现代性设想发起了最初的革命抵抗。”同时，“中国社会作为资本主义世界中的第三世界保存着它自身的历史特征。中国和全球历史的结合并不意味着中国社会在全球的汪洋大海中消融了，正如作为一个第三世界社会，它的特征不能被归结为某种同质化的第三世界型构一样”①。德里克站在后殖民主义的文化位置上，反对一切文化霸权以保护弱小民族的主体性和特殊性。

可以看出，毛泽东的《矛盾论》是在特定时空背景下生成的指导中国实践的理论文本。其中，矛盾的运动式和斗争性是毛泽东思想的最核心部分，它试图在现实实践中寻找和建立一种对立关系从而维持不断的斗争、转化和批判的能量。德里克正是萃取了矛盾的斗争性，并把它放置在全球化背景、现代性视野中重新阐发，他对《矛盾论》的阐释是知识学的挪用，取消了《矛盾论》的政治实践诉求，而变成一种文化领域中的抵抗策略。德里克对资本主义全球化、现代性和文化霸权的斗争不遗余力，试图在第三世界文化中发现抵御第一世界文化霸权的理论因子，由此形成了他极具批判性的后殖民理论模型。

① Arif Dirlik, "Modernism and antimodernism in Mao Zedong's thought," *Critical Perspectives on Mao Zedong's Thought*, eds. Arif Dirlik, Paul Healy, and Nick Knight, New Jersey: Humanities Press, 1997, Ibid., p. 70.

不平衡矛盾与一分为二：巴迪欧论毛泽东的《矛盾论》

蓝　江
（南京大学哲学系）

2007年，齐泽克将毛泽东的《矛盾论》和《实践论》合并成一本著作，在英国的著名左翼出版社Verso出版社出版，并为这本《矛盾论》和《实践论》的合集撰写了长篇导言。不过，在阅读了齐泽克的英文版导言之后，巴迪欧提出了自己的不同看法，他撰写了一封长信，与齐泽克商榷。之后不久，齐泽克也回了一封信，给出了自己的回应。于是，在后来出版的法文版《矛盾论》和《实践论》合集中，除了收录了齐泽克的导言之外，同时也收录了巴迪欧写给齐泽克的信件，以及齐泽克的回信。在巴迪欧的信中，他明确提出："首先提出的问题是非常必要的：今天我们为什么还要面对毛泽东的问题？"对于这个问题，巴迪欧自己回答说："我们对此只能说一句话，毛泽东具有普遍性。"①巴迪欧之所以认为毛泽东具有普遍性，他所针对的文本实际上就是毛泽东的《矛盾论》和《实践论》，尤其是前者，这本小册子被巴迪欧认定是毛泽东创立新辩证唯物主义的蓝本。巴迪欧早年从师于阿尔都塞，他十分关注毛泽东的《矛盾论》，为了向毛泽东的《矛盾论》致敬，他同样以《矛盾论》为题撰写了一本哲学著作，并收录于70年代马斯佩罗（Maspero）出版社的延安文丛（Yanan synthèses）系列中。直到2006年，即在他的《世界的逻辑》（*Logiques des mondes*）中，巴迪欧仍然坚持认为毛泽东的《矛盾论》是建立自己本体论和现象学思想的基础。所以，为了更清晰地理解巴迪欧哲学，我们必须从他对毛泽东的《矛盾论》的解

---

①　Mao, *De la pratique et de la contradiction, avec une letter d'Alain Badiou et la reponse de Slavoj Žižek*, Paris: La Fabrique, 2007, p. 289.

析开始。

一、现实矛盾及其不平衡性

严格来说，巴迪欧对毛泽东《矛盾论》的关注并非是一蹴而就的。在这个过程中，他最先受到的是马克思主义哲学道路的导师阿尔都塞的影响，然而尽管阿尔都塞将巴迪欧引上了哲学思考的道路，但是在巴迪欧看来，阿尔都塞的哲学基础并不牢固，而正是由于阿尔都塞过于强调理论主义的立场，最终让巴迪欧看到了阿尔都塞实际上无法真正解决唯物辩证法的问题，而这促使他转向更为实践的立场，即毛泽东的《矛盾论》中的唯物主义立场。

1965年，阿尔都塞出版了他的论文集《保卫马克思》。不过，对于巴迪欧来说，他最关心的实际上只是该书中的两篇文章，即《矛盾与超越决定》①与《关于唯物辩证法》，尤其是阿尔都塞对毛泽东《矛盾论》中的矛盾的不平衡性的解读，让巴迪欧明白了不平衡性理论正是毛泽东的唯物辩证法的内核。所以，在巴迪欧看来，阿尔都塞赋予了唯物辩证法新的活力，也就是说，阿尔都塞坚决否认了马克思主义的唯物辩证法是对黑格尔的唯心辩证法的简单颠倒，即将黑格尔的以抽象观念和绝对精神为根基的辩证法，变成以现实社会存在和市民社会的辩证法。阿尔都塞原话是：

> 我因此认为，关于把辩证法颠倒过来这个不确切的比喻，它所提出的问题并不是要用相同的方法去研究不同对象的性质（黑格尔的对象是观念世界，马克思的对象是真实世界），而是从辩证法本身去研究辩证法的性质，即辩证法的特殊结构，不是对辩证法“含义”的颠倒，而是对辩证法结构的改造。②

阿尔都塞的这段话有着明确的指向。因为阿尔都塞坚决将马克思的历史科学与黑格尔的历史哲学严格区分开来，也就是说，黑格尔的历史哲学所依赖的是形而上学，将历史的辩证运动看成某种精神辩证演化的结果。黑格尔说：“我们知道世

---

① 在中文版的《保卫马克思》一书中，顾良先生曾将阿尔都塞的关键概念 surdétermination 翻译为“多元决定”，笔者对阿尔都塞使用这个词的来源曾进行过比较详细的考察，参见笔者的《症候与超定——对阿尔都塞 surdétermination 概念的重新解读》，《马克思主义与现实》2017年第6期，第98－106页。其中，笔者主张将 surdétermination 翻译为“超越决定”或“超定”，所以在这里采用了《矛盾与超越决定》的译名。

② 路易·阿尔都塞：《保卫马克思》，顾良译，北京：商务印书馆2006年版，第80页。

界历史的进展是一种合理的过程,知道这种历史已经形成了'世界精神'的合理的必然路线——这个'世界精神'的本性永远是同一的,而且它在世界存在的各种现象中,显示了它这种单一和同一的本性。"①黑格尔的历史哲学实际上认为,世界历史的演进,并不是无规律可循的,在历史漫长的演化过程中,它们最终体现为"世界精神"的同一性。在一些庸俗的马克思主义者那里,这种唯心主义的历史辩证法被简单颠倒为一种庸俗化的"历史唯物主义",即他们仍然认为历史是受到某种客观的历史规律制约的,不过决定这种历史规律的,不再是黑格尔意义上的"历史精神",而是市民社会。这就是阿尔都塞所说的对黑格尔的唯心主义的历史辩证法的简单颠倒,将一种唯心的历史辩证法变成所谓的"唯物"的历史辩证法。

相反,阿尔都塞认为在现实社会中,我们根本找不到由某个单一因素起决定作用的历史规律(即便是恩格斯意义上的"归根结蒂"或力的平行四边形的决定作用)。阿尔都塞所看到的是:"在各有关领域中活动的'不同矛盾'(这些不同矛盾也就是列宁谈到的'一系列'矛盾)虽然'汇合'成为一个真实的统一体,但并不作为一个简单矛盾的内在统一体的简单现象而'消失'。这些'不同矛盾'之所以汇合成一个促使革命爆发的统一体,其根据在于它们特有的本质和效能,以及它们的现状和特殊的活动方式,它们在构成统一体的同时,重新组成和实现自身的根本统一性,并表现出它们的性质:'矛盾'是同整个社会机体的结构不可分割的,是同该结构的存在条件和制约领域不可分割的,'矛盾'在其内部受到各种不同矛盾的影响,它在同一项运动中既规定着社会形态的各方面和各领域,同时又被它们所规定。"②这样,我们可以理解,在阿尔都塞看来,真实社会的运动并非是由单一的因素来决定的变化,社会统一整体的存在所表现出来的"矛盾"只是社会众多矛盾中的一个比较突出的矛盾而已,它并不足以构成整个历史的决定性因素。

阿尔都塞对唯物辩证法的重新解读,还有一个更为深刻的含义,辩证法本身的目的并不是指向矛盾的最终解决,相反,矛盾才是社会存在的根本特征。在黑格尔的历史哲学和庸俗的"历史唯物主义"那里,他们总希望矛盾能得到最终解决,即矛盾双方最终走向和解,矛盾消逝在最终的统一之中。在阅读了毛泽东的《矛盾论》

---

① 黑格尔:《历史哲学》,王造时译,上海:上海书店出版社2001年版,第10页。

② 路易·阿尔都塞:《保卫马克思》,顾良译,北京:商务印书馆2006年版,第88—89页。

之后，阿尔都塞将这种概念改变成矛盾的“不平衡发展”。按照阿尔都塞的定义[①]：“不平衡性是社会形态的内在性，因为复杂整体主导的结构的不变性本身是构成主导结构的各种矛盾的具体可变性的条件，也就是各种矛盾的转移、压缩、交替……的条件。”[②]从阿尔都塞的矛盾的“不平衡性”的表述，我们可以得出：

1. 矛盾是社会现实的根本特征，即任何现有的社会形态都无法摆脱矛盾，而矛盾构成了社会形态演化的“合理内核”，这是马克思的唯物辩证法的核心要素，也是阿尔都塞坚决认为马克思的辩证唯物主义绝非对黑格尔的辩证唯心主义简单颠倒的原因。

2. 与庸俗决定论不同，阿尔都塞并不认为，“不平衡性”的矛盾变化是一种有规律的变化。这样，我们无法在规律性的层面上，简单把握社会形态的变化，而将历史演变的规律表述为生产方式的演变规律，在阿尔都塞看来，这恰恰是一些庸俗的理论家将马克思的唯物主义辩证法形而上学化的表现。

3. 阿尔都塞虽然强调了存在着不变性，并且将这种不变性看成是各种具体矛盾可变性的前提条件，但对于具体的人来说，这种不变性是难以把握的，然而，这些无限多的矛盾的不平衡带来的一个现实结果是，我们实际上无法简单从这些多样性的矛盾中梳理出完整的社会形态和历史发展的脉络，而这种脉络只能依赖于阿尔都塞的另一个核心概念：超越决定。

不过在这里，巴迪欧与阿尔都塞分道扬镳了。巴迪欧表示，阿尔都塞的唯物辩证法仍然是僵化的，与毛泽东在《矛盾论》中的鲜活的辩证法相去甚远，巴迪欧说：“重要的是要意识到，在这位声名显赫的阿尔都塞大师背后，我们发现毛泽东所谓的‘僵化的列宁主义’。也正是他的这个想法，让他脱离运动，认为意识只能从外部灌输给工人，而不是内在于工人的知识之中，这个外部就是社会历史的实证科学，

---

① 显然，阿尔都塞完全是从自己的理解重新塑造了“矛盾的不平衡性”的概念。阿尔都塞的原文是：“在研究矛盾特殊性的问题中，如果不研究过程中主要的矛盾和非主要的矛盾以及矛盾之主要的方面和非主要的方面这两种情形，也就是说不研究这两种矛盾情况的差别性，那就将陷入抽象的研究，不能具体地懂得矛盾的情况，因而也就不能找出解决矛盾的正确的方法。这两种矛盾情况的差别性或特殊性，都是矛盾力量的不平衡性。世界上没有绝对地平衡发展的东西，我们必须反对平衡论，或均衡论。同时，这种具体的矛盾状况，以及矛盾的主要方面和非主要方面在发展过程中的变化，正是表现出新事物代替旧事物的力量。”《毛泽东选集》(第一卷)，北京：人民出版社 1991 年版，第 326 页。

② 路易·阿尔都塞：《保卫马克思》，顾良译，北京：商务印书馆 2006 年版，第 209 页。

换言之,即马克思主义的历史科学。”[①]在巴迪欧看来,阿尔都塞的矛盾的不平衡性实际上是一种僵化的不平衡性。这样,阿尔都塞所宣扬的诸多不平衡的矛盾,被视为矛盾在社会形态中的自发性变化,而历史科学只能被动地理解这种矛盾的自发性变化。与阿尔都塞不同,巴迪欧选择走向毛泽东的立场,正如巴迪欧指出:“对于一个马克思主义者,思考大写的一就是思考对立统一,即将运动视为二分。辩证思维是唯一的主体过程的思维,因为它撼动了大写的一的全能性。”[②]而唯一能实现这种辩证法的,只有毛泽东。

二、一分为二与合二而一

有趣的是,巴迪欧对毛泽东的《矛盾论》的理解,是经过一位中国哲学家的介绍,这位中国哲学家就是张世英。1978年,白乐桑(Joël Bellassen)和路易·摩梭(Louis Mossot)将张世英的《论黑格尔辩证法的“合理内核”》译为法文。尽管不懂中文的巴迪欧并没有参与翻译,但在阅读了译稿之后,他为这本小书撰写了两篇序言。巴迪欧之所以如此关心这篇文章,是因为张世英对黑格尔的解读,代表着不同于当时法国,乃至整个欧洲对黑格尔的理解。不过,巴迪欧也发现在中国对黑格尔的理解也不是完全一致的。实际上,“在1949年以前,一种十分‘经典’的新黑格尔主义是主流,哲学家贺麟是其中的主要代表:他害怕辩证法的革命性,重视黑格尔的国家理论,重视《精神现象学》,而不看重《逻辑学》,或者说,他对《逻辑学》的结构和概念体系病态地猎奇”[③]。巴迪欧的意思是,在中国存在着贺麟对黑格尔的解读与张世英对黑格尔的解读的区别。贺麟的黑格尔哲学和张世英的黑格尔的解读的关键性区别在哪里?用巴迪欧的话来说,其中的核心仍然是矛盾。巴迪欧指出,贺麟的黑格尔研究走向了统一,将辩证法锁定在“正题－反题－合题”的枷锁之中,而张世英看到了黑格尔辩证法中更为根本的东西,即“辩证法一分为二”[④]。而在矛

---

① Alain Badiou, *L'Aventure de la philosophie Française*, Paris: La Fabrique, 2012, p. 247.

② Georges Peyrol(Alain Badiou), *La Situation actuelle sur le front de la philosophie*, Paris: François Maspero, 1977, p. 44. 巴迪欧在这篇文献中使用了假名乔治·佩罗尔(Georges Peyrol),这是他在法国马克思列宁主义联盟(UCFML)常用的假名。

③ Zhang Shiying, *Le noyau rationel de la dialectique hégélienne*, ed. Alain Badiou, trans. Joël Bellassen, Louis Mossot, François Maspero, 1978, p. 20.

④ Ibid.

盾基础上的“一分为二”正是张世英认定的黑格尔辩证法的“合理内核”。张世英说：“黑格尔断言：在现实中，一切具体事物都是自相矛盾的……但是，现实中所存在的实际矛盾则与形式逻辑的矛盾规律所要排除的矛盾根本不同，这种矛盾是一种‘必然的、内在的矛盾’……这种矛盾不但不是什么反常现象，而且是正常的现象，它是推动整个世界的原则。”①在张世英那里，外在的现实世界是一个充满着各种各样的矛盾的世界，不可能用连贯的形式逻辑来彻底穿透，也不可能将充满诸多矛盾的现实社会，统一在一个抽象的概念之下。现实就是现实，一个在矛盾中运动、变化、发展的现实，这种现实，不能用我们头脑中的抽象观念或逻辑来消灭，而这正是毛泽东在《矛盾论》中提到的“事物发展过程的根本矛盾及为此根本矛盾所规定的过程的本质，非到过程完结之日，是不会消灭的”②的原则最生动的阐释。

正是在这个基础上，在他自己的《矛盾论》一书中，巴迪欧概括了毛泽东的《矛盾论》：

> 我们可以用五个根本的辩证法命题来概括毛泽东谈的对立统一规律，这五个命题是：
>
> (1) 所有现实都是过程。
>
> (2) 所有过程归根结底都可以归结为矛盾的集合。
>
> (3) 在过程中(也就是说在矛盾中)，总是存在着主要矛盾。
>
> (4) 所有矛盾都是不平衡的：换句话说，矛盾中的一方总会支配着矛盾的总体运动。这就是矛盾的主要方面的理论。
>
> (5) 存在着不同类型的矛盾，这些矛盾的分解来自于不同的过程。其中最终的区分是对抗性矛盾与非对抗性矛盾。③

对于巴迪欧概括毛泽东的《矛盾论》的内容，我们不需要一一解释，但是其中有两个内容需要注意：

1. 巴迪欧认为，现实过程并不一定要求最后的统一。矛盾是黑格尔辩证法思想的最核心的“合理内核”，也被张世英描述为“黑格尔哲学的革命性”。黑格尔的

---

① 张世英：《黑格尔的哲学》，上海：上海人民出版社 1972 年版，第 43 页。

② 毛泽东：《毛泽东选集》(第一卷)，北京：人民出版社 1991 年版，第 314 页。

③ Alain Badiou, *Théorie de la contradiction*, Paris: François Maspero, 1976, p. 48.

问题是,他总希望用一种绝对整体的观念来解决现实中的矛盾,但是,倘若这个绝对观念不存在,在纯粹的现实社会中,是否存在着一种对矛盾的终极解决,即庸俗意义上的对立统一规律?这种统一性,即便打着唯物主义的旗号,在巴迪欧看来,仍然是一种形而上学。

2. 更为重要的是,巴迪欧认为毛泽东的《矛盾论》最核心的思想就是"一分为二":"唯有了解'一分为二'的原则,我们才能理解作为过程的现实。一分为二并不是一生二。一分为二代表着:统一体的分裂。现实不仅仅是一个过程,而且也是分裂过程。"①在这个意义上,任何预先给定的一都不能统一分裂出来二,分裂的二本身是一个异质性的存在,它已经无法回归到一的框架下。在此,巴迪欧肯定了毛泽东的"一分为二,这是个普遍的现象,这就是辩证法"的判断。②

相对于"一分为二",巴迪欧反对将辩证法理解为"合二而一"。1964年5月29日《光明日报》刊载了杨献珍的文章《一分为二和合二而一》,提出了"事物既是一分为二,也是合二而一的"③。巴迪欧按照自己对毛泽东的《矛盾论》的理解,批判了杨献珍的观点。巴迪欧说:"为了达到对立统一的平衡,杨献珍正好终结了矛盾的普遍性,也即是说,终结了整体无法阻挡地分解为矛盾的诸项的过程。"④巴迪欧认为,一方面,杨献珍提出"合二而一",是为了找到矛盾各方的共同点,从而找到可以让矛盾各方和解的立足点,但是巴迪欧坚持认为:"矛盾各方的交集为空集。"⑤我们实际上根本找不到可以让矛盾各方共同依存的基础。另一方面,巴迪欧认为杨献珍试图找到矛盾共同点在动机上是错误的,因为相互依存的交集,始终指向一个未分裂的过去,一种维持过去不平等状态的立场。真实的矛盾指向一种从未出现过的未来,这个未来并没有保证矛盾的最终解决,因为矛盾的发展必然会打破既定现状,去生成一种从未出现过的未来。一分为二,即指向未来的革命运动。

尽管我们可以认为,无论对于毛泽东的"一分为二"还是对于杨献珍的"合二而

---

① Alain Badiou, *Théorie de la contradiction*, Paris: François Maspero, 1976, p. 61.

② 毛泽东:《毛泽东文集》(第七卷),北京:人民出版社1999年版,第332—333页。

③ 杨献珍:《合二而一》,重庆:重庆人民出版社2001年版,第13页。

④ Alain Badiou, *Théorie de la contradiction*, Paris: François Maspero, 1976, p. 64.

⑤ Ibid.

一”,巴迪欧都从自己的革命角度,有很大程度的误读。但是“一分为二”的主张一直贯穿着巴迪欧哲学和政治思考的始终。后来,巴迪欧曾多次谈到毛泽东的“一分为二”:“如何综合(合二而一)被当作主体性的公式,这是对一的欲望……对一的欲望是不可想象的,也就是说,在‘合’的外表下,呼唤出来的是一个古老的一。这种辩证的解释因此是复古的。为了不至于保守,为了在今天成为一个革命派,都必须要一分为二。”①在这里,巴迪欧自己的理论意图已经十分清楚,他所希望的是不断前进的革命,因为革命需要不断地创造出新事物(即一分为二),与当下决裂,“它在独一无二的行动中开创一个新的过程,通过行动,让那些没有价值的东西获得价值”②,这是一个面向未来的政治,一种创造出新的进程的政治,也是让之前无价值的东西获得价值,这是巴迪欧的辩证法,即一分为二。

三、超越决定和主体介入

或许,从一分为二的角度出发,我们可以重新审视巴迪欧与齐泽克在对毛泽东《矛盾论》的理解上的细微差异。在英文版导言中,齐泽克指出:“这就是毛泽东的关键论点:主要的(普遍的)矛盾并不会被特定情况下特殊矛盾所掩盖——普遍性就存在于特殊性之中。在每一种具体情况下,一种不同的‘特殊的’矛盾是最主要的矛盾。准确地说,要获得解决主要矛盾的斗争的胜利,我们必须把某种特殊的矛盾作为最主要的矛盾来解决,所有其他的斗争都必须降至从属地位。”③显然,在齐泽克看来,这里的关键问题在于如何处理各种“特殊”的矛盾。尽管在《矛盾论》中,毛泽东曾谈过主要矛盾和次要矛盾的关系问题,即“不能把过程中所有的矛盾平均看待,必须把它们区别为主要的和次要的两类,着重于捉住主要的矛盾”④。齐泽克指出了毛泽东的这个论断的两个层次:(1)任何既定状况都可以分为主要矛盾和次要矛盾,在一定的历史时期,在一定的时代背景下,必须捉住主要矛盾,才能解决问题。(2)由于毛泽东认为主要矛盾和次要矛盾的区分并不是某种客观规律决定

---

① 阿兰·巴迪欧:《世纪》,蓝江译,南京:南京大学出版社 2017 年版,第 88 页。

② 阿兰·巴迪欧、斯拉沃热·齐泽克:《当下的哲学》,蓝江、吴冠军译,北京:中央编译出版社 2017 年版,第 33 页。

③ Mao, *De la pratique et de la contradiction, avec une letter d'Alain Badiou et la reponse de Slavoj Žižek*, Paris: La Fabrique, 2007, p. 15.

④ 毛泽东:《毛泽东选集》(第一卷),北京:人民出版社 1991 年版,第 322 页。

的,而是针对实际情况实事求是做出的判断,而且他认为主要矛盾和次要矛盾的关系在一定时期会发生转换,原先对抗性的主要矛盾在一个新的背景下会变成次要矛盾,让位于新的主要矛盾,反之亦然。那么,齐泽克认定,毛泽东并不认为存在着某种统一的综合体。这样,如果没有否定之否定在更高阶段的综合,齐泽克判定毛泽东"坚持认为斗争、分离是高于所有分析或综合的"①,即斗争是永恒的,而综合和调和才是暂时的。

巴迪欧基本上认可齐泽克的评价。但他认为,毛泽东的主要矛盾和次要矛盾的区分,实际上是从中国革命的斗争实践中总结出来的。早年的巴迪欧就认为,真实世界就是一个有着多种多样矛盾的世界,不能用单一观念加以理解。巴迪欧在20世纪60年代阅读了毛泽东的《中国的红色政权为什么能够存在》《井冈山的斗争》,看到了"二十年代的中国"复杂的状况,这样,20年代的中国并不是由单一矛盾或对立决定的历史状况,而是一种"无序状态"。在《世界的逻辑》中,巴迪欧指出:

> 在中国二十年代,毛泽东的立场依赖于辛亥革命事件:清政府的崩溃,以及民国的诞生。但是,它绝不能简单等同于断裂。1912年之后,在中华民国时期,实际上经历了长期的军阀混战,对此,毛泽东写道:"帝国主义和国内买办豪绅阶级支持着的各派新旧军阀,从民国元年以来,相互间进行着继续不断的战争"。军阀混战超越决定了(surdéterminé)中国当时的历史状况的具体特征:在这样一个分解的反动力量的空间中,明显指明了革命军队的道路。②

实际上,在巴迪欧看来,毛泽东在《中国的红色政权为什么能够存在》中提出的"二十年代的中国"的真实状况是一种近乎无解的状况。这里的超越决定已经被巴迪欧赋予了数学上的含义,即一种类似于数学上超定方程(équationsurdéterminé)的状况。按照数学上的定义,超定方程是限定条件(如方程数量)超过了未知数的情况,这样的方程组通常是无解的。③ 在巴迪欧看来,超定方程的无解,对于理解

① Mao, *De la pratique et de la contradiction, avec une letter d'Alain Badiou et la reponse de Slavoj Žižek*, Paris: La Fabrique, 2007, p. 19.

② Alain Badiou, *Logiques des mondes*, Paris: Seuil, 2006, pp. 516-517.

③ 对于超越决定与超定方程组的关系的分析,可以参看笔者的《症候与超定——对阿尔都塞surdétermination概念的重新解读》,《马克思主义与现实》2017年第6期,第98-106页。

毛泽东的《矛盾论》,是非常有启发意义的,即面对诸多矛盾时,正确的做法并不是强行考察所有制约因素。恰当的做法是类似于数学解超定方程时使用的最小二乘法,找出诸多矛盾中最重要的决定因子,并依照这些决定因子给出方程的近似解,相反,那些次要的因子回归到决定因子的范畴下。

毛泽东面对20年代中国革命的状况的处理方式与此十分类似。当谈到中国的红色政权为什么能够存在的时候,毛泽东并不是希望用红色政权或井冈山的革命斗争一次性地解决所有问题,如毛泽东谈到井冈山革命根据地的复杂的斗争形势时认为,"边界的斗争,完全是军事的斗争,党和群众不得不一齐军事化,怎样对付敌人,怎样作战,成了日常生活的中心问题"①。简言之,将井冈山的斗争主要作为军事问题,就是毛泽东在那个时期指出的斗争的主要矛盾,尽管在井冈山根据地还存在着土地问题、政权问题、党的组织问题,乃至中国革命性质的问题,但毛泽东认为当时最主要的矛盾就是用武装割据的方式,在井冈山地区站稳脚跟,打退各方面敌人的进攻。所以,巴迪欧指出:"我已经分析过,青年时代的毛泽东在1927年的井冈山的人民战争中的讨论。对于毛泽东来说,'红色政权'是由各种不同因素组成的,工农兵的代表会与党组织一样重要,但军事问题在那个时期才是最重要的问题。"②于是,抓住主要矛盾的方式,是毛泽东解开二三十年代中国革命斗争的超定方程组的最小二乘法。这就是"一分为二",将所有矛盾变成主要矛盾和次要矛盾,变成矛盾的主要方面和次要方面,而对于复杂的不连贯的现实条件而言,最重要的就是在所有矛盾中决定什么是当时中国革命斗争的主要矛盾,将所有的矛盾都放在这个主要矛盾的框架下来解决。巴迪欧对毛泽东的评价是:"我们如何了解一个元素和事件痕迹之间关系的价值?毛泽东的回答是:通过讨论、集会和政治教育。无论他们原初成分是什么,关键在于要让士兵们'都知道是为了自己和工农阶级而作战'。"③

也正是在这里,巴迪欧给出了他自己对毛泽东"一分为二"的理解,一分为二绝不仅仅是一种斗争哲学,也是一种在诸多不定因素中找到一条出路的方式,将所有

① 毛泽东:《毛泽东选集》(第一卷),北京:人民出版社1991年版,第63页。

② Mao, *De la pratique et de la contradiction, avec une letter d'Alain Badiou et la reponse de Slavoj Žižek*, Paris: La Fabrique, 2007, pp. 290—291.

③ Alain Badiou, *Logiques des mondes*, Paris: Seuil, 2006, p. 518.

的矛盾一分为二，分出主要矛盾和次要矛盾，分出矛盾的主要方面和次要方面，抓住矛盾的主要方面，也捉住主要矛盾，才能走出眼下的困境，找到一条出路。巴迪欧认为，毛泽东的矛盾解法实际上是一种主体介入的方法，就像那个著名的高尔丁死结一样，所有人都解不开弗吉尼亚城那个系在牛车上的死结，他们都企图找到一个绳头，在绳头的指引下，将死结依次解开，但是亚历山大大帝的解法很简单，他拔出佩剑，将高尔丁死结劈成两半——这就是一分为二！这也正是毛泽东《矛盾论》中的核心，一分为二。

砍断高尔丁死结的亚历山大大帝和毛泽东都有着明确的主体介入。在这里，巴迪欧并不赞同齐泽克的评价。齐泽克认为毛泽东"陷入了简单的、完全非辩证的斗争中"[①]。对此，巴迪欧的回答是，只有用主体介入的一分为二，才能从诸多纷杂的矛盾和决定因子的复杂而无解的环境中，开辟一条新的道路。这样，新时代在一分为二的辩证法中开启了，他们不再在诸多细微因素面前徘徊不前，而是用暴力的方式在复杂无解的现实状况中一分为二，让未来可以在一条明确的线索中以新的方式降临，在这个一分为二的主体之下降临。

---

① Mao, *De la pratique et de la contradiction*, *avec une letter d'Alain Badiou et la reponse de Slavoj Žižek*, Paris: La Fabrique, 2007, p. 19.

第三篇

中国汉字与法国后结构主义

德里达思考汉字的方法

曾　军

（上海大学文学院）

德里达在他学术生涯的第一个重要时期（1967—1972）出版了一系列奠定“解构主义”理论基石的重要著作。这些著作包括：《书写与差异》（1967）、《论文字学》（1967）、《声音与现象》（1967）、《撒播》（1972）和《哲学的边缘》（1972）。非常有意思的是，除了《声音与现象》中没有涉及对中国汉字的讨论外，其他四部著作都在不同程度上涉及了汉字和中国文化，显示了德里达在这一时期对中国问题的高度重视。这也提出了一个令人困惑的问题：德里达并不懂中文，却在他的著作中频繁讨论汉字以及与之相关的中国文化问题。那么，德里达为什么要去思考一个他并不懂的对象？他是如何思考的？这一思考究竟有何意义？我们该如何看待德里达思考汉字的方法？①

一、德里达为什么必须思考汉字？

20世纪60年代末至70年代初期，法国的学术思想极度活跃，一方面是萨特的存在主义光芒万丈，另一方面则是列维-施特劳斯的结构主义异军突起。但也就在结构主义如日中天，甚至一度成为“理论”本身而不是“理论之一”之际②，德里达则

---

① 美国汉学家王德威在中国出版的第一本著作名字叫《想象中国的方法》，因为他研究的是文学，文学是以想象的方式来探索这个世界的。哲学家不同，他的方式是“思考”。

② 乔纳森·卡勒的《理论中的文学》是从20世纪60年代的结构主义运动开始谈起的。他注意到一个有意思的现象：“当我在20世纪60年代首次参与被简称为‘理论’（这个术语非常奇怪，关于什么的理论？）的事情时，它创造了比今天更为丰富的意义。在结构主义运动中，有一个不断生长的理论躯体——它本质上来自于结构主义语言学模式的泛化——并声称可以被运用于各个地方，面对所有的文化领域。”Jonathan Culler, *The Literary in Theory*, Stanford: Stanford: Stanford University Press, 2007, p. 23.

敲响了结构主义的丧钟。与此同时，被誉为结构主义"四个火枪手"中的三位学者[德里达、拉康(Jaques Lacan)和罗兰·巴特(Roland Barthes)]集体叛逃。① 因此，这一时期也成为法国从结构主义向后结构主义转型的关键时期。不仅如此，同样是在1967—1968年前后，法国学术思想还正在激进地"向左转"。正是在这洪波涌起的左翼思潮中，以"毛主义"和"易""儒""道"为代表的中国文化给予法国思想和文化以巨大影响。正是在这一复杂的学术语境中，中国作为一个重要因素出现在众多法国理论家的思想和著述之中。比较著名的当属德里达、拉康、克里斯蒂娃以及与他们有着相同旨趣的众多学者。比如说，拉康曾在法国汉学家戴密微(Paul Demiéville)和程抱一(François Cheng)的帮助下研读过中国的古代经典，并在拉康自己的研讨班上，曾就中国汉字展开过专题研讨。克里斯蒂娃早在保加利亚时期就已经接触和学习过汉语，到了法国之后更是与同样对中国文化情有独钟的法国先锋派作家、《原样》杂志主编索莱尔斯情投意合。克里斯蒂娃不仅专门研究过汉语语法，在小说中有大量的中国元素，而且曾随《原样》代表团访问过中国，并撰有《中国妇女》一书，其中也不乏对汉字问题的讨论。此外，比他们更年长一些的波伏娃早在20世纪50年代就曾与萨特一起访问中国，在其《长征：中国纪行》中也在毛泽东《在延安文艺座谈会上的讲话》所讲述的"文化普及"的意义上考察了中国的"识字"和"扫盲"运动。正是在这一总体性的时代氛围中，中国文化、中国革命等中国问题才不得不进入德里达的视野；德里达也才会"冒天下之大不韪"，涉足自己不懂不识的中国汉字。

在《书写与差异》的中文版代序的访谈中，德里达详细回顾了20世纪60年代法国学界的整体"氛围"：一方面是哲学的"终结论"，即弥漫在法国哲学界的"终结"或"死亡"的喧嚣；另一方面则是政治上的革命或反叛情绪。值得注意的是，德里达对左翼思潮和中国革命的态度是相对比较暧昧并且很明显地保持着某种距离的。与之相反的，则是德里达对中国传统思想文化的青睐，如中国的汉字。对德里达而言，摆在他面前的"一直有两个战场"；而他的理论姿态也是双重的："我一直尝试公

---

① 在一幅发表在1966年的漫画中，列维-施特劳斯、德里达、拉康和罗兰·巴特腰围草裙在森林中席地而坐，成为结构主义达到顶峰的标志。但此时，除了列维-施特劳斯之外，另外三位则已有了异心，转向了后结构主义。

平对待两种可能看起来相互矛盾或不兼容的必要性：解构哲学，即思考哲学的某种关闭范围，但不放弃哲学。”①德里达对汉字的关注即与他所开展的“解构主义”事业密切相关。他认为西方思想一直在逻各斯中心主义的统治之下，而逻各斯中心主义是与人种中心主义、语音中心主义三位一体的思想体系。在《论文字学》一开篇，德里达即对题记征引的三段引文做出了一个重要判断：“这三条题记不仅旨在关注时时处处支配着文字概念的人种中心主义，也不仅旨在关注我们所说的逻各斯中心主义即表音文字（如，拼音文字）的形而上学。”②这正是由卢梭论述、黑格尔确认并在19世纪之后形成殖民主义理论依据的“西方国家的自我意识”的严密的“文明等级论”（hierarchy of civilization）的观念体系：文字类型与民族类型一一对应，并具有严密的优劣等级：象形文字对应野蛮民族、表意文字对应原始民族，而表音文字则对应文明民族。很显然，这一“文化自信”正是建立在将自我确定为“文明”，而将“他者”确定为“野蛮”的逻辑基础之上的。但是经历了从第一次世界大战到第二次世界大战的洗礼，西方知识界也开始对这一具有民族歧视性和文化优越论的观念体系展开批判性反思，如霍克海默和阿多诺的“启蒙辩证法”即从西方文化和社会各种现象中提炼出“文明走向自己的反面（即‘野蛮化’）”的内在逻辑。而德里达的解构主义则是试图从语言学切入，通过颠覆“拼音文字优越论”（即“语音中心主义”）来完成对逻各斯中心主义的解构。很显然，德里达的解构主义也成为质疑和颠覆文明等级论的重要思想资源之一。③

二、通过汉学思考作为哲学问题的汉字

德里达对汉字的最早关注可以追溯到1966年。是年3月，德里达在心理分析学院做了一次演讲，该文以《弗洛伊德与书写舞台》为题发表在《原样》1966年夏季号上。同年4月，德里达又在巴尔马（Parme）举行的国际大学戏剧节组织的阿尔托研讨会上做了题为《残酷戏剧与再现的关闭》的发言，后发表在《批评》1966年7月

① 雅克·德里达：《书写与差异（上、下册）》“访谈代序”，张宁译，北京：生活·读书·新知三联书店2001年版，第4页。

② 雅克·德里达：《论文字学》，汪堂家译，上海：上海译文出版社1999年版，第3页。

③ 近年来，针对“文明等级论”的持续性批判正在促成人文研究的范式的形成。如文学研究中的“世界文学”正在形成新的“世界主义”范式；历史研究也正在推动从“世界史”向“全球史”的转型。

号上。这两篇文章后收入《书写与差异》一书中。在这两篇文章中，均涉及弗洛伊德对汉语和汉字的两个重要看法：其一，汉语中对每一个汉字的理解需要在具体的上下文关系中才能确定；其二，汉字是表意文字，不同于埃及的象形文字。①

但是，如果仔细研读德里达著作中有关中国汉字的讨论，我们会发现，德里达所有的讨论都没有直接触及中国汉字本身。他所思考的主要是西方汉学中关于汉字的看法。在这一时期的著作中，德里达先后引述了从卢梭、莱布尼茨到黑格尔再到索绪尔、弗洛伊德、谢和耐、索莱尔斯等一系列学者对于中文、汉字的认识和理解。书中也提到了《易经》等中国典籍，但也只是间接引用，并非直接讨论。真正直接引述中国理论家和思想家著作和思想的，只有在《撒播》中对毛泽东《反对党八股》的引用。对此，我们可以将德里达与克里斯蒂娃相比较来更清楚地说明这一问题。克里斯蒂娃也在 1969 年出版了《语言，这个未知的世界》一书，显示出这一时期在从结构主义向后结构主义转型的关键时期，语言学对法国理论的极端重要性。在该书中，克里斯蒂娃试图回答“学习语言学应该从何处入手”的问题，并明确了“对不同的文明里面发展起来的有关语言的思想史作一次系统的回顾”的视角。全书分三部分，分别是“语言学导论”“语言与历史”和“狭义语言和广义语言”；其中第二部分“语言与历史”的第 4 节，即是对中国汉字的讨论，题目是“中国：文字是学问”。这一小节对中国汉字的介绍有几个鲜明的特点：其一，是从现代语言学的视角对中国汉字的分析。因此，从一开始，克里斯蒂娃就注意到了汉语的汉字书写与口语的巨大差异，并从语音、语义和语法等角度剖析了汉字的特点。其二，克里斯蒂娃所征引的材料主要来自两个方面，一是法国汉学对汉语和汉字的分析，包括戴密微、葛兰言、纪尧姆、梅耶、李约瑟、莱布尼茨、常业、谢和耐、路易·勒康特等；二是汉语语言学相关文献，如公孙龙的《指物论》、许慎的《说文解字》、陆法言的《切韵》、司马光的《类篇》、郑樵的《通志》、周德清的《中原音韵》等。从这个清单来看，克里斯蒂娃对与汉语有关的中文文献和法国汉学文献的掌握远甚于德里达。其三，克里斯蒂娃此书侧重于知识性的介绍，主要是介绍西方汉学对汉字的基本观点，并结合中国的汉字文献加以佐证，因此，此书并没有表现出克里斯蒂娃个人的

---

① 参见雅克·德里达：《弗洛伊德与书写舞台》和《残酷戏剧与再现的关闭》，《书写与差异（上、下册）》，张宁译，北京：生活·读书·新知三联书店 2001 年版，第 379、433—434 页。

汉字观。

与克里斯蒂娃相比较，德里达对汉字的思考特点也比较清楚了：首先，德里达虽然思考的是汉字的语言学属性，但采取的却不是语言学方法。这看上去像一个悖论，实则不然。德里达的问题意识是从哲学而不是从语言学出发的。在德里达看来，语音中心主义是逻各斯中心主义在西方语言和文字上的体现。作为语音中心主义的表现之一，就是西方学者在“拼音文字优越论”的前提下将“非表音文字”贬为劣等语言，进而形成西方思想（包含但不限于现代语言学）中语音与文字、声音与书写、表音与表意这一系列二元对立之间强烈的语音、声音、表音的优先性，而将文字、书写和表意降格为从属性和边缘性的观念体系。将文字区分为象形、表意和表音是语言学问题，所做出的是事实判断；但褒表音、贬象形和表意，则不再是语言学问题，因为这已经是价值判断了。因此，对价值判断的反思和批判，所需要的武器便不再仅仅是语言学，更重要的是哲学。

那么，从哲学的角度来看，语音中心主义与逻各斯中心主义是否具有严格的对等性？在《论文字学》中，德里达更多的时候是将逻各斯中心主义与语音中心主义和人种中心主义进行“三位一体”式的认定。但这样做也会存在理论的疏漏：在使用“非表音文字”的民族国家中，难道就不存在逻各斯中心主义、语音中心主义和人种中心主义了吗？很显然，德里达认为并不完全是。因此，在与《书写与差异》的中译者的对话中，德里达强调：“我曾经尝试区分逻各斯中心主义和语音中心主义……我以为无需逻各斯中心主义的语音中心主义是可能存在的。非欧洲文化中也完全有可能存在给声音以特权的情况，我猜想在中国文化中也完全有可能存在这种语音特权的因素或方面。但中国文字在我眼中更有趣的常常是它那种非语音的东西。只是，在中国文化或其他文化中，赋予并非就是逻各斯中心主义的声音某种特殊地位也是完全可能的。”①这一表态表明，德里达关心的并非作为语言学问题的汉字属性，而是作为哲学问题的文字与逻各斯中心主义的问题。比如说，后来的汉学家顾明栋沿着德里达的《论文字学》阐发了“汉字颠覆口语与文字的主仆关

---

①　雅克·德里达：《书写与差异（上、下册）》“访谈代序”，张宁译，北京：生活·读书·新知三联书店2001年版，第11页。

系”因而通过汉字而走出语音中心主义是可能的这一观点。[①] 但这却并非德里达关心的问题,他只是从哲学的推论而非语言学研究的事实判断的角度做出判断,认为即便是汉字仍然可能存在某种语音特权。

其次,面对西方汉学关于汉字问题的讨论,德里达是否有能力对这些问题展开回应和进一步的深入探讨?对于并不懂中文的德里达来说,这无疑是有相当难度的事情。因此,这就出现了一个非常有趣的现象:大凡涉及对汉语特点和汉字性质问题讨论和分析的部分,德里达只能大量征引相关的西方汉学文献,进而从中提炼并概括这些文献中可能被引入语音中心主义和逻各斯中心主义讨论的一些观点;或者在西方汉学对汉字的不同观点中发现“对立”或者“裂缝”,进而“以子之矛攻子之盾”,让不同的声音发生碰撞与交锋,德里达自己则居于超然争议之外的立场,或者选择与自己观点相一致的看法,作为自己思想的佐证。这些观点虽然并不是所征引的汉学家思想的简单重复,但也并未构成研究的深化。因此,这些西方汉学的材料在德里达的著作中便处于一种相当尴尬的位置:德里达只能呈现西方汉学中对汉字的各种看法,但无法展开自己对汉字的思考;德里达所能思考的,仅仅是将这些看法区分为两类:一类是作为逻各斯中心主义思想代表的,如黑格尔;一类是可以作为解构逻各斯中心主义的部分理论依据的,如莱布尼茨。这一表现在《哲学的边缘》中达到了极至。该书有一篇题为《深坑与金字塔:黑格尔符号学导论》[②],大段引用黑格尔在《历史哲学》《历史哲学演讲录》和《哲学科学百科全书》中介绍中国汉字的段落。比如说在分析中国的甲骨文时,德里达仅仅谈了一句话,认为黑格尔对汉字的三个特点的描述——成规性(或变化缓慢)[immobilism (or slowness)]、外部性(或表面性)[exteriority (or superficiality)]和自然性(或动物性)[naturality (or animality)]——都可以在甲骨文的硬壳上被描绘出来,然后对这三个特点的详细分析完全就是照搬黑格尔的《历史哲学》和《历史哲学演讲录》中

① 围绕西方汉学中对汉字的看法,顾明栋近年来撰写了大量论文,如《语言研究的汉学主义——西方关于汉语汉字性质的争议》(《南国学术》2014年1期,第125－134页)、《走出语音中心主义——对汉民族文字性质的哲学思考》(《复旦学报》(社会科学版)2015年3期,第80－89页)、《重新审视语言的鸿沟——中西文字符号理论的比较》(《原创的焦虑》,南京大学出版社2009年版,第45－63页)、《汉字的性质新论》(《武汉大学学报》(人文科学版)2016年4期,第33－41页)。

② 这篇文章也是首先发表于1968年1月16日法兰西学院让伊波利特研讨班,正式发表于1971年的 *Epimethée*。

的大段大段的引文。虽然在征引这些相关材料的过程中，也不乏德里达“画龙点睛”式的解构式阅读，但很显然，德里达个人是无法从对汉字的语言学研究角度来做出分析和评判的。

最后，德里达也并非完全没有触及中国问题本身，在《论文字学》中，德里达已经注意到以“汉字拼音化”(the phoneticization of writing)为方向的汉字改革运动。这正是建立在文字等级秩序观念基础之上的语言改造运动。这是与殖民主义运动中被殖民民族被迫放弃本民族语言和文化而以殖民国家的民族语言作为官方语言的语言现象相一致的，以西方文化代表先进文化，拼音文化代表优势语言观念。汉字拼音化运动也正是在这一背景下展开的。“汉字拼音化(拉丁化)”最早可以上溯到清末。1891 年，俞樾的学生宋恕提出“造切音文字”一说；1922 年，钱玄同、赵元任等在《国语月刊》“汉字改革”号上提出汉字拼音化动议，拟订了罗马字方案草案。此后陆续推出刘复等编撰的《国语罗马字拼音法式》、吴玉章和林伯渠等编撰的《中国拉丁化新文字方案》等。中华人民共和国成立之后，中国文字改革委员会成立，推进普通话、汉语拼音化等方案。直到 1981 年钱伟长主持成立中国中文信息委员会，开展汉字输入法研究，才真正化解了汉语拼音化的危机。虽然德里达并没有直接参与对这一运动的反思，但这一重大的现实问题显然已经进入德里达的视野。在《论文字学》的注释中，他已注意到了载于《马克思主义指导下的国际语言学研究》第 7 期(1958 年 5—6 月号)的《汉字改革》问题。①

通过汉学来思考作为哲学问题的汉字，这就是德里达思考汉字的方法。因为德里达不懂中文，所以他没有采取针锋相对的方式直接介入汉字性质问题的讨论，而是在众多西方学者对汉字问题的不同论述中迂回，寻找思想的分叉处，进而穿透笼罩在西方思想史中的浓厚的逻各斯中心主义的迷雾。德里达思考汉字的目的也并非要真正学习汉字和了解汉字，而是要引入以汉字为代表的“非表音性”文字来动摇支撑拼音文字的“语音中心主义”的基础，进而解构逻各斯中心主义。

三、通过汉字解构“文字等级论”

既然在德里达那里，汉字不是或者首先不是以语言学面目出现的，那么，德里

---

① “La reforme de l’ écriture chinoise”, *Linguistique*, *Recherches internationaies à la lumière du marxisme* 7 (May—June 1958), p. 323.

达对汉字的理解,以及我们对德里达汉字观的理解都要求我们暂时将语言学的维度搁置起来,否则,我们便只能将问题意识停留在德里达理解汉字的“懂与不懂”“对还是不对”这个层面上了。面对语音中心主义的“文字等级论”,德里达通过对汉字属性的辨析解构了基于表音文字(如拼音文字)霸权的“文字等级论”。

如前所述,德里达在《论文字学》中开篇即将卢梭的三种文字类型观(象形文字、表意文字和表音文字)选做了靶子,呈现了西方学术界中的“文字等级论”中的语音中心主义、人种中心主义和逻各斯中心主义三位一体的观念体系。在《深坑与金字塔》一文中,德里达更是大量征引黑格尔著作的原文,用以印证一个核心观点:在黑格尔的符号学体系中,“语言体系,也即语音体系,要比其他任何符号体系拥有更多特权,也更卓越。因此,口语优于书写、拼音文字优于其他书写体系,尤其是优于象形文字或表意文字,但也同样优于数学书写,优于所有正式的符号、代数、通用书写符号以及莱布尼茨所排列的其他类型——正如莱布尼茨所说,拼音文字优于一切不必要的东西,‘指声音’,或文字”[①]。因而“文字等级论”在语言学上的反映,即是“拼音文字优越论或特权论”,它是建立在语言文字的客观差异基础上的偏见和歧视。如果想要颠覆这一等级秩序,那就必须要从下面几个角度着手:如何重新评价汉字作为“非表音文字(即非拼音文字)”的“文化劣势”?反之,支撑拼音文字优越论或特权论的理由是否充分?进而,基于语言文字客观差异而形成的文字类型论是否能够置换为文字等级论?德里达通过汉字对语音中心主义的解构也正是沿着这一思路展开的。

第一步,解构“汉语偏见”。何为“汉语偏见”?即是欧洲人所形成的关于汉字的观点和幻觉。德里达虽然提出了这个问题,但很显然他自己并没有多少研究,而只是凭借他所读到的西方汉学研究中对汉字的一些印象式的描述或研究后的结论,加以汇总而形成的观念。[②] 如将汉字简单划归为与楔形文字之类的象形文字具有同等性质的“低人一等”的文字类型;莱布尼茨认为汉字是“聋子的发明”,认为

---

① Jacques Derrida. “The Pit and the Pyramid: Introduction to Hegel's Semiology”, *Margins of Philosophy*, translated by Alan Bass, Chicago: Chicago University Press, 1982, p. 88.

② “Although something of the Chinese prejudice of the West is discussed in Part I, the East is never seriously studied or deconstructed in the Derridean text.” Translator's preface, by Gayatri Chakravorty Spivak, Jacques Derrida. *Of Grammatology*, San Diego: Johns Hopkins University Press, 1994, p. lxxxii.

"中国人要花一辈子才能学好书法";黑格尔也认为中国的汉字语法不够发达,中国的文化及其文字具有经验主义(自然主义、历史主义)和形式主义(数学化抽象)的特点,像汉字这类象形文字,只能适用于"中国文明这种停滞的哲学"等;还包括对汉字的"贬低"或"赞扬"的态度,都属于"汉字偏见"。在德里达看来,与"汉字偏见"同时,还有一种可以被称为"象形文字研究者的偏见",这种偏见"远远不是从人种中心主义的嘲弄出发,它采取了过分赞美的形式。我们尚未完全证实这一模式的必然性"①。

第二步,汉字属性的多重性。汉字究竟是象形文字还是表意文字?抑或两者兼有或者还有其他的属性?虽然德里达自己无法做出判断,但是通过对西方汉学文献的清理,他敏锐地发现,在汉字属性的识别上,无论是将汉字认定为象形文字,还是表意文字,都是有问题的。汉字以其笔画组合而成的方块字的形式,既具有象形的功能,又具有表意的作用;或者有的具有象形的功能,有的具有表意的作用。在《论文字学》中,德里达已经注意到了汉字构造具有"文"的特点。"文"既具有象形性,又具有表意性。因而,德里达展开了对汉字的辩护:"我们难道因为'文'这个词表示除狭义的文字之外的许多意思而断定中华民族没有文字?"②到了《深坑与金字塔》一文中,德里达受黑格尔的启发,从汉字的起源和生成的角度来理解汉字的属性。他一方面注意到最早的汉字——甲骨文——已经具有象形和表意的功能,另一方面还注意到《周易》中卦象的"一分为二"、阴阳组合、生成变易的特性,并天才性地将汉字造字法与卦象联系起来,认为汉字的"象形文字系统"不是简单地寻求与其所意指的自然万物或社会现实的"形象上的相似性",而是试图采取一种绝对抽象的、化减为最小元素的、还原为最简的逻辑的方式来传达对汉字所欲承载的意义的理解。由此,这一兼具象形和表意功能的"文"更具有了生成性的符号学价值。③ 我们暂且不论这一关联是否符合汉字形成史的事实,仅就这一类比性理解的思维而言,其实正好应和了由列维-施特劳斯所建构的"二元对立"的结构主义

① 雅克·德里达:《论文字学》,汪堂家译,上海:上海译文出版社 1999 年版,第 117 页。

② 同上书,第 179 页。

③ Jacques Derrida, "The Pit and the Pyramid: Introduction to Hegel's Semiology", *Margins of Philosophy*, Chicago: Chicago University Press, 1982, p. 96. 德里达的这一观点直接接受了黑格尔的看法。在黑格尔看来,"'易经'多是图象,一向被看作中国文字的根据和中国思想的基本。"(黑格尔:《历史哲学》,王造时译,北京:生活·读书·新知三联书店 1956 年版,第 162 页。)

模式。卦象的符号学运作机制,具有类似“二进制式”的数学原理及“上帝语言”的双重特征,这些进一步强化了不懂汉字的德里达所展开的对汉字的神秘想象。进而,汉字便超出了“原始文字”范畴,以“人工语言”的方式参与到对“普遍文字”的想象性建构之中。

不仅如此,汉字的结构复杂性在于,汉字结构组合中还包含着表音的因素。“我们早就知道中文或日文这类有着大量非表音文字的文字很早就包含表音因素,在结构上它们仍然受到表意文字或代数符号的支配。于是,我们可以掌握在所有逻各斯中心主义之外发展起来的文明的强大运动的证据。”①这是德里达引述谢和耐的汉字分析时做出的判断。作为一个20世纪的汉学家,谢和耐对汉字的理解比黑格尔更全面,也比莱布尼茨更深入。他不仅注意到了汉字的象形和表意的功能,而且还注意到了汉字的表音因素。不过,在谢和耐看来,汉字的表音性与西方拼音文字的表音性有本质的区别:汉字的表音性并不具有支配性地位,相反却是受到了书写的压抑,因此“文字本质上削弱言语,它将言语纳入某个系统”。② 汉字虽然保留了表音的功能,但却从属于或者说受制于汉字的表意功能。因此,汉字的这种以表意性为主、表音性为辅的特点,才使得中华文明成为德里达所说的“在所有逻各斯中心主义之外发展起来的文明”。

第三步,将“表意性”“表音性”置换为“表意价值”和“表音价值”。德里达引述索绪尔将人类的语言分为表意体系和表音体系,并将汉字视为表意体系的代表思想,指出索绪尔这一体系的区分是建立在“言文一致,以言为基”的思想基础之上的。由于索绪尔确立了“将言语系统与表音文字(甚至与拼音文字)系统相对照”的目标,使得在索绪尔的普通语言学里排除了表意文字的存在合理性,“这种目的论导致将非表音方式在文字中的泛滥解释成暂时的危机和中途的变故。我们有理由

---

① 雅克·德里达:《论文字学》,汪堂家译,上海:上海译文出版社1999年版,第135页。

② 在本句中,构成与“文字”对应的不是“言语”(speech),而是“声音”,指的是与“书写之文”对应的“口头之语”。这在该书的法文版和英文版中都是一致的。法文原文是“L'écriture ne réduisait pas la Voix en elle-même, elle l'ordonnait *à* un système ”(Jacques Derrida, *De la grammatologie*, Paris: Les Éditions de Minuit. 1967, p. 138.),英文译文是“Writing did not reduce the voice to itself, it incorporated it into a system. ”Jacques Derrida, *Of Grammatology*, trans. Gayatri Chakravorty Spivak, San Diego: Johns Hopkins University Press, p. 90.

把它视为西方人种中心主义，视为前数学的蒙昧主义，视为预成论的直觉主义”。[①] 由此，德里达以索绪尔的“表音文字”和“表意文字”二分法解构了卢梭提出的象形文字、表意文字和表音文字三分法。但是德里达并不满足。因为即使是表音文字和表意文字的二分，也是建立在表音文字的基础之上的。也就是说，索绪尔是以西方的拼音文字为标准来分析和评价“非表意性”的汉字或其他文字的。因此，所谓“汉字的属性”即是它的“非表音性属性”。这无疑是具有西方中心主义的文化偏见。

因此，德里达进一步指出，事实上，纯粹的表音文字或纯粹的表意文字其实是并不存在的。“‘表音’与‘非表音’绝非某些文字系统的纯粹性质，在所有一般指称系统中，它们是或多或少常见的并且起支配作用的典型概念的抽象特征。它们的重要性很少取决于量的分配，而更多取决于它们的构造。譬如楔形文字既是表意文字又是表音文字。我们的确不能将每种书写符号能指归于某一类别，因为楔形文字代码交替使用两个声区。事实上，每种书写符号形式都有双重价值，即：表意价值与表音价值。”[②]既如此，任何语言，都不可能只具有纯粹的三种语言中的一种属性，而是多种属性不同程度的综合。这也就消解掉了表音文字和表意文字的本质差异，进而完成对语音中心主义的解构。

四、结论：“汉语图形形式的用途”

德里达通过西方汉学中的汉字研究发现，不仅在西方逻各斯中心主义和语音中心主义之外，还存在基于“非表音性”的汉字而发展起来的生生不息的中华文明，而且通过汉字的象形性、表意性和表音性兼而有之的特点颠覆了西方文明赖以获得优越性和强势地位的“文字等级论”。无论是卢梭的文字类型三分法，还是索绪尔的文字类型两分法，都包含着语音中心主义和逻各斯中心主义的文化霸权和学术偏见。因此，在德里达那里，汉字具备了解构语音中心主义的文字等级论的巨大意义。

那么，在德里达那里，汉字是否仅仅具有“解构”的功能，是否以一种绝对的“大

① 雅克·德里达：《论文字学》，汪堂家译，上海：上海译文出版社1999年版，第55页。
② 同上书，第132页。

他者”的形态与拼音文字格格不入、尖锐对立呢？答应是否定的。

在《撒播》(*Dissemination*)一书中，德里达以索莱尔斯的小说《数》(*Nombres*)为例，探讨了汉字以“方块文字”这一图形形式嵌入拼音文字所可能增殖出的意义和价值问题。作为对中国文化情有独钟的先锋派作家，索莱尔斯在《数》中试图以小说的形式呈现他所理解的中国文化中“数字”所具有的不同于计数功能的定位作用。整篇小说包含100个片段，以4段组成一个单位，构成叙事的循环。除此之外，最令人瞩目的就是《数》中所穿插的大量汉字了。它们或是前面出现的法语词汇的直译[如“群众”(masses)、“革命”(révolution)、“火”(enflammé)等]，或与上下文并没有紧密关联(如“德”“易”“道”等)。德里达将索莱尔斯的这种写作称为“不同写作的异质性”(the heterogeneity of different writings)的“移植”(the graft)。在《数》中，德里达发现的不是零星的汉字嵌入法语的段落之中，而恰恰相反，“《数》中的拼音文字发现自己被移植到了非拼音类型的文字之中”。德里达认为，索莱尔斯在《数》中探索的“汉语图形形式的用途”(the use of Chinese graphic forms)可以从两方面来分析：“根据最坏的假设，文本修饰或页面装饰通过一种魅力的增补效果，会使得诗学从某种语言学表征体系的束缚中解放出来；根据最好的假设，它的目的就是让设计的力量自己在那些不熟悉其功能规则的人面前直接发挥作用。”①也就是说汉字在小说中的功能具有双重性：一方面是对表音文字的语音中心主义的消解；另一方面则是以“方块汉字”象形性和表意性的“图形形式”创造新的意义。这种意义并非是由这些汉字的本来意思带来的，恰恰是由汉字自身的模样产生的。德里达在此对汉字“图形形式”的强调，恰恰将自己不懂中文的劣势转化为一种语言交流和文化传播中的具有某种普遍性的“优势”：对方块汉字“图形形式”本身的审美和想象。

那么，德里达是否对自己的汉语认识表示满意？答案也是否定的。他非常清楚自己的研究局限。“不懂装懂”确实是德里达不得已而为之的权宜之计。在一次接受中国学者的访谈中，德里达坦言，他自己对中国，尤其是对中国文化的理解和判断的基础是美国及在美华人学者的出版物。从理想的方案来看，德里达认为，真

---

① Jacques Derrida, *Dissemination*, translated by Barbara Johnson, London: The Athlone Press, 1981, p. 356.

正的“解构主义”，应该是建立在一种真正的“比较文学”或“比较诗学”立场之上。他认为，“兼备所有下述能力的学者少而又少：既熟悉西方哲学，复数的西方哲学（这在西方就已是稀有之物！），又熟知中国传统思想，并且还能准确地掌握所有的民族语言（中文，还有法文、拉丁文、希腊文等等）！必须建立一种真正的学科——一种志在培养兼备这些能力者的学科。可是，当今世界上没有一所大学将此当做一个自在的学科在进行建设。”①

诚如斯言，德里达思考汉字的方法或许将会是另一种样子。

---

① 雅克·德里达、郑家栋：《与中国哲人对话是否可能？——德里达访谈》，《视界》第1辑，石家庄：河北教育出版社2000年版，第147—148页。

从"替补之链"到"书写剧场":经由德里达重思汉字起源之谜

姜宇辉
(华东师范大学哲学系)

一、缘起:从《论文字学》开始的汉字之思

德里达的解构主义思想进入中国甚早,而在其汗牛充栋的著作之中,《论文字学》(*De La Grammatologie*)至今无疑仍然是最为人津津乐道的一本。究其原因不外乎二。一方面,与德里达的其他代表作相比,该作对传统形上学的逻各斯中心主义及语音中心的批判更为系统透彻,对他自己的一些基本概念(尤其是"替补")及解构策略的运作也更为清晰晓畅;而另一方面,它的一重无可拒绝的魅力恰恰源自以语言－文字问题为引线为东西方思想/文化的比较提供了一个极具哲学意味的视角。正是因此,自其译介以来,在汉语学界陆陆续续出现了多篇以其为基本素材,在比较的视角下重新反思汉字特性的论文(其中亦包括拙作《替补与间隔》)。这些初始的尝试虽然多有图解及牵强附会之处,但其筚路蓝缕之功仍然难能可贵。不过,十多年过去,这个方向似乎并没有多少实质性的推进,反倒是伴随着国内法国哲学研习之深入而越来越暴露出内在的问题及困境。其主要表现大致有三点:

首先,之所以"文字"会成为比较的主题,其实是源自对德里达这部名作之标题的(某种程度上的)误译和误读。虽然书中绝大部分的讨论显然都确实围绕着文字之问题展开,但"grammatologie"这个词的词根"gramme"的古希腊词源却是"书写

(writing)”的意思。[①] 也正是基于这个着眼点，德里达在第一部分的讨论中所运用的基本概念其实正是“书写(écriture)”。而当汉译本不加区分地将其通译作“文字”之时，就令很多读者望文生义地将德里达的“书写”理论直接运用于对具体的“文字”形态的讨论之中，而这显然是颇为误导的。德里达自己曾明确界定：“现在我们往往用‘书写’来表示这些东西：不仅表示书面铭文(inscription)、象形文字或表意文字的物质形态，而且表示使它成为可能的东西的总体。”[②]这就意味着，书写并不能等同、还原为具体的实现形态，而是一种原初的可能性的综合场域(“总体”)。就文字而言，它亦只是千差万别、各有特征的具体书写形态(德里达甚至将艺术、科学等领域皆纳入其中)中的一种。如此看来，当我们仅仅从既有的文字形态(如汉语)的角度来探讨书写之时，这就不只是局限了这个概念的广阔范域，而更是误解了它的丰富内涵。

其次，虽然不应将这部著作的主旨太过牵连于它诞生的时代背景，但其中指向结构主义的论争气息仍然是极为明确的。对卢梭的阐发、对列维-施特劳斯的辨析，最终其实皆意在破除索绪尔的结构语言学中的种种二元性迷执：语言/言语、语音/书写、内部/外部、共时/历时等。正是因此，德里达对语言—文字的关注其实只是一个方面，他更重要的目的是将结构主义作为根深蒂固的逻各斯—语音中心主义的晚近形态乃至极致体现。进而，他在书中集中阐发和运用的“替补”之操作——游弋于两极之间，致力于消弭边界、颠覆等级、营造动态——其实最终也是指向在场形上学这个终极幻象。由此也就得以理解，即便花费了如此的篇幅不厌其烦地讨论文字和语言，但德里达其实对具体的语言形态的发生、发展与变化并没有多少实质性的兴趣(在他的其他著作中也对此鲜有深入说明)，而更意在经由语言来破除蕴含于、实现于其中的思想之迷障。

最后，若基于以上两点基本考虑，我们会发现其实“替补”并不是一个适合于考察、解析语言/文字问题的理想的操作性概念。一方面，它显然破坏有余，建构不

---

① See Arthur Bradley, *Derrida's "Of Grammatology"*, Edinburgh: Edinburgh University Press, 2008, "Introduction", pp. 5—6.

② 雅克·德里达：《论文字学》，汪堂家译，上海：上海译文出版社1999年版，第11页。同时参考法文版 *De La Grammatologie*, Paris: Les Éditions de Minuit, 1967. 必要时对中译稍加修正，下同。根据我们的基本论证，将酌情将“écriture”分别译作“书写”与“文字”。

足;另一方面,作为一种主要针对在场形上学的解构策略,如何得以将其转用、化用于具体的语言/文字的领域,德里达显然并未给出任何指示和启示。在《“替补”与“间隔”——从德里达“文字学”视域看汉字的哲学内涵》(《学术月刊》2006 年第 12 期)之中,笔者曾经建议用“间隔(intervalle)”这个概念来对“替补”之操作进行引申与丰富,但似乎亦不太成功。这首先当然是因为在《论文字学》之中,这个概念从未成为主导,而只是或明或暗地在几处被提及。更重要的原因还在于,对于“间隔”所彰显的时空的延异、生成之原初游戏,其实德里达另有一个重要的概念来深入发挥,那当然就是本文中将着重研讨的“播撒(dissémination)”。《播撒》(1972)一书虽然在出版时间上稍晚于《论文字学》,但二者之间确实存在着明显的内在关联。而“剧场/剧场性”这一贯穿二者的核心线索尤其关键,因为它既有助于我们将汉字重新放回“书写”这一开放的原初综合场域进行考虑,又特别能够为回应汉字起源这个历久弥新的难题提供可贵的哲学洞见。

二、“书写—剧场”:从马拉美到索莱尔斯

在《德里达,海德格尔,布朗肖》(*Derrida, Heidegger, Blanchot*)这一名作之中,蒂莫西·克拉克首先就对乔纳森·卡勒的那段颇为极端的论断表示赞许,进而强调了一个值得深思的现象,即德里达对文学文本的具体解析其实与他所普遍施行的解构策略并不全然一致:后者源自对黑格尔辩证法中的否定性(negativity)的极端发挥,而前者更意在敞开“书写”这个广阔的空间。[①] 从某种意义上说,经由对马拉美、阿尔托、(尤其是)布朗肖的解读,德里达确实发展出“一种彻底的书写构思”,它无论在时间还是逻辑上似乎都先于“解构”这个概念及其在“文字学”中的关键性运用。[②] 而这也是促使我们从《论文字学》转向《播撒》——进而从哲学转向文学、从文字转向书写——的最为基本的缘由。

1.《论文字学》

然而,“转向”这样的说法似乎太过强调了两本著作之间的断裂。实际上,在

---

① Timothy Clark, *Derrida, Heidegger, Blanchot: Sources of Derrida's notion and practice of literature*, Cambridge: Cambridge University Press, 1992, pp. 109—110.

② Ibid., p. 111.

《论文字学》的最后一章,“戏剧/剧场”这个主题的浮现已然为我们进一步理解《播撒》的背景提供了重要契机。下面就让我们从这个起点逐步梳理“书写剧场”在德里达文本中的成形过程。

最后一章的标题为“从替补到起源(source)”,作为全书的总结,确有深意。一方面,它重申了替补的重要地位:“‘替补’这个词是对书写活动的确切定义。”[①]但另一方面,文中又处处暗示出这个概念的先天缺陷。无论替补的操作怎样随境流转,无定法可循,但它仍然需要预设两极对立这个前提,一句话,它总是对立之一方对另一方的“代替”与“补充”。固然,它可以在既定的体系之内敞开裂隙,制造松动,进而激发变异,但这些局部的、零敲碎打的修补、移位和改写真的足以揭示一个体系(比如说语言/文字)的发生性、创造性的能动本原吗?[②] 这也是为何“替补始终是替补的替补,人们希望从替补回到源头”[③],也即,替补充其量只能是一个暂时性的过渡阶段,它真正的目的正是敞开那个创生之“起源”;反过来说,若我们只停留于替补的操作,那势必会陷入“替补之替补”式的循环往复而了无新意的解构游戏(“替补之链”)。

正是从替补向起源的转变,标志着《论文字学》在结尾之处所敞开的思索可能。语言之“起源”,本也是卢梭那篇脍炙人口的短论的核心主题。他的基本论点正是强调“一开始人们只能说出富有诗意的语言,直到很晚才出现推理的迹象”[④]。因而,语言的起源是诗意的情感表达,而并非理性的表意符号。正是在这里,“戏剧”这个关键问题得以引入。情感在卢梭的政治理论中向来居于本原的地位,也正是因此,他才着力对当时法国盛行的戏剧文化进行了深刻抨击(尤其集中于《给达朗贝尔的信》)。在他看来,人与人之间的真实的情感交流应该首先基于情感的原发性的表达;而在那些富丽堂皇的“剧场”之中,对情感的“表象”却压制乃至消除了此种表达的可能性。固然,用情感的力量打动观众也是演员之功力的重要体现,但说到底,这些情感都绝非真正发自演员的内心。他/她们只是在“表演”而已。也正是

---

① 雅克·德里达:《论文字学》,汪堂家译,上海:上海译文出版社 1999 年版,第 408 页。

② “从这种替补中,我们只想了解其补充的方面……和不利影响”(《论文字学》,第 427 页,原文加的着重号)。

③ 雅克·德里达:《论文字学》,汪堂家译,上海:上海译文出版社 1999 年版,第 441 页。

④ 尹梭:《语言起源论》,转引自《论文字学》,汪堂家译,上海:上海译文出版社 1999 年版,第 394 页。

因此，卢梭试图彻底破除此种表象性剧场的幻象，让情感之交融回归到日常生活这个真实开放的空间。就此而言，全城狂欢的节日庆典要比浮华藻饰的戏剧表演更具有感人心魄的力量。

但对于此种在"本原"和"表象"之间的二元对立关系，以及由此所蕴含着的向着在场性本原复归之乡思，显然都是德里达所要批驳的目标。对此仍然可以从替补与起源这两个不同的角度来理解。首先，从替补的操作上来看，可以说并不存在直接的、无中介的情感表达，相反，任何表达都已然"受到替补性再现的污染。后者被铭记在表演结构中，被铭记在舞台空间中"①。然而，如若从起源的角度来看，可能情形恰恰相反：为何我们一定要从再现对表现的"污染""侵入"的角度来进行考察？为何不能反过来，将种种衍生性的剧场性再现视作起源之表现的多样而丰富的时空具现？正是基于这个根本视角的转换，德里达重新审视了卢梭的文本，并揭示出与他之前的论述迥然有别的一条线索。如今，不是在"替补之链"上尽情施展其解构手法，而是相反，将重心转向起源之"复活或苏醒"②。但此种复活并非借尸还魂的复辟，而恰恰是指向真实的时间性运动："在其短暂的直接性中，在回到自身的在场的丰富性中拥有自身。"③换言之，起源之"表达"自身的过程，同时就是它不断回归自身的时间性运动：只有在无限差异的"多"的时空情境之中，起源才能不断实现着、维系着自身之"一"。卢梭的这句精彩的论述可谓是切中肯綮："我们事实上永远都在开始，在我们的生活中除了一系列的此时此刻，不再有其它环节，最初的此时此刻始终是流动着的此刻。"④正是在这个意义上，恰恰可以说书写始终要和"剧场性"（时空具现的情境）密切关联在一起。或者不妨说，书写正是语言和文字蕴生于其中的原初"戏剧"。就此而言，与其说德里达仍然还在贯彻其替补之操作，还不如说他已然更为契合德勒兹在《意义的逻辑》中所阐释的基本概念，即单义性（univocité）。

2. "摹仿"：马拉美的书写剧场

即便"剧场性"这个概念已然在《论文字学》中粉墨登场，但毕竟昙花一现，其暗

---

① 雅克·德里达：《论文字学》，汪堂家译，上海：上海译文出版社1999年版，第442页。

② 同上书，第450页。

③ 同上。

④ 转引自雅克·德里达：《论文字学》，汪堂家译，上海：上海译文出版社1999年版，第452页。

示的意味更甚于论证的力量。而在同年出版的文集《书写与差异》之中，剧场性则俨然成为主题，它明确展现于两篇论述阿尔托的重要论文之中(《被劫持的言语》《残酷戏剧与再现的关闭》)。正是在阿尔托的残酷戏剧的实验之中，德里达明确探寻到正“是某种作为身体的言语的存在，是某种作为戏剧的身体之存在，是某种作为文本的戏剧的存在”①。在这里，德里达已然从卢梭式的情感“表达”的概念更为明确地转向阿尔托式的“生命的某种纯粹创造的呈现”②。当然，阿尔托亦并未由此预设一个统一的生命本原，因为一旦将身体这个关键维度纳入生命之呈现过程，就已经将差异铭写入起源之核心：“血肉之躯中的差异(la différence dans la chair)……自从我有了一个身体之后，我就不再是它了，因此我并不拥有它。这种被剥夺(privation)建立并养育了我与我的生命之关系。我的身体因此从来就总是已被从我这里盗走了的(volé)。”③《被劫持的言语》这个标题中的“劫持(soufflé)”，原意正是“吹气(souffler)”，若暂不论及其复杂的古希腊词源，它直接所表达的形象正是突破身体的凝滞状态，将其化入不断衍生、分裂、变异的轻灵样态。虽然在《残酷戏剧与再现的关闭》一文中，“替补”这个概念再度赫然在列，但显然已经不再主导，而是让位给那种更具肯定性与肉身性的“力量”之创生。也正是在这个意义上，剧场性这个主题得以确立：“剧场性必须从头至尾地穿越并修复‘实存’与‘血肉’”④，从否定性上说，它是“反抗逻各斯过分占有，反抗父亲”；但从肯定性上看，则是“对力量或生命的元显现(l'archi-manifestation)的重建……那种原初的演出(interprétation)”⑤。

不过，虽然德里达明确将阿尔托的残酷戏剧与“中国的那些表意文字及埃及古

---

① 雅克·德里达：《书写与差异(上、下册)》，张宁译，北京：生活·读书·新知三联书店2001年版，第315页。同时参考法文本*L'écritureet la difference*, Paris: Éditions du Seuil, 1967. 必要时对中译酌情修正，下同。

② 雅克·德里达：《书写与差异(上、下册)》，张宁译，北京：生活·读书·新知三联书店2001年版，第315页。

③ 同上。同时参考法文本*L'écritureet la difference*, Paris: Éditions du Seuil, 1967.

④ 雅克·德里达：《书写与差异(上、下册)》，张宁译，北京：生活·读书·新知三联书店2001年版，第418页。

⑤ 同上书，第427页。

来象形文字之法"[①]关联在一起，以此来批判"现代剧场"的种种流弊，但（至少在该文之中）他用来阐释此种原初书写剧场的理论资源还主要是弗洛伊德的精神分析，尤其是梦的理论。但到了《播撒》之中，对马拉美和索莱尔斯的文本的解析却将此种书写剧场的实践落实于更为具体切实的层面，更有利于我们下文展开比较研究。

在《播撒》中的《双重会议》（*La double séance*）一文中，德里达对马拉美的一篇奥秘文本《摹拟表演》（"Mimique"）进行了别开生面的解读。这篇文本本身也是作为一出单人哑剧的脚本，其中讲述了主角皮埃罗（Pierro）的谋划、行凶的全过程。但诚如克拉克的分析，德里达对剧情并无多大兴趣，而更关注其中所体现出的摹仿（*mimesis*）的双重逻辑。首先是自亚里士多德以来的表象逻辑，认为戏剧源自对人的真实行动的摹仿。德里达以其替补的解构对此进行了质疑："这里并没有摹仿……在他的体态书写之先，无物存在。"[②]换言之，传统的摹仿逻辑包含着一种内在的悖论[③]：如果戏剧仅仅是对原型的摹仿，则与原型相较，它本身就是毫无价值的，甚至可有可无；但戏剧作为一种表演和书写的形式，又确实展现出自身所特有的逻辑和存在，由此与原型之间形成了一种难以化简的差异性张力。正是在这个张力之处，德里达施展其替补逻辑，进而揭示，摹仿在"替补"原型的过程之中颠覆了后者的先在地位，甚至将后者化作自身的差异化运动的一种效果。任何的摹仿都在再现/原型、虚构/真实、在场/缺席之间无限互映、裂变、衍生。这也是标题中的"双重"这个修饰词的含义所在。

当然，仅仅将摹仿视作游弋于两极之间的替补运作仍然不充分，还应该进一步揭示其本身的那种"起源"之机制。克拉克一语中的："摹仿不仅进行摹仿，而且其本身亦被摹仿（*Mimesis* not only mimes but is itself what is mimed）"[④]，也即，摹仿的双重裂变并非仅体现于原型与再现之间的不可遏制的替补游戏，而更是体现于

---

① 雅克·德里达：《书写与差异（上、下册）》，张宁译，北京：生活·读书·新知三联书店2001年版，第434页。

② Jacques Derrida, *La dissémination*, Paris: Éditions du Seuil, 1972, p. 239.

③ Ibid., pp. 229—230. 注解8. c.

④ Timothy Clark, *Derrida, Heidegger, Blanchot: Sources of Derrida's notion and practice of literature*, Cambridge: Cambridge University Press, 1992, p. 113.

它自身所内在的可见/不可见的双重面向（“一种内在的分裂”①）。作为摹仿的戏剧并非仅局限于可见的行动与表演，而更是将自身展现为可见之所以可见的潜在媒介：“可见者的可见性，发声者的可闻性，媒介或‘气（air）’，它以隐没的方式来显现（le milieu，l’«air»qui disparaît ainsi en laissant paraître）。”②这也正是德里达所谓的“剧场模型（theatrical model）”的真正含义：台下聚精会神的观众唯沉浸于那些可见的场景，但剧场之为剧场的真正所在恰恰是那四方形舞台的不可见的第四面，“所有一切皆取决于这开敞的、‘空缺的’第四面”③。正是这不可见的第四面作为潜在的不可见的背景才创生出所有那些“真实”的、可见的景观，就像是那“缤纷多彩的吊灯，它自身只是那些散射的光线”④。由此而言，剧场空间与书写空间又是何其相似，难道不正是空敞的白纸比四方的舞台更能彰显剧场性的可见/不可见的原初游戏：“空白，如一张尚未书写的纸页，如两条线之间的间距（différence）”⑤。

3．“播撒”：索莱尔斯的中国式书写剧场

马拉美式的既开敞又封闭的“折叠”空间⑥在索莱尔斯的书写之中达致了另一重不可思议的境界，并由此通向了汉字的起源性书写空间，值得深思明辨。如果说马拉美式的“书斋剧”更意在以一种“反－剧场性”（anti-theatricality）的方式来剖析与批判瓦格纳以来的剧场文化的种种症结，那么，“Mimique”这样的实验书写，其意义或许更在于为现代主义对纯粹“文学性（literariness）”的诉求推波助澜。⑦虽然其中包含着对剧场性的深刻反思，但毕竟并未真正触及语言/文字这个关键主题。与此相较，索莱尔斯的一系列作品（尤其是《戏》（*Drame*）（1965）与《数》（*Nombres*）（1968））则在这个方向进行了深入的探索。这或许也是《播撒》一书以对《数》的集中阐释来收尾的一个重要缘由。

---

① Jacques Derrida，*La dissémination*，Paris：Éditions du Seuil，1972，p. 235.

② Ibid.，p. 381.

③ *Derrida，Heidegger，Blanchot：Sources of Derrida ' s notion and practice of literature*，Cambridge：Cambridge University Press，1992，pp. 113－114.

④ Jacques Derrida，*La dissémination*，Paris：Éditions du Seuil，1972，p. 257.

⑤ Ibid.

⑥ Ibid.，p. 249.

⑦ 关于这些要点，尤其参见 Martin Puchner，*Stage Fright：Modernism，Anti-Theatricality，and Drama*，Baltimore and London：The John Hopkins University Press，2002.

对索莱尔斯在文学上的成就，本可以从各个角度来理解，但至少有一个要点直接切中了本部分的核心主题，那就是他重建了语言/文字与图像(image)/图画之间的原初关联。语言文字自图画及图画文字中的起源，向来是语言发展史上的一个基本事实，但普遍认同的一个立场就在于：只有脱离了原始图画文字的状物象形的基本功用，向着表音和表意的符号系统的转变，方才是语言诞生的真正起点。由此也就可以理解为何诸多后结构主义的思潮都会选择重拾语言文字的图画本原这个途径，以此来突破结构主义的那种以语音秩序和差异性价值系统为主导的封闭性的语言观。德里达在《论文字学》的最后章节中对这一点有明确的提示和阐述（“最初的文字是描绘出来的图画”[①]）；无独有偶的是，罗兰·巴特在70年代初的文论之中也多次论及了如马歆(André Massin)、莫宋(André Masson)及艾驰(Erté)这样的实验艺术家，并揭示了他们所普遍尝试的化“字”为“画”的充满灵性的创作方式。比如，在《字之灵》中，他就明确批驳到，西方的拼音文字从根本上压制了文字本身的另外一重本质形态，即它本来就是“具象化身”的图像与图形；进而，文字本身也并不仅仅是表象、指涉万物的抽象符号，而且是从根本上与万物在肉身上彼此交织在一起：“整个物融入字母，字母成为物织锦内的象……类比关系圆转不定，无主无仆。”[②]正是因此，“东方的象形文字”带给我们极为关键深刻的启示，因为它既实现了“写与画之间的并生关系”[③]，同时又突显出了身体性这个基本维度[④]。

索莱尔斯对汉字的图画特征的挚爱，也同样应该置于这个背景之下来理解。只不过，细究他的文本，又体会到他的过人之洞见。如马歆这样的艺术家虽然在字母与图画之间书写着含混纠缠的诗意空间，但却无力真正实现对“起源”之复活与唤醒，因为它们始终预设了既定的西方语言文字的体系，因而只是在这个体系之内进行局部的变异尝试。如艾驰对单个字母的图画式处理固然别开生面，趣味盎然，但明显全然无法动摇西方文字的根本秩序，充其量只是唤醒了几分新鲜的审美愉悦而已。对照起来，索莱尔斯则显然致力于更为根本的变革。他对语言的图画本

① 雅克·德里达：《论文字学》，汪堂家译，上海：上海译文出版社1999年版，第412页。

② 罗兰·巴特：《文之悦》，屠友祥译，上海：上海人民出版社2002年版，第110—111页。同时参考法文版 *L'obvie et l'obtus*, Paris: Éditions du Seuil, 1982.

③ 罗兰·巴特：《文之悦》，屠友祥译，上海人民出版社2002年版，第111页。

④ 同上书，第116页。

性的关注并非仅停留于文字—图像的局部、原子的层次，而更是试图将图画空间视作语言文字中蕴生的原初的剧场空间。在《戏》中，虽然八八六十四个段落的格局及黑白交错的色调既明显呈现出棋盘的格局，又暗示着索莱尔斯所深受的《周易》之影响①，但就整篇文本而言，仍然是抽象绘画的构图法营造出书写剧场的母体空间。如罗斯科(Rothko)的绘画那般横纵轴交错编织的空间形态②，显然有助于突破西方拼音文字的线性秩序和空间定位③，为其平添一种剧场性的纵深。

而到了《数》之中，此种垂直的纵深则更为明确地指向了中国汉字的书写空间："垂直，就意味着汉字：它的书写运作于一个垂直而非水平的面上，也就是从北向南。"④索莱尔斯自己也明确肯定了汉字作为其书写实验的原初场域："东方潜入书页之间，存在于发端之际(L'orient glissant ainsi sous la page, étant là au commencement)"⑤。但若由此就认为这个场域仅仅是空间性的构造，那显然是一种误解，在《数》的文本之中，至少有两个手法明显体现出时间性的特征。首先是数字的排列方式。表面上看是一百个段落按照线性次序依次排列，但其实每个数字的前面又叠加上 1—2—3—4 的重复模式，这就以横纵交织的方式构成一种极为复杂的空间形体，但同时又将此种空间晶体与自然数的序列交织在一起，进而"将一种裂变的时序模式引入叙事之中(introduce patterns disruptive of chronological order in the narrative)"⑥。其次则是时态上的变化及由此形成的反差。从四面("1＋2＋3＋4＝10—四"⑦)的基本构造来看，前三个面中的文本都是以未完成过去时书写，而唯独第四面是以现在时呈现。对此种独特构思，索莱尔斯自己有着明确的阐释。如果说过去时指向历史的叙事，现在时呈现出当下的文本，那么二者交织所形构的"书写剧场(le théâtre de l'écriture)"则敞开着未来，恰似"一部令时间

① Malcolm Charles Pollard, *The Novels of Philippe Sollers: Narrative and the Visual*, Amsterdam & Atlanta: Rodopi, 1994, p. 68.

② Ibid., pp. 84—85.

③ 在《论文字学》的结尾章节，德里达亦已暗示了原初书写空间的开放性，参见第 419—421 页。

④ Malcolm Charles Pollard, *The Novels of Philippe Sollers: Narrative and the Visual*, Amsterdam & Atlanta: Rodopi, 1994, p. 87.

⑤ Philippe Sollers, *Nombres*, Paris: Éditions du Seuil, 1968, p. 81.

⑥ Malcolm Charles Pollard, *The Novels of Philippe Sollers: Narrative and the Visual*, Amsterdam & Atlanta: Rodopi, 1994, p. 90.

⑦ Philippe Sollers, *Nombres*, Paris: Éditions du Seuil, 1968, p. 17.

解体、令空间碎裂的机器”(*d'une machine à desintégrer le temps, à pulvériser l'espace*)[①]。借用德里达的分析,可以说在这个剧场之中,一方面,西方的科学话语(自然数的序列,拼音文字的切分秩序,理性思辨的逻辑演绎……)极为生动地与中国的宇宙天地之“象”(“四”)完美交织在一起;而另一方面,正是因为汉字之“形”与“象”(“ideogram”)的潜移默化的介入,才使得线性的时间秩序渐次脱落,令“当下—在场”这个主导的时间维度反而越来越变得碎裂、多维、“不可计数(l'innombrable)”[②]:“含混的(équivoque)”当下[③],“逾当下(l'outre-présent/extrapresent)”,“愈当下的离心性构成(la composition excentrée du plus-que-présent/ex-centered composition of the plupresent)”[④]。由此,汉字所代表的那种年代久远的历史(“过去时”)瞬间呈现出浓厚的当下之意味,甚至成为重塑时间性的积极力量。即便时态、情态这些直接标示时间的语法功能从未真正在古汉语中出现,但汉字之“象”的运动与西方的“时”之次序交织在一起的时候,反而展现出尤为特别的时间性的含义。德里达自马拉美和索莱尔斯的文本之中所生发出的“书写剧场”之奥妙,实在令人惊叹。

三、引申的反思:比较?连接?剧场?——回归汉字之“起源”

由此亦可以就东西方的比较思想与文化进行一点儿方法论上的反思。迄今为止的比较方法大致有二。一是镜像式的,即以另一方作为反观、映照自身的镜像式的参照系。此种镜像可以是正向,但也同样可以是颠倒的,也即,既可以在对方身上更为清晰地探查自身所固有的特征,但同时也可以呈现出自身的欠缺之处。然而,此种比较方法虽然展现出无可否认的清晰性和可操作性,但却亦至少具有两个痼疾:首先,它往往聚焦于局部特征的比照,而缺乏对文化的整体性、贯穿性的理解;其次,此种互映和参照往往只沉浸于纯粹的理论上的兴趣,因而无法对一种文化基于当下的变化与衍生提供任何积极的动力,也就无力去缔造任何新生的形态。

---

① *Théorie d'ensemble*, 转引自 Malcolm Charles Pollard, *The Novels of Philippe Sollers: Narrative and the Visual*, Amsterdam&Atlanta: Rodopi, 1994, p. 91.

② Jacques Derrida, *La dissémination*, Paris: Éditions du Seuil, 1972, p. 376.

③ Ibid., p. 375.

④ Ibid., p. 377.

说到底，这就是一种为了比较而比较、为了对照而对照的整理故纸式的纯理论描述而已。与此相对，另一种比较方法显然更具有现实的指向和行动的能量，那就是以一种文化为本体，进而试图通过比较的途径来化"外"为"内"，化"异"为"同"，化"他者"为"自我"。至今仍时时沉渣泛起的"体一用"之争正是这一立场的集中体现。然而，这样一种方法虽然脱离了书斋式的理论癖好，展现出更为强烈的忧国忧民的情怀，但骨子里却仍然是极度的文化自卑与膨胀的民族自负相纠结的五味杂陈的焦虑。

与以上两种看似皆徒劳无功的比较方法迥然有别，在当代法国思想之中，亦有很多代表性哲学家提出了种种不同的比较进路。比如在国内越来越走红的弗朗索瓦·于连。他虽然意在经由中国的"迂回"重返希腊(《迂回与进入》)，但却有意无意地在中国文化的脉络之中重新梳理出一条哲学性"思一辨"的路数，颇为可观。此种方法的明显优势在于，它突破了单纯在"同"与"异"之间进行的看似难以终结的无益争辩，在一个普遍的概念一思想的平面上令东西方得以汇通。但其缺陷却同样明显，因为我们总可以质疑，单纯以概念为主导的原初平面是否充分？难道在不同的文化之中(尤其就中国古代文化而言)，种种其他的要素——语言、图像、声音等——不是展现出难以还原为概念一思想的复杂性形态？这或许也是于连在汉语学界备受质疑乃至声讨的一个重要原因。

与于连的概念思辨不同，德勒兹与加塔利在《千高原》中所提出的"根茎(Rhizome)"式思维模型，以及随后在《什么是哲学？》中所进一步发展出来的地理哲学(Geo-philosophie)的思路，皆足以提供更为可行而切实的比较操作。"根茎"从一开始就否定了文化具有一个稳固的核心、一套普遍的结构，甚或一个连贯的传统，而且从根本上将其视作异质性要素聚合又离散地不断生成变异的过程。若如此看来，单纯的"比较"就不够了，而是理应代之以更具开放、灵活、具体之特征的连接操作。更为重要的并非是特征之比照，本体之捍卫，思想之贯通，而更是以一种创造性的方式在不同的文化聚合体(assemblage)之间营造出种种差异性的、微观性的开放连接。

然而，即便根茎式连接有着种种明显的优势，但却仍然容易滑向两种令人担忧的陷阱：一方面，虽然我们强调连接是开放的、变动的，但实际上连接的产物却往往并非是具有活力的"聚合"，而反倒是异质杂陈的"杂烩"。可以美其名曰"融合

(hybrid)”，但说到底无非是杂乱无章的“涂鸦”而已。另一方面，根茎的最基本操作正是局部性的编织网络，但并非每一次编织出的形态都是有效的、可存活的。相反，可能我们反复尝试、实验的结果就是一次次的失败，甚至会导致更为致命的结果，比如网络的解体、分崩离析。由此是否需要再度引入一种整体性的反思意识，对前行的方向进行预判，对涉及的危险进行预防？但这样一来不就是违背了根茎式编织实验的初衷？

正是在与上述的种种现行的比较方法相比照中，我们发现鲜有人提及的“剧场”之概念反而体现出更为深刻的思想内涵与更为有效的操作方式。大多数论者皆执迷于《论文字学》中的“替补”式的解构操作（这个方法甚至直到斯蒂格勒的《技术与时间》中仍然是主导），但却未能意识到，德里达在《播撒》中基于马拉美和索莱尔斯的实验书写所提炼出的剧场概念至少体现出两点无可取代的优势：一是它以语言—文字这种更具兼容性的媒介（兼容图像、声音等要素）作为原初的平面，更有利于在东西方之间形成积极的互通；二是剧场所体现出的那种时空交织、可见/不可见互映互显的晶体形态显然要比替补、延异、间隔等典型的解构式操作更具有创造性、生成性的能量。

此种能量尤其凝练体现于《数》全书中出现的诸多图表之中。这些图表一方面自然显示出索莱尔斯所深受的拉康精神分析的影响，但另一方面，它们首先就是书写剧场的形象生动的呈现。虽然这些表格造型各异，但皆体现出与《双重会议》中相似的潜藏、开敞第四面的马拉美式剧场。比如，在第一张图表中①，“缺失的一边或一面墙”并非仅仅是单纯的空无，而恰似不可见的空气（l'air）一般，令舞台上的种种话语、行动变得可见。这潜隐不显的第四面恰似“难以触知的薄纱”，映现出可见的形象。它营造出一种回撤的深度，但同时又以无形之象将整个舞台囊括于其中（“enveloppant”）②。在这第一幅图表的引导之下，随后的各张图表衍生出形态各异的变奏。如第二个图表③表面上令人念及《戏》中的棋盘格，但其实既突显出中心之位置的缺席（“un centre qui n'est pas là”），又呈现出当下之时刻的开敞

① Philippe Sollers, *Nombres*, Paris: Éditions du Seuil, 1968, p. 22.

② Ibid., pp. 21—22.

③ Ibid., p. 38.

(“l’instant impossible *à* vivre”)。进而,第三图描述出潜藏的第四面所实际发挥的“包容”整体之形态(“englobement”)①,第四图更是展现出四方形剧场的动态演变的复杂样态:逆转、颠倒、重叠、交错……②

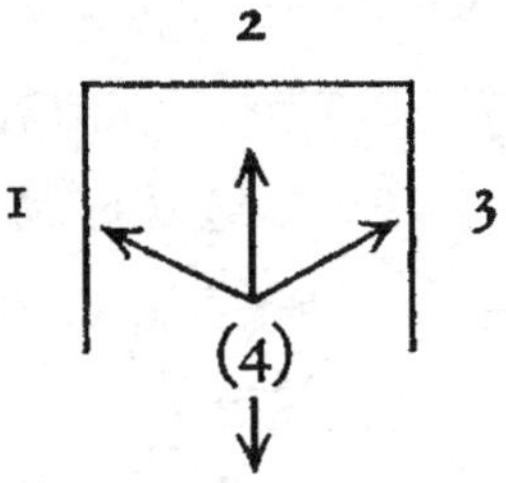

图一

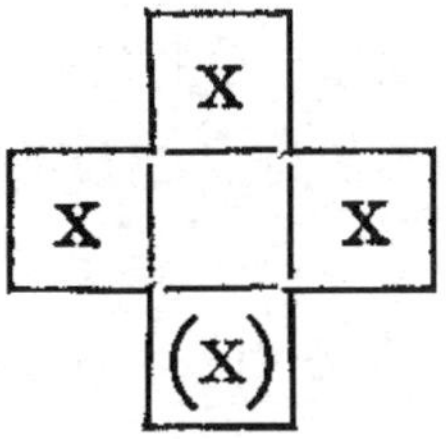

图二

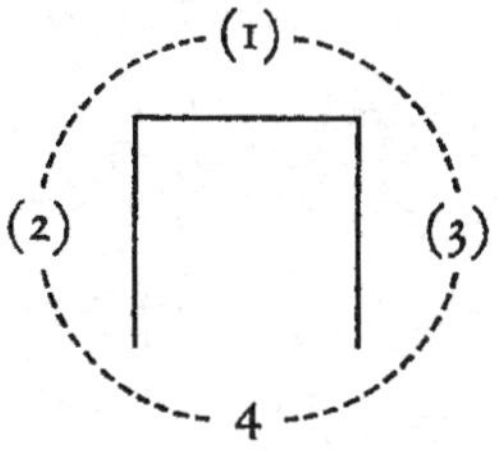

图三

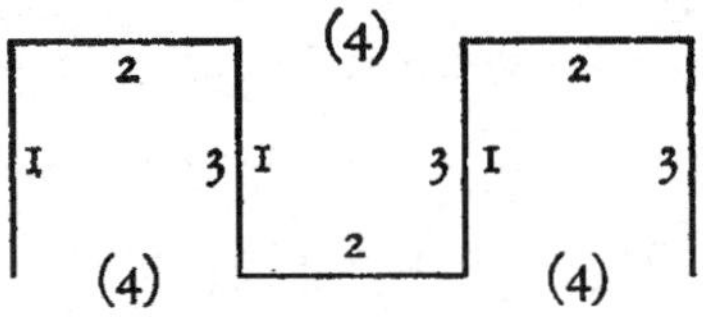

图四

除了这些明确画出的图表,在《数》一书中还或明或暗地存在着各种对于原初的书写剧场的形象描绘。但在本文的最后,我们打算暂停跟随的步伐,并试图将索莱尔斯的书写及德里达引申出的哲学含义带向一个更为切实的维度,对汉字的“起源”之谜进行一点儿反思。既然无可能亦无必要在此对这个庞大的主题进行面面俱到的综述,不妨选择一个恰当的问题尝试切入。表面上看,探寻古汉字的起源与上古的空间观念之间的可能关联,似乎是一个颇为接近《数》的可行思路。比如,美国汉学家艾兰在《龟之谜》中所描绘的从“中心”向“四方”打开的十字形空间架构,甲骨文中所描绘出来的“四方”的基本空间方位(胡厚宣,《释殷代求年于四方和四方风的祭祀》),乃至更为广泛地探寻“汉字与上古祭祀”及其背后的宇宙观系统之间的联系(李景生,《汉字与上古文化》)等,这些似乎都能与索莱尔斯的那种四方剧场的空间形成直接呼应。

① Philippe Sollers, *Nombres*, Paris: Éditions du Seuil, 1968, p. 63.

② Ibid., p. 68.

然而，这样的比较所关注的只是表面上的相似而已，它并未真正把握《数》的精髓，即“形”与“数”之交织所营造的时空游戏。就这条线索而言，法国汉学家汪德迈(Léon Vandermeersch)在代表作《中国思想的两种理性：占卜与表意》中给出了极具启示性的阐释。在全书的一开始，作者就提出了一个颇为大胆的假设，进而似乎颠覆了传统上对于汉字起源的理解。关于汉字的起源，历来有种种错综复杂的说法与论证。比较典型的如“仓颉造字”的历史传说，“结绳记事”的人类学记录，乃至“契刻说”“八卦说”等等，不一而足，但至少有一个结论看来是学界所普遍认同的，那就是“汉字起源于原始图画和符号……从图画到图画文字，再发展成文字体系，其间经历了一个漫长的过程”①。当然，在古文字学诸位泰斗之中，唐兰的立场比较独特而极端，他基本上否认有图画文字这个中间的过渡阶段：“商代文字里还保存着很多的图画文字，过去有些学者因为不容易认识这些文字，就把它们认为是‘文字画’——类似于文字的图画，乃是一个很大的错误。”②但如若我们将“图画文字”中的重心置于“图画”而非“文字”，则显然汉字起源于图画的说法也是唐先生无意质疑的，毕竟他自己在十多年前就说过：“原始文字，只有图形，是无可疑的。”③

然而，正是针对这个看似“无可疑”的起源，汪德迈却给出了一个极为深刻而颠覆性的质疑。在《中国思想的两种理性：占卜与表意》的开篇“导论”第一段，他就在东西方比较的视野下，指出中国的文字实际上起源于一种“占卜方程式”④，它体现于甲骨文中所记载的精妙的占卜图符及其复杂关系之中。初看之下，这无非是汉字起源之“八卦说”的另一个版本而已，而汪德迈自己亦坦承，他并无意对中国学者所已经取得的“极为出色的工作之成果”进行任何补充乃至修正，但他确实想基于现有的丰富材料，“从另一种文化出发”进行迥然不同的解释。⑤ 他的这番解释至少从三个要点上来看是颠覆性的。

首先，他强调指出，汉字虽然并不发端于字母文字及其表音的秩序，但这并不意味着它就起源于图画或图画文字。正相反，汉字的真正起源是一种“数”的秩序

① 敏春芳：《古代语言文字学》，北京：中国社会科学出版社2013年版，第30页。
② 唐兰：《中国文字学》，上海：上海古籍出版社2001年版，第56页。
③ 唐兰：《古文字学导论》，上海：上海古籍出版社2016年版，第77页。
④ 汪德迈：《中国思想的两种理性：占卜与表意》，金丝燕译，北京：北京大学出版社2017年版，第1页。
⑤ 同上书，第7—8页。

以及与之密切相关的理性之思辨。“中国数学对数字乃至代数，带有乌剌诺斯那样的依恋，而非希腊人对几何的依恋……因为所有问题均在数算，没有图解之地。”[①]而这意味着，原初的那些占卜图符既不能在图画一表征的意义上来理解，也不能将其视作日后成熟之表意文字的最初阶段（所谓“前一文字”），从根本上说，它们就是一套自足而完备的数字一计算的系统[②]，因而全然无法纳入从图画→图画文字→真正文字的发生发展变化的连贯谱系之中。更准确地说，它正是那个原初的书写剧场，而图画、语言与文字只是自其中经时空的“播撒”游戏而形成的种种平行但又交错的痕迹与效应。

其次，这样一套数算体系又并非单纯是纯粹抽象的记号系统，而是同时蕴含着实质性的本体论、宇宙论的含义：“理性地研究自然现象之间的契合。它从卜相之间的关联入手，借结构性形态一逻辑之光，就现象本身之间的类式继续推进这一已经开始的思辨。”[③]一句话，它所实现的既是数的秩序，但同时又是理性之思辨法则。基于葛兰言（Granet）及李约瑟的重要研究，汪德迈将此种思辨法概括为“关联性思想”或“相关性逻辑（morpho-logique）”，以此来区别西方思想的那种“因果的逻辑（étio-logique）”[④]。此种相关性虽然也明显关注万物在“形（morpho-）”上的相似性关联，但这种形却并非是图画文字意义上的“状物”之形，而是“真实不可见的结构之间的同源性”[⑤]。

最后，由此我们可以明白，为何于连式的对中国文化所进行的“思辨式”操作并不成功，因为他误解了一个基本的要点，即从起源的视角来看，“中国式的占卜理性”与西方哲学的那种“自由的概念性思想”有着根本性差异[⑥]：如果说前者是以字母文字的发展和成熟为前提的话，那么后者则正相反，本身作为一套更为开放而普遍的计算一思辨系统，它不仅先于，而且从根本上并不局限于后世成熟的语言与文

---

① 汪德迈：《中国思想的两种理性：占卜与表意》，金丝燕译，北京：北京大学出版社 2017 年版，第 92 页。

② “古八卦又是由数字组成的，当然只能产生在数字之后。”（赵诚：《甲骨文字学纲要》，北京：商务印书馆 1993 年版，第 22 页）

③ 汪德迈：《中国思想的两种理性：占卜与表意》，金丝燕译，北京：北京大学出版社 2017 年版，第 3 页。

④ 同上书，第 82 页。

⑤ 同上书，第 78 页。

⑥ 同上书，第 7 页。

字的形态。

由此亦得以回应唐兰对“八卦说”的看似自相矛盾的立场。一方面,他明确否认起源于八卦的卜筮系统:“八卦的起源,既是巫者用算筹排列出来的方式,用来做事物的象征,就和文字无关,而且巫术的盛行,恐怕就在殷时,文字久已发生,所以八卦的卦画,决不是文字所取材的。”[①]首先,这段话明确斩断了八卦的占卜方程及其所体现的思辨理性与文字之间存在着任何连续性的谱系,这是极为正确的。但若由此就将八卦仅视作一种为巫术服务的较为粗糙、贫乏的“原始记事符号”[②],并仅将其效应局限于一定的历史时期,这就显然是一种过于狭隘的观点了。实际上,唐先生在否定了八卦说之后,随即将汉字的起源与刻契上所留存的计数法关联在一起,但既然如此,为何我们就不能进一步提出一个根本性的假说,将结绳、刻契、八卦乃至图画等看似彼此差异,但又彼此交织的汉字发端皆视作是指向那同一个原初的书写剧场呢?那同一个数学—思辨的系统,或许才是蕴生汉字与汉语的真正母体?

当然,汪德迈仅仅以“相关性逻辑”来描摹这个原初的剧场,看似仍然未挣脱东西方之间的特征性比较的流俗立场,从而无法充分展示其时空游戏的丰富面貌。或许回归于中国古代的思想资源,能够与德里达的洞见之间形成更为生动的对话和呼应。就拿“起‘一’成文”这一古老的假说而言,似乎反倒与书写剧场的形象颇为契合。在《通志·六书略》的《起一成文图》中,郑樵描绘了从“一”起始,经由纵、横、邪、反的变化,再辅以折上加折、转而又转的复杂操作,最后得以衍生出18个基本汉字的过程。表面上这“只能看作是丰富的联想”[③],但它何尝不是计算—思辨系统的凝练体现:一方面它是数字的衍生次序(从一到二再到三……),但另一方面,它又展现出宇宙生成的本体论意蕴(“道生一,一生二,二生三,三生万物”)。更关键的是,这两个基本的向度又都是在由“一”展布的复杂的空间形态之上才得以实现的。在《播撒》之中,索莱尔斯式的书写剧场以不可见的第四面为枢纽“折叠”出其种种复杂的时空构造;而在郑樵所构想的起“一”而成“文”的初始图景之中,这

---

① 唐兰:《中国文字学》,上海:上海古籍出版社2001年版,第50页。对“八卦说”的否定,亦是很多学者所认同的立场。

② 刘志成:《汉语文字学研究述论》,成都:巴蜀书社2011年版,第55页。

③ 同上。

个“一”同样也并不局限于可见的有形之“像”，而更是以潜藏的无形之“象”蕴生出层出不穷的书写游戏，进而将“数”与“思”这两个本质维度不断交织在一起。不妨说，在马拉美、索莱尔斯和德里达那里多少是猜度和想象的书写剧场，在汉字的原初空间之中却展现出极为具体生动的实现形态。正是在这个意义上，或许汉字之起源才能真正引导我们透彻理解德里达所启示的“书写”概念。亦或许，这才理应是“比较”的真正起点。

汉字与“互文性”：克里斯蒂娃后结构主义理论的中国维度

张　颖
（陕西师范大学文学院）

20 世纪六七十年代法国结构主义－后结构主义，言必称中国，文必显汉字。克里斯蒂娃(Julia Kristeva，又译克里斯特瓦)在自传体小说《武士们》中就用专章详细叙述了这一时期的知识分子与中国交往的各个方面，其中大部分的篇幅是在回忆《原样》团体成员访问中国的所见所感。相较于同时代的罗兰·巴特、雅克·拉康，克里斯蒂娃接受过四年正规的中文训练(获得过学士学位)，阅读过大量西方汉学家的著作以及中文文献，这为她研究中国问题提供了重要知识基础。她曾说：“学习中国的语言和文化需要一生的时间，那时我的中文已经算突出了。”[①]在其语言学论文集《语言，这未知的世界》(*Le langage, cet inconnu*，1969)[②]中收录了一篇专门研究中国文字的文章——《中国：作为学问的文字》，文中大量征引法国汉学家对汉语和汉字的分析，包括葛兰言、李约瑟、莱布尼茨等，并涉及众多汉语语言学的相关文献，如公孙龙《指物论》、许慎《说文解字》、陆法言《切韵》等。克里斯蒂娃在其纪实游记《中国妇女》(*Des chinoises*，1974)中分析了汉语声调变化和汉字书写特征等，并在多次中法文化对话语境下，谈到汉字的特殊性和重要价值等。

国内学者罗婷在《克里斯特瓦关于中国文字的符号学阐述》[③]一文中关注到克

---

① Julia Kristeva, *Je me voyage*, Paris:Fayard,2016, p. 81.

② Julia Kristeva, *Le langage, cet inconnu: Une initiation à la linguistique*, Paris: Seuil, 1981, pp. 77－85. 这本语言学专著 1969 年第一次出版，作者署名为 Julia Joyaux，书名没有副标题。

③ 罗婷：《克里斯特瓦关于中国文字的符号学阐述》，《跨文化对话》第 13 辑，上海：上海文化出版社 2003 年版。

里斯蒂娃对汉字的研究，细致梳理了其基本立场，文末指出其对中国文字的研究有助于欧洲人更好地了解中国，但也存在着对中国和中国文化的浪漫化误读。那么，汉字是如何进入克里斯蒂娃的思考视域，在其标志性的"互文性"理论及相关概念的发生和推演中又是如何被吸纳并产生影响的呢？

一、作为"中国神话"的汉字

要回答上述问题，需要再审视克里斯蒂娃及同时期《原样》团体部分成员与汉字相遇时社会语境中的核心事件——法国1968年"五月风暴"。法国"五月风暴"是1968年5—6月发生的一系列反政府、反权威、反传统的左倾社会抗议运动，由学生运动开始，继而波及社会各阶层。形形色色的知识分子在这场革命浪潮中沉浮，当打碎国家权力变得遥不可及而反抗已成为一种主旋律时，他们中的大多数人怀着对形式权威的敌意，寻找颠覆语言的种种结构的可能。如何通过话语的变革来实现反抗？"从根本意义上来说，'五月风暴'体现的是一种不切实际的狂热，一种'反文化'，一种对现代文明、理性主义的反叛"[①]。"五月风暴"所引起的价值的崩解和对形而上学的焦虑，反映在知识分子群体中，典型表现为一种理论的狂热，他们致力于一切可能的反抗，并迫不及待地向其他社会寻求替代物。

《原样》杂志作为法国先锋文学的阵地，集合了众多当时法国主流知识分子中声名赫赫的人物。早在1968年之前，中国思想的多个维度，如中国革命、中国文化等就已经开始受到法国学界的关注，尤其值得一提的是，"以毛泽东为代表的中国马克思主义在20世纪60年代之后逆向影响西方发达资本主义国家"[②]。而充当"加速器"或"催化剂"角色的"五月风暴"，使他们更迫切地去揭开"文化中国"的面纱。正是由于中国文化满足了西方知识分子反思和突破西方文化传统的内在需要，故其作为西方思想的自我反思的他者，得以确立重要性。"《原样》刊载的文章和著作，凡是有关中国的，也由激进的索莱尔斯带头，常常援引毛主席语录，频频出现汉字，这绝不是异国情调的表现……形成了一种'言必称中国'、'文必显汉字'崇

① 吕一民、朱晓罕：《良知与担当：20世纪法国知识分子史》，杭州：浙江大学出版社2012年版，第227页。

② 曾军：《西方左翼思潮中的毛泽东美学》，《文学评论》2018年第1期，第14页。

尚中国的独特景观——一种真实而独特的‘中国神话’”①。他们试图在中国的象征体系中找到确认，而汉字作为世界上唯一一种连续几千年没有间断而日益成熟的表意文字，自然被认为是“中国神话”最典型的标志之一。

《原样》杂志一共出版了三期中国专刊，共计刊发43篇文章。其中，1972年春，《原样》48—49期合集20篇文章；1972年夏季刊13篇文章；1974年秋季刊第59期10篇，系《原样》团体实地考察中国之后对中国问题的再回顾。② 1972年48—49期合集以鲁迅《野草》中的片段为开篇辞，并将其法文译文和汉语原文醒目地排列。长篇导论《中国思想》一文中指出：“何为‘中国思想’？‘思想’当然不是从哲学层面来看：汉学家认为‘思想’在中国是‘感性的’和‘心智的’，语言和现实，主体和社会的不可分割的联盟。它处在一种辩证矛盾中，这种矛盾不是一种象征，不是一种‘启示’，不是一种默念，或者一种真，而是一种实践——断裂、轮回、苏醒。”③他们所认为的“中国思想”并非是哲学层面的，而是被赋予一种“实践”的意义，成为一种可供模仿、学习，理论和实践层面均可借用的武器。程抱一(François Cheng)在《中国古典诗歌的诗性语言分析》一文中运用符号分析的方法研究唐诗宋词，分析了古典诗词句法或修辞上某些成分的省略、对联的手法。克里斯蒂娃高度认可程抱一的分析，并写了一篇书评在杂志同一期发表，认为：“这一研究可能对汉学家正在进行的‘中国思想’研究领域具有重大贡献。”④汉学家艾乐桐(Viviane Alleton)在同期发表文章《中国文字》介绍了汉字的书写、意义以及与之相关联的书法、绘画，其中关于汉字的特殊性有如下一段论述：“自然语言的文字远不止是一种转录，也绝不是对口语形式的简单反映。这一点在汉字中表现特别突出。当我们记录下汉语口语文本时，每一个音节都是通过一个汉字来再现的。或者说，写作

---

① 钱林森：《光自东方来——法国作家与中国文化》，银川：宁夏人民出版社2004年版，第379页。

② 除了中国专号之外，《原样》其他期号在这段时间也零星刊载了有关中国的文章，例如在第60期和第61期杂志中依然可以读到关于中国现实的报道，对于中国语言文字、中国教育状况的介绍，还有鲁迅研究等。《原样》杂志于1983年更名为《无限》，并继续在1990年第30期、2005年第90期和2009年第107期分别以《再说中国》《又说中国》《续说中国》为题推出中国专刊，杂志的其他期号也发表了许多有关中国主题的文章。参见车琳：《20世纪60—70年代法国“原样派”知识分子的中国观——以菲利普·索莱尔斯和罗兰·巴尔特为例》，《中国比较文学》2014年第2期，第68—80页。

③ “La pensée chinoise”, *Tel Quel*, printemps, 1972(48—49). 按：该文发表时无署名，但是可能出自索莱尔斯或克里斯蒂娃之手。

④ Ibid.

者只有在理解整个文本后才能决定去写哪个汉字，因为每一个给定的音节都能够通过大量不同的汉字来再现。”①

巴特在《中国行日记》中这样评价汉字：“他们的话语：有着对于砖块的组合规则，只有其微弱的变动显示出区别——无疑是需要细心辨认的。因为，它不属于我们的规则：这种语言学并不属于索绪尔语言学系统。”②他将语言学理论超越已有的建立在印欧语系基础上的研究，看成是批判语言学方面的资产阶级和修正主义理论的一个方面，同时认为汉语需要被作为单独的研究对象来对待，“我们与西欧资产阶级和修正主义语言学家进行着斗争……因为这种理论是建立在印欧语系的基础上的，这种理论具有不完整的特征，因为他们没有把非常重要的汉语包含进去”③。索莱尔斯、德里达、拉康对汉字均有重要的论述，兹不赘述。

值得一提的是，他们对汉字的理解明显不是出于“研其所是”的学术态度，而是一种“经由中国”的文化态度。这表现在，从跨文化研究的视角来看，他们对汉字的讨论很难达到汉学家研究的深度，与中国国内的汉字研究也存在着明显的差异。具体来说，中国国内学者或从汉字构形系统的整体演变规律出发考察汉字史，或研究汉字字形（文字学），或研究汉字字音也就是汉语词音（音韵学），或研究汉字字义以及它所反映的汉语词义（训诂学）等。秦海鹰在《西方作家与中国汉字》一文中认为：“汉字在西方所引发的思考和问题往往超出了‘小学’或‘语文学’的实证研究范围，而构成其他类型的学术话语中的个案，这也许要求进行一种关于汉字的想象研究。”④关于汉字的想象研究，正是“经由中国”的一种表现，作为研究对象的汉字或能为思想家们提供东方素材的历史例证，或提供理论、概念工具。汉字的某些特性在法国的不可移置性，对西方世界建构他者以反射自我的逻辑和实践具有系统性的影响。无论他们研究汉字的出发点、切入点或者研究方法存在多大的差异，汉字在他们理论建构中的每一次出场，都是在恰当时间和恰当地点的一种手段，它旨在解决一个问题：如何为西方思想打开一个切口，注入反抗的精神和力量。“在法国

---

① Viviane Alleton, “Ériture chinoise”, *Tel Quel*, printemps, 1972(48—49).

② 罗兰·巴尔特：《中国行日记》，怀宇译，北京：中国人民大学出版社 2011 年版，第 42 页。

③ 同上书，第 297 页。

④ 秦海鹰：《西方作家与中国汉字》，《跨文化对话》第 13 辑，上海：上海文化出版社 2003 年版，第 110 页。

这种天生要产生效果的知识语境下,中国是被作为一种武器来参照的"①。

二、"互文性"理论中的汉字思想

克里斯蒂娃所处的20世纪六七十年代的结构主义诗学理论,过分强调语言的封闭性、符号的任意性以及语言的不及物性,理论家们追求普遍的、静态的、整体的科学体系,而将社会历史等问题排除在结构诗学的问题之外。在此理论背景下,克里斯蒂娃的理论建构旨在通过在结构中注入动态因素,打破封闭状态,从而修正或改造结构主义过分形式化的倾向。在她的努力下,汉字不仅作为异于拼音文字的另一套表意系统成为分析对象,而且在她多篇代表性的文章中均作为被征引的对象出场。那么,她对汉字的研究,是如何与对"文本"(texte)的界定以及"互文性"(intertextualité)的推演相关联的呢?

克里斯蒂娃在《封闭的文本》一文中认为:"我们把文本界定为一种超语言学的装置,它重新分配了语言的范畴,把文本用于直接传递信息的言语与不同种类的先前或同时的言辞联系在一起。"在克里斯蒂娃看来,采用语言学的研究范畴已无法对先锋派观念中的"文本"这一新的意指活动进行研究,而超语言学"通过语言来实践,但却不可化约到现如今所确立的各种语言范畴中"②。因此,她主张研究对"文本"这一超语言学装置的分解过程,或者进一步说,分析先前的或同时的言辞如何进入到直接传递信息的言语的过程。后结构主义理论中的"文本"是作为一种革命性的、颠覆性的、先锋性的语言实践存在的。以文本作为研究对象,研究其表意行为、表意方法和规律,则会脱离语言学的范式而走向一种超语言学的研究范式。语言学的范式研究的是书写同质于语音的一面,这里书写本身是语言或它所指涉的事实的附属,若采用符号学范式来研究文本运作过程,书写则获得了一种主导地位,其表达方式或者建构方式成为关注的内容。"文本"概念提出的目的之一,正是打破文字对语言的附属,使其获得一种独立性,关注文字本身的表意行为过程。"书写并非对口语的拙劣复现,它不是为了填补口语的不在场而凑合使用的替代

① Philippe Forest, *Histoire de Tel Quel*, Paris: Seuil, 1995.

② Julia Kristeva,"Le texte clos", *Semeiotikê*, *Recherches pour une sémanalyse*, Paris: Seuil, 1969, p. 52.

品。先锋批评将给书写一个新的地位"[①]。

与对"文本"的界定几乎同时期,克里斯蒂娃在《中国:作为学问的文字》一文中首先关注了汉语的语音和文字关系问题:"汉语的确是世界语言史上一种独一无二的现象:它的发音和文字大体上是两个相互独立的体系,而语言系统仅在两者的交汇点上才能显示出来。"[②]索绪尔在《普通语言学教程》一书中采取了口语为本位的立场,认为文字只是表现语言的一种手段,并没有将之作为关注对象:"语言和文字是两种不同的符号系统,后者唯一的存在理由是为了表现前者。语言学的对象不是书写的词与口说的词的结合,而是由后者单独构成的。"[③]克里斯蒂娃认为,汉字的字形与发音均参与了语言意义的实现,汉语语音与书写系统并不存在等级差异或者附属关系,汉字摆脱了对语音的附属而具有一种自主性和独立性,它具有独立的研究价值,不能被视为附属品而排除在研究对象之外。

克里斯蒂娃在《词语、对话与小说》中提出了"互文性"理论,这一概念推演的前提之一是对"文本空间内的词语"的分析。克里斯蒂娃对"互文性"的讨论,是从文本最小单位——词语出发的,"研究词语的地位,首先意味着研究这个词(作为义素组合)在句子中与其他词语的耦合情况,然后在更大序列的关联层面重新找到同样的功能(即关系)"。词语在文本空间内部活动,"不同的语义组合和诗性序列的各种活动就是在这个空间中实现的……词语被置于空间之中:它在三个维度(作者—读者—语境)中运作,作为一个对话中的义素组,或一个双值的义素组。基于此,文学符号学的人物就是在文本的对话空间中,找到与词语(序列)不同组合模式相对应的各种形式机制"[④]。这一部分非常关键,克里斯蒂娃借由对词语以及词语空间内部不同组合模式的关注,重塑了一种文学的空间观念。在这个对话的空间中,词语既属于写作主体和接受者,同时还指向语境。词义在空间内部运作,从而获得了一种多义性,这就打破了词语在上下文中只能进行唯一解释的文学传统。

---

① 钱翰:《二十世纪法国先锋文学理论和批评的"文本"概念研究》,北京:北京大学出版社 2015 年版,第 196 页。

② Julia Kristeva,"La Chine:l'ecriture comme science", *Le langage, cet inconnu: Une initiation à la linguistique*, Paris: Seuil, 1981, p. 78.

③ 费尔迪南·德·索绪尔:《普通语言学教程》,高名凯译,北京:商务印书馆 1980 年版,第 47—48 页。

④ Julia Kristeva,"Le mot, le dialogue et le roman", *Semeiotikê, Recherches pour une sémanalyse*, Paris: Seuil, 1969, p. 84.

与“互文性”的推演几乎同时期，克里斯蒂娃重点研究了汉字的构成方式，认为作为表意文字的汉字，突破了拼音文字中能指和所指组成的定义明确、界限清晰的结构，成为空间维度上融汇了指涉物、能指与所指的复杂构造，“汉字的这种构成方式反映出一种对语义——逻辑的反思，并由汉字造字本身体现出来：符号相互结合并根据结合的方式产生意义，而不是把发音转录下来，而发音此刻才能获得完全的自主性”①。进而言之，汉字的造字方法是对建立在拼音文字语义原则基础上的逻辑的溢出，汉字表意符号是不同符号相互组合的“合成品”，根据组合方式的差异，会产生不同的意义。也就是说，汉字本身作为一个“成品”是能够进行构成符号成分的分析或者说对意义的形成过程（即不同符号的结合过程）进行切割的。克里斯蒂娃进一步指出，汉字是一种“句法化”的文字，“它有特定的构造，所以就有自己的句法，所有的成分都依照其句法功能，获得这样或那样的意义，这就是说汉语书写（汉字和其他任何文字一样，如梅耶所认为的那样首先是一门语言科学）用句法替代了词法。在更高的结构层面，例如句子、语境的作用，即句子成分之间的句法关系，就更为关键：句法环境赋予每个义素确切、具体的指意，决定它作为名词、动词或者形容词等的语法功能”②。克里斯蒂娃在此处所提炼出的汉字的“句法化”特点，实际上是她在汉字表意过程中所发掘的一种构形原则，句子成分之间具有一种“句法式”的组合关系。在汉语的句子组织中，“字”是句法关系最小的、基本的单位，单个汉字字义丰富，但其意义不是固定的，需要依赖于不同的语境，汉语通过将有限的汉字灵活组合，产生新的组合意义，从而创造新的概念、新的指称。

不难发现，此处克里斯蒂娃只是用汉字平行类比了“互文性”推演中的词语（序列）的功能，汉字内部或者汉字之间是处在空间相互移置、相互作用中的。克里斯蒂娃注意到了包括汉字本身笔画组合在内的不同组合模式的运作，具体来说，句法环境赋予单个汉字的构成要素确切、具体的指意，决定汉字具有怎样的语法功能；单个汉字不仅具有自主性，而且可以灵活地与其他表意文字结合。这种结合的自主性以及灵活性，取代了对固定中心和固定位置的关注。这是在一种对话性和关

---

① Julia Kristeva, “La Chine: l’ecriture comme science”, *Le langage, cet inconnu: Une initiation à la linguistique*, Paris: Seuil, 1981, p. 82.

② Ibid.

联论中审视汉字的尝试，是将汉字表意中组合方式的灵活性以及所呈现出的意义的多元与文本之间的吸收和转化联系起来。

在这样动态的对话空间中，没有固定的位置或中心，同一性被打破，不同组合和序列都处在相同的平面上相互移置，发生作用，符号表意处在关系网络和不断延展中。以关联性作为认识的起点，关注空间和无限性，走向多义和含混，这是“互文性”理论在20世纪六七十年代的核心体现，根据克里斯蒂娃对汉字的研究，汉字的符号表意方式与“文本”观、“互文性”理论的推演模式存在着一致性。值得一提的是，克里斯蒂娃的汉字观和“文本”观、“互文性”的推演之间的影响与对话可能是双向的：她对汉字的看法，影响到其对“互文性”理论的表述；同时，“互文性”的思想也影响到克里斯蒂娃研究汉字时的切入视角和立场。

三、“超文本”实践中的汉字书写

菲利普·索莱尔斯使用中国元素进行了大量的实验性文学创作，比较有代表性的如《戏》《数》。《数》出版于1968年，索莱尔斯试图以小说的形式呈现出其所理解的中国文化中“数字”所具有的不同于计数功能的定位作用。整篇小说包含100个片段，以4段组成一个单位，构成叙事的循环。小说中还出现了数字构成的等式，如在小说的末尾出现了“$(1+2+3+4)^2=100$”[①]。在小说的后半部分更是屡次直接使用汉字，单个汉字或者2到3个汉字组合“突兀”地出现在小说中，成为小说内容的组成部分。这些字或词散见于每个片段的结尾处，前后以破折号隔开，是由旅法华人学者程抱一所写。[②] 如何认识小说中出现的汉字和数字分散铺陈的指向？索莱尔斯1968年在一篇名为《文字与革命》的访谈中认为：“事实上，我们将用一种过程、蒙太奇、解码来替换呈现在表达层面的符号体系。和文化联系起来，这立刻呈现为一种逾越、一种革命。”[③]过程、蒙太奇、解码如何来替换表达交流层面的符号体系呢？汉字如何与这种理论旨归相联系呢？如果说索莱尔斯专注的是先锋小说实践，那么克里斯蒂娃则试图为文本实践提供理论基础。

---

① Philippe Sollers, *Nombres*, Paris: Seuil, 1968, p. 124.

② Philippe Forest, *Histoire de Tel Quel*, Paris: Seuil, 1995, p. 475.

③ Philippe Sollers, “écriture et révolution”, *Théorie d'ensemble*, Paris: Seuil, 1968, pp. 70—71.

在《定式的产出》一文中，克里斯蒂娃首次提出了一对概念——“现象文本”(phéno-texte)和“生成文本”(géno-texte)，认为：“我们所谓的‘生成文本’是一种语言功能的抽象概念，它并不反映句子结构，也不限于或者超越句子结构。它是一种存在于语言中的能指功能，却不可化约到正式交流语言(它的整体以及组合规则)中的言说方式。生成文本与语言分析的分类一起运作，它们的极限并不是为现象文本生成某种语句(主语＋谓语)，而是指称运作程序的不同阶段的某种能指。这个序列可能是现象文本的一个词、一系列词、一个名词句、一个段落，或者‘无意义’(non-sense)”①。“生成文本”是一种将语言的横断面截开而产生的语言的动态生成过程，强调的是存在于语言中的一种能指的功能。“现象文本”是构成结构的语言现象，涉及意义和交流的问题，同时还假定了阐释的主体和接受者。进一步讲，“生成文本”是将意义的生成过程带到表层的内容，是生产性的；而“现象文本”则是处在文本表层用于交流和传达的文本形式，前者是后者的萌芽状态，它将后者进行逻辑分割和重组，这就使得最终呈现的文本成为具有多重逻辑的共鸣装置。

克里斯蒂娃认为，索莱尔斯在《数》中多次使用汉字和数，正是由于“现象文本”与“生成文本”间的相互作用，具体来说就是能指层面的运作表现为一种新的组织方式来进行文本实践。需要指出的是，这种参与实践的文本，此时除了它自身，不愿意指向其他的任何东西，这成为文本实践中用生产性来代替表现性的重要一环。对于《数》中的汉字——“课文”，克里斯蒂娃认为，“中文象形字‘课文’(texte)已经表明要想完成一封信，语言组织是一项艰巨的任务：课文一词的‘课’字是由‘言’字旁和‘果’字组合而成，加上汉字‘文’才构成课文……文本之中象形字的多次出现，目标是将‘现象文本’再倒回为‘生成文本’。在‘生成文本’中能指的数字游戏在大量铺开”②。“需要特别指出的是，能指的联合形成了文本的实践，而我们可以在某些像汉字一样的象形文字和语言中找到相同类型的组织方式。这大概部分上就是汉字在《数》中涌现的原因”③。

这种运用“现象文本”与“生成文本”相互作用的方式分析表意过程中没有终点

① Julia Kristeva, “L' engendrement de la formule”, *Semeiotikê*, *Recherches pour une sémanalyse*, Paris: Seuil, 1969, p. 221.

② Ibid., p. 255.

③ Ibid., p. 262.

和永无停歇的意指实践和生产过程，或者分析用于交流的话语表层与文本生产这种立体式熔炉之间的断裂的过程，克里斯蒂娃将其命名为"符义分析"："符义分析，作为一种文本意指理论……保证文本呈现某种符号系统的同时，要在该体系的内部开辟另一场景。这个场景被结构屏幕所遮蔽，是一种意义生成过程。意义生成是一种运作，它的结构仅仅是一种脱节的散落物。"①通过符义分析，写作行为及过程的复杂内核被凸显，作为一种生成过程，写作行为本身成为不断讲述的对象，书写行为本身即世界。

克里斯蒂娃将汉字书写动作视为一个必不可少的因素。这一观点与其符号学理论中对肢体动作进行的界定相关。克里斯蒂娃认为："在我们语音文明的场域中，肢体动作被简化到一种极端可怜的状态，但在希腊－犹太－基督教圈之外的文化圈却得以怒放(épanouit)"②，她"将肢体语言看成是生产中的符号文本，不再受到语言封闭结构的制约"③。强调肢体动作在表意中的重要性，目的正是动摇封闭的语言结构，凸显以语音为主导的西方文明场域中离场的书写性。克里斯蒂娃指出的汉字书写中唤起对动作的记忆过程，本质上来说，就是一种符号不断涌入，意义萌生发展，并最终呈现出可用于表达、交流的意义的过程。写作行为本身，或者说书写动作的铺陈，成为一个意义汇合的过程。表意行为的再现能力被避开，而进入到言语活动的无限之中。不同的笔画、部件以及形体系统的组织联系，激起了一种颇具艺术性的表意行为的再现活动。由此言之，克里斯蒂娃、索莱尔斯、巴特其实抓住的是汉字极富想象力且灵活多变的组义性，以及汉字书写(构形)所体现的"过程之美"，或者用他们的概念来说，即书写性。

讨论至此，有一个问题需要引起足够的重视，克里斯蒂娃、索莱尔斯、巴特均旨在分析出"另一种语言"，借用巴特对索莱尔斯小说《数》的评论中的一句话来说，即："另一种语言似乎正成为可能，它是通过革命的手段被证实了的……这种语言

① Julia Kristeva, "L'engendrement de la formule", *Semeiotikê, Recherches pour une sémanalyse*, Paris: Seuil, 1969, p. 218.

② Julia Kristeva, "Le geste, pratique ou communication?", *Semeiotikê, Recherches pour une sémanalyse*, Paris: Seuil, 1969, p. 32. 这一论断的脚注包括了法国出版的两本中国问题研究的专著《中国思想》(*La pensée chinoise*)和《中国社会学研究》(*Etudes sociologiques sur la Chine*)。

③ Julia Kristeva, "Le geste, pratique ou communication?", *Semeiotikê, Recherches pour une sémanalyse*, Paris: Seuil, 1969, p. 51.

已经在整个西方话语上烙下独特的痕迹。”[①]这“另一种语言”可能是汉字，也可能是其他语言文字，它存在的价值是颠覆权威结构，建立一种新的、不确定的、开放的审美原则。此时的表意已经是一种动态的过程，这种动态的过程的表现之一是它难以定位和确定。“生成文本”只能在“现象文本”中得以表现，前者本身是一个晦涩的、抽象的、难以触摸的概念，它被彻底观念化了，没有实体，更多地指向态度和关系，实际操作性并不强。

在《诗性语言的革命》一书中，克里斯蒂娃认为“生成文本”与“现象文本”的差异，“可以被一种特定的意指系统论证：如汉语的书面语和口头语，特别是在古汉语中，这二者的差异尤为明显”[②]。赵毅衡在《符号学原理与推演》一书中讨论深层“伴随文本”时，更是认为克里斯蒂娃这一观点是“很杰出的见解”[③]。然而克里斯蒂娃没有指出的是，汉字隐藏在平面化的交流工具之下的深意是汉民族文化传统的历史记忆。作为文化符号“原型”的汉字，承担着维系历史传统、延续数千载文化的历史使命。汉字的独立地位，汉字灵活多变的组义方式，以及汉字书写所呈现出的强烈的艺术美，只是这种民族文化传统的承担者，而不是等价物。这与这一时期的西方学者在分析汉字时“经由中国”的态度以及静态的、局部的切入方式有关。当然更不用说他们对作为研究对象的汉字进行认识论层面的反思了。[④]

结　论

罗兰·巴特认为索莱尔斯的小说文本实验，“这种行为的目的在于动摇旧文本的自然权利，并使作为生产旧文本和阅读旧文本之基础的全部概念（主体、真实、表达、描述、叙事、意义）失效”[⑤]。以索莱尔斯、克里斯蒂娃为代表的20世纪六七十

---

① 罗兰·巴尔特：《偶遇琐记 作家索莱尔斯》，怀宇译，北京：中国人民大学出版社2012年版，第226页。

② 茱莉亚·克里斯蒂娃：《诗性语言的革命》，张颖、王小姣译，成都：四川大学出版社2016年版，第65页。

③ 赵毅衡：《符号学原理与推演》，南京：南京大学出版社2011年版，第158页。

④ 笔者在写作本文时曾专门向克里斯蒂娃女士发邮件，询问她来中国讲学时“不经意”间提到的一个观点，即“汉字的写字习惯变化与中国人认知变化的关联度问题”该如何详解以及关于汉字她是否有新的研究时，她的回复是：“这个问题她没法详细解释，因为这些领域的确在她的能力范围之外。”

⑤ 罗兰·巴尔特：《偶遇琐记 作家索莱尔斯》，怀宇译，北京：中国人民大学出版社2011年版，第227页。

年代法国先锋知识分子也正是在这样一种强烈的变革欲望驱使之下与中国思想相逢。在向结构主义突围的征程中，一方面，他们将文字从对语言的附属中解放出来，给予其独立地位，从关联论的角度来看待文本各要素的关系，认为意义存在于文本不同因素之间的关系和结构中；另一方面，他们强调文字的书写性，打破了文字书写服务于表现现实这一传统，强调意指活动的动态过程。

中国文化注重文字，重视书写，汉字并不是语言的同质化替代品，文字的组合是字义的组合，具有很强的主体性和创造性，单个汉字具有高度的概括性和灵活性，而语境中的暗示，使得汉字组合具有极富弹性的意会和联想功能。这也能解释20世纪六七十年代以克里斯蒂娃、巴特、索莱尔斯、拉康为代表的法国知识分子在写作实践和理论创新时对汉字的迷狂。中西方交往中"误读"是不可避免的，直面"误"，透析"读"（尤其是为何读，怎么读），或许是一种足够自信和平等的对话立场。而这或许能成为中国思想参与和展开可能的后结构主义对话的一个契机。

符号系统等级论与颠倒的“言象意”等级之内在理路辨析*

周海天
（上海大学文学院）

引　言

众所周知，把语言视为一种符号系统始于费尔迪南·德·索绪尔（Ferdinand de Saussure）。事实上，虽然对何为“符号学”（Semiotics）甚至何为“符号”（sign）之定义学界至今仍然争论纷纷，但是现代符号学者基本认同以下的事实：可以传达意义的表征被称为“符号”，而这一定义就使得“符号”的外延骤然扩展开来，而此种扩展却带来了一系列的问题。然而，无论如何，可以确定的是，符号与意义是密不可分的，而此则涉及一个更为古老的论题，即“中介与意义”。此问题不仅吸引了古代与现代西方理论家的视线，而且，在中国上古时期的《周易》中，也涉及作为工具或中介的“言象”对“意”的传释问题。为了考察中介与意义之间的关系，我们首先暂时以符号学的视域来考察其中的一个关键问题，即如果把所有的意义传达中介都视为“符号”，那么，符号与符号之间的关系该如何确立？换言之，是什么保证了语言——这一在众多符号中被甄选出来的符号具有合法的优先地位。

一、本维尼斯特的“诠释系统”与“被诠释系统”

法国语言学家埃米尔·本维尼斯特（Émile Benveniste）在《语言符号学》（“The

* 本文是 2018 年上海市哲社青年课题“‘经学玄学化’”影响下的《文心雕龙》文学观念之蜕变”（项目号：2018EWY008）的阶段性成果。

Semiology of Language")一文中就试图解决这一关键性的问题,即语言作为众多符号系统之一,有何权利与合法性去破解和诠释其他符号系统,这一问题就指向语言在各种符号系统中的地位。首先,在《语言符号学》中,本维尼斯特指出皮尔斯(Peirce)和索绪尔的问题所在。皮尔斯把一切事物都视为符号,对此,本维尼斯特提出的批评是:"一个人是符号;他的思想是符号;他的任何情感也是符号。但是最终,既然这些符号都是互相支持的,那么它们如何作为符号而本身却又不是符号?我们在哪里可以找到一个固定的位置来确定第一个表意关系的成立?"[①]因此,皮尔斯的"泛符号化"倾向被本维尼斯特评价为,语言是一切又是空无;本维尼斯特认为索绪尔不同于皮尔斯,因为索绪尔承认语言作为一个符号系统的存在,并认为语言是所有符号系统中最重要的,但是索绪尔虽然指出语言学的未来方向是符号学,却没有明确厘清符号学与语言学之间具有何种关系,换言之,这一关键问题的模糊性使得索绪尔已经触及语言与其他符号系统关系的核心,然而却没有对它划定界限,即没有指出为何语言作为众多符号系统中最重要的存在。因此,本维尼斯特试图把索绪尔没有澄清的问题再进行深入研究。

首先,本维尼斯特承认不同符号系统之间的第一要义为"不重叠"(nonredundancy),对此,他进一步解释道:"两种不同的符号系统不能相互转化(interchangeable)。"[②]不重叠原则是由于不同的符号系统内部具有一套独有的表意话语,如处于交通符号系统中的红灯与作为旗帜系统的红色国旗中的红色虽然从物理颜色上分析并无差异,然而,由于相异的符号系统赋予其意义的差异性,两种红色仍然是缺乏同义性(synonymous)的,因此无法跨系统进行类比,本维尼斯特认为音乐与语言也具有这一特性。[③] 因此,在第一原则的基础上,本维尼斯特判定相异符号系统之间关系的第二要义为:"某一符号的价值只有在其内部系统中有效。没有一种符号能跨越几种系统,即'跨系统'(transsystemic)的存在。"[④]

---

① Émile Benveniste, *Semiotics: An Introduction Anthology*, eds. Robert E. Innis, Bloomington: Indiana University Press, 1985, p. 229.

② Ibid., p. 235.

③ 按:当然,本维尼斯特认为唯一一种可以互相转换的情况是同一种事物的不同呈现,如书写的字母表与用盲字印刷的字母表,其依据的原则是"一个字母,一种声音"的一一对应关系。

④ Émile Benveniste, *Semiotics: An Introduction Anthology*, eds. Robert E. Innis, Bloomington: Indiana University Press, 1985, p. 235.

既然表意系统之间既“不重叠”又缺乏“同义性”,那么系统之间如何进行沟通?为了解决这一难题,本维尼斯特提出了一组概念:“被诠释系统”(interpreting system)与“诠释系统”(interpreted system)。本维尼斯特把符号系统之间的关系分为三种:“生成关系”(generative relationship)、“同质关系”(relationship of homology)与“诠释关系”(relationship of interpretation)。按照其观点,语言符号系统与其他符号系统的关系属于“诠释关系”,以“诠释”关系来解释语言与其他非语言系统的关系,并判定语言在非语言的种种符号系统(譬如音乐、绘画、戏剧)中处于绝对的主导地位:“因此我们引入并确证了这一原则,即语言是诠释系统。没有其他系统能够通过以分类和根据符号间的差异进行自我诠释的方式处理一种‘语言(符号)’,然而从原则上说,语言可以诠释和划分任何事物,包括它自己。”①换言之,语言是一种可以被社会的全体成员理解和接受的共同符号,因此它具有解释其他符号系统的功能,更重要的是它可以自我解释,即以语言解释自己的生成和应用。

同时,本维尼斯特认为语言是唯一兼具“符号”(semiotics, the sign)和“语义”(semantics, the discourse)的构成:“符号必须被认出,语义必须被理解。”②而其他符号系统仅具有一层内核:“要么是符号性的而不具有语义性,如礼貌的手势;要么是语义性的,而不具有符号性,如艺术的表达。”③由此,本维尼斯特试图把“符号”(语言的“工具性”)与“语义”(“意义”)连结起来,他认为二者的结合不是外在性的,而是内部的统一,由此可以解决语言与意义关系的困局。对此,本维尼斯特联合语言作为“诠释系统”的特性进一步推论,语言和社会的关系不是如前代学者所言,社会作为一个整体,而语言为其中的一部分,或者语言与社会为相辅相成的关系,而是:“然而,从符号学的(Semiological)角度使这一关系颠倒过来,以为语言本身使得社会存在。语言形式使人类聚合在一起,是所有关系的基础,因此建立了社会。”④本维尼斯特实际是以语言与社会这一关系为例子来讨论语言与意义何者为

---

① Émile Benveniste, *Semiotics: An Introduction Anthology*, eds. Robert E. Innis, Bloomington: Indiana University Press, 1985, p. 240.

② Ibid., p. 242.

③ Ibid.

④ Ibid., p. 240.

先这一核心问题，而以上结论表明，语言是先于意义而存在的，因为社会——这里是"意义"的一个具象表征，已经从外部(社会)转向语言的内部(语言就是意义本身，主导社会存在)。从以上本维尼斯特对语言与其他符号系统和与意义的关系之诠释看来，他似乎完美地解决了语言作为一个符号系统在指示和表意中的地位。

我们要提出的问题是既然本维尼斯特判定"符号"和语义为一个过程，也就是取消了符号自身的工具性，使得其由工具转变为主体，然而，同时又说"符号必须被认出"，那么，对"符号"的识别如何能够不先在地包含对"语义"的理解？本维尼斯特认为符号可以识别自身："符号在星群的迷雾或者是与其他符号的相似性中仍然能够更清晰地定位自身的含义。"①的确，尽管脱离语境的符号，如单词确实可以保持一定含义，然而，却不能保持其所有的含义，毕竟，符号的意义在语境中才存在。因此，从符号到语义是一个过程还是两个？换言之，是否能取消语言"工具性"？语言系统具有两个独立层面这一点是值得怀疑的，更不用说，认为手势或者艺术仅仅由一个面向，而非两个层面构成这一判断也存在着可争论之处。

其次，语言与意义关系在本维尼斯特的假设里是值得质疑的。本维尼斯特认为语言是意义的开始，而这一判断中一定存在一个言说主体为先的维度。事实上，本维尼斯特并未清晰地主张"语言先于意义"，然而，在《普通语言学的问题》(*Problems in General Linguistics*)一书中，他提出了"语言的主体性"(Subjectivity in Language)这样一个判断："'自我'是通过言说而存在的。('Ego'is he who says 'Ego'.)"②本维尼斯特解释道："正是在语言中，并通过语言，人建立了自己的主体，因为语言本身在现实中建立了'自我'(ego)的概念，它的存在就是它的现实。"③其中，对于"主体性"的定义，本维尼斯特认为其并非为人的情感或经历，而是："一种整体精神，其超越了由它整合的全部现实经验的总和，而这种总和使得意识成为永恒。尽管有些人认为'主体性'出现于现象中或者心理学中，我们认为'主

---

① Émile Benveniste, *Semiotics: An Introduction Anthology*, eds. Robert E. Innis, Bloomington: Indiana University Press, 1985, p. 242.

② Émile Benveniste, *Problems in General Linguistics*, (The original French version, under the title Problemes de linguistique generale, was published in Paris, 1966.), Coral Gables, Fla: University of Miami Press, 1971, p. 224.

③ Ibid.

体性'只在语言的基本特征中显现。"[①]因此,不难发现,本维尼斯特对语言与意义的关系是一以贯之的,即语言为意义的主导,因为作为"整体精神"的意义是只有通过语言才能够传达的,换言之,意义是语言中的一个特征(property)。其实,我们可以判断这种语言的"主体性"就是语言的"本体性"。

由此可见,在把语言等同于意义,并取消其工具性,使得语言表面上先于意义存在的假设下,本维尼斯特提出"诠释系统"与"被诠释系统"这一组概念,我们已经从本维尼斯特的前提出发——否定工具性,发现他对语言与意义传释究竟是一个过程还是两个的论证是自相矛盾的。同时,以上假设的潜在问题使得"诠释系统"与"被诠释系统"这一结论的有效性也必然受到影响,因为,显而易见,"诠释系统"与"被诠释系统"的等级秩序在古代东西方意义传递理论中都遇到了阻力。譬如,《周易》中的"言象意"等级问题就无法以本维尼斯特的这一系统进行诠释。因为本维尼斯特认为语言是一种具有本体性和建构性的"诠释系统",而非语言系统如音乐、绘画等是低一级"被诠释系统"。所以,如果把本维尼斯特的观点简单地类比到"言象意"的等级序列中,那么,"象"——作为一种被"言"所诠释和构建的非语言系统竟然成为低一级的"被诠释系统"。甚至,如果沿用本维尼斯特的"诠释系统"分类法,"意"反而完全是受到语言所主导和统治的。然而,自先秦至魏晋时期,特别是在《周易》中,"言—象—意"这一等级秩序却与本维尼斯特所建构的"被诠释系统"与"诠释系统"背道而驰。

事实上,如果把本维尼斯特的理论放置于西方传统中,也会发现其解释效力的有限性。柏拉图(Plato)在《伊安篇》(*Ion*)中讨论技艺与灵感问题时就曾提出一个等级秩序:"神(意)——诗人——诵诗人(言)——公民",他以这一秩序来说明技艺与灵感的来源,同时,柏拉图以"赫拉克勒石"的传递作用解释伊安为何最擅长吟诵荷马的诗,而后他又引导伊安认识到朗诵者同样也受到神之感召,并在灵感的鼓动下,成为神意的二级传递者。[②] 同样,《圣经》文本意义传递的模式也与之有相似之处,通过"上帝——圣灵——经典"这一传递模式,人才能够理解上帝之意,而这一过程无论是对于作者还是读者而言都是现实的。特别是在理解《圣经》文本含义

① Émile Benveniste, *Problems in General Linguistics*, (The original French version, under the title Problemes de linguistique generale, was published in Paris, 1966.), Coral Gables, Fla: University of Miami Press, 1971, p. 224.

② 朱光潜译:《柏拉图文艺对话集》,北京:人民文学出版社1963年版,第7—9页。

时，诠释者往往需要灵感（divine illumination）的帮助，在迈克尔·格雷夫（Michael Graves）所著《经典诠释中的灵感：早期教会的教导》（*The Inspiration and Interpretation of Scripture*：*What the Early Church Can Teach Us*）一书中，格雷夫总结早期基督教学者，如贾斯汀（Justin Martyr）、奥利金（Origen of Alexandria）和格雷戈里（Gregory of Nyssa）的观点，他们都认为在阅读经典文本，如《圣经》时，文本中隐喻性（allegorical meaning）或神圣性（spiritual meaning）之维度只有通过灵感才能够被理解，因为《圣经》的作者本身是受到圣灵（Holy Sprite）启发而写作，因此，诠释《圣经》文本时，灵感也自然包含其中。① 那么，为何古代中西方都不承认语言的本体性地位？这一思想形态的背后包含怎样的哲学理念？同时，这种思想是否有其合理性？为了解决这一问题，我们将探究《周易》中“言象意”等级秩序背后的哲学背景。

二、“言”与“象”的等级秩序

从先秦至魏晋南北朝时期对言意关系的论述中，天道意义的传达基于两个维度：言与象。“言”在《周易》中被看作对“象”的诠释。然而，以“象”作为意义传递的第一等级，此种特殊的考虑是基于何种原因？换言之，以“象”释“言”是否也具有可行性？如果我们借用本维尼斯特的理论视角，就会发现，“言”与“象”作为两种截然不同的符号系统、语言系统与象征系统，它们具有“不流动”与“不对等”的性质，那么，二者之间的诠释关系是否能够成立呢？即在“言象意”的等级秩序中，作为“言”的符号系统如何表征作为“象”的符号系统？

那么，首先让我们考察一下“象”与“言”的早期含义，在《说文解字注》中，“言”是被许慎如此诠释的：“直言曰言，论难曰语。从口辛声，凡言之属皆从言。”②由此可见，“言”的本义是指发出声音的口头言语，属于直陈和判断；“象”则主要在《周易》的论述中作为一种中介，“象”的本义如段玉裁释曰：“古书多假象为像。人部曰：像者，似也。似者，像也。像从人象声。许书一曰指事，二曰象形。当作像形。

---

① Michael Graves, *The Inspiration and Interpretation of Scripture*: *What the Early Church Can Teach Us*, Innis, Cambridge: Wm. B. Eerdmans Publishing Co, 2014, pp. 43—48.

② 许慎撰、段玉裁注：《说文解字注》，上海：上海古籍出版社1981年版影印经韵楼藏本，第89页。

全书凡言象某形者,其字皆当作像。而今本皆从省作象,则学者不能通矣。《周易·系辞》曰:'象也者,像也。'此谓古周易象字即像字之假借。韩非曰:'人希见生象,而案其图以想其生,故诸人之所以意想者皆谓之象。'似古有象无像,然像字未制以前,想象之义已起。故《周易》用象为想象之义。如用易为简易变易之义。皆于声得义,非于字形得义也。"[①]从段玉裁的对"象"一词的训诂中,我们可以察见,"象"可以通过想象超出本身的有限形象而达致无限,有学者认为此为《周易》中"象"为中介的原因,然而,"言"亦存在此特征,那么两者等级关系的合理性何在?

事实上,"象"无论是作为"象征"或"具象"都是用来表征"天道秩序"的中介,《系辞上》开篇第一句为:"天尊地卑,乾坤定矣。卑高以陈,贵贱位矣。动静有常,刚柔断矣。方以类聚,物以群分,吉凶生矣。在天成象,在地成形,变化见矣。"[②]此句中的"象"与"形"是通过其"变化"而呈现天地之秩序,即万物被创生后,具有差异性的各类事物(在这里"象"非实物而是指示)相互作用,正所谓"方以类聚,物以群分",而其间种种的变化是存在着秩序和规范的,"尊卑"和"常"正是对此种规范性的表述,换言之,"取象"是取"天地之行"的变化规律,如四时之序,而四时之序意味着在天道运行的体系中存在着规范和秩序,因此,人应该遵循此规范而行事,因为此种秩序是内在于天道的,同时也是天道的外在化呈现。既然"象"是一种中介,那么"象"本身是从"相似得义"或依"具象得义"就将不再是问题的核心,换言之,无论是对"象"的定义还是对"象"本身的含义的探究,都不如对"象"与"象"之间的关系进行阐发显得重要。

因为"象"不能被简单地判断为任何象征或符号系统,而应被视为与语言的作用一样,即"象"承担作为世界的可理解性结构而存在,于此,在《周易》中表现为六十四卦通过"象"与"象"之间的变换组成复杂多样的万事万物,正如语言中符号之间互为支撑或否定关系构成的一个整体,而这一整体与世界具有一致性,换言之,"象"是构筑《周易》的语言,同时,《周易》作为一个解释世界生成演化结构的哲学著作,只有通过"象"与"象"之间的变化而表现出来。

---

① 许慎撰、段玉裁注:《说文解字注》,上海:上海古籍出版社1981年版影印经韵楼藏本,第459页。

② 王弼等、韩康伯注、孔颖达等正义:《周易正义》,见于《十三经注疏》,北京:中华书局1980年影印世界书局阮元校刻本,第75页。

当然，我们认为“言”也可以承担起作为解释世界结构的功能，费尔迪南·德·索绪尔在《普通语言学教程》(*Course in General Linguistics*)中提出：“在语言状态中，一切都是以关系为基础的。”①其中“句段关系”和“联想关系”则是语言在网络中实现意义生成的两种方式：“句段关系是在现场的(in praesentia)：它以两个或几个在现实中的系列中出现的要素为基础。相反，联想关系却把不在现场的(in absentia)要素联合成潜在的记忆系列。”②对此，索绪尔以建筑物的某一部分——“柱子”来解释两者的关系：“柱子一方面跟它所支撑的轩椽有某种关系，这两个同样在空间出现的单位的排列会使人想起句段关系。另一方面，如果这柱子是多里亚式的，它就会引起人们在心中把它跟其他式(如伊奥尼亚式、科林斯式等)的相比，这些都不是在空间出现的要素：它们的关系就是限量关系。”③在索绪尔看来，言语是由词汇以线性序列组合的链条，对于“句段关系”而言，词汇与词汇之间的关系是建立在线性特征基础之上的，同时，也存在一组纵向关系——“联想关系”，两者共同构成了一个立体的网络。

《周易》的作者选择了“象”这一看似更为符合自然生成演化的媒介，试图模拟宇宙世界本身结构——当然，此“自然”非自然界意义上的“自然”，而是依托于自然界的现象的抽象。同时，“象”因为其图像性的特征而可超出本身，引起“想象”之义，因此比线性的受逻辑规则控制的“言”更能够传达动态世界的意义。在这个意义上，王弼的“得意忘象，得意忘言”就不仅仅是“扫象”而立新说：“是故触类可为其象，合义可为其征。义苟在健，何必马乎？类苟在顺，何必牛乎？爻苟合顺，何必坤乃为牛？义苟应健，何必乾乃为马？而或者定马于乾，案文责卦，有马无乾，则伪说滋漫，难可纪矣。互体不足，遂及卦变；变又不足，推致五行。一失其原，巧愈弥甚。纵复或植，而义无所取。盖存象忘意之由也。忘象以求其意，义斯见矣。”④因为，在此段论证中，王弼“扫象”的目的在于，他认为通过“象”所传达的“意”才是关键，而此“意”，即天道之传达不能仅仅凭借“象”作为个体符号而完成，而是需由其中“象”与“象”之关系的动态变换而展开。这一点其实与索绪尔对语言“价值”

---

① 费尔迪南·德·索绪尔：《普通语言学教程》，高明凯译，北京：商务印书馆1999年版，第171页。

② 同上。

③ 同上。

④ 王弼撰，楼宇烈校释：《周易注》，北京：中华书局2011年版，第415页。

(value)取决于其在“共时”(synchronicity)系统中的位置的判断不谋而合。

同时，《周易·系辞上》进一步解释“言”与“象”关系为：“圣人有以见天下之赜，而拟诸其形容，象其物宜，是故谓之象。圣人有以见天下之动，而观其会通，以行其典礼，系辞焉以断其吉凶，是故谓之爻。言天下至赜而不可恶也。言天下之至动而不可乱也。”①正如我们前文所论，天道之幽深以“无体”为体，圣人因此取譬自然之物以象“天下之赜”。同时，如果说“象”是对动态天道之表征，那么，相对于“象”来说，“言”与人事更为切近，因为对“天道”来说，无所谓吉凶，吉凶恰恰是就人事而言的，但是吉凶正是上承天道而发生，即“天下之动”。因此，在表意方面，“象”在等级秩序上高于“言”是因为“象”为表征天道结构的“第一语言”，它把具象的自然事物进行抽象，而模拟天道运行，因为自然而没有“吉凶”；而语言则是解释“象”的“第二语言”，更多浸入概念的表达——虽然“象”中亦存在概念，和以人事对天道的解读。这一点王弼在《明象》中也有论：“夫象者，出意者也。言者，明象者也。”②然而，共同之处在于无论是“象”抑或“言”，它们的作用都是为了阐释和效仿天道之规范性，而天道作为动态性的存在却蕴含着一定的规则，即所谓上文所引：“言天下至赜而不可恶也，言天下之至动而不可乱也。”

由此可见，“言”与“象”在《周易》中正是本维尼斯特所反对的“中介”，而《周易》认为“意”才是具有本体性的。然而，《周易》之所以如此论断是因为，“言”与“象”的主语是毫无争论的“圣人”，即在《周易》由“言”与“象”所构造的表意系统中，“常人”是不存在的。同时“圣人”通过“言象”中介是可以“尽意”的。同时，在其他“五经”典籍中大多肯定“圣人尽意”论，但对于中介——如何“尽意”的方式却没有详细论述。

三、作为内在性“中介”的语言

本维尼斯特《普通语言学的问题》中拒绝把语言视为“工具”，因为“工具论”必然引发以下问题：“事实上，把语言比作工具——应该是一种物质性和可理解

① 王弼、韩康伯注、孔颖达等正义：《周易正义》，见于《十三经注疏》，北京：中华书局1980年影印世界书局阮元校刻本，第83页。

② 王弼撰，楼宇烈校释：《周易注》，北京：中华书局2011年版，第414页。

的工具一定会招致我们的怀疑。"[①]的确，如果把"意"作为意义的发出者，那么"言"与"象"必然会"沦落到"工具的地位。然而，我们要提出的问题是，"工具"一定是外在于"意义"的吗？因此，在确定并对"言"与"象"这两类中介进行考察后，我们必须对"意"的含义做出解释，因为作为中介的"言"与"象"其最终的指向就是"意"。

与"道"不同的是，"心"和"意"包含着"主观"的含义，因为"道"更具有普遍性的意味。然而，在"五经"中，一些文献也显示"心"和"意"具有普遍性，即并非完全为主观之心和主观之意。譬如《礼记·大学》曰："欲正其心者，先诚其意。"[②]疏曰："揔包万虑谓之心，情所意念谓之意。若欲正其心使无倾斜，必须先至诚，在于憶念也。若能诚实其意，则心不倾邪也。"[③]"心"在此被描述为具有"揔包万虑"的特质，"意"为"情所意念"，同时，在"若能诚实其意，则心不倾邪也"的论述中也可见"心"与"意"之互动性。换言之，此"心"绝非个体之心，而是全体之心，同时，此"意"也非个体之意。《周易·系辞上》道："'书不尽言，言不尽意。'然则圣人之意其不可见乎？子曰：'圣人立象以尽意，设卦以尽情伪，系辞焉以尽其言。变而通之以尽利，鼓之舞之以尽神。'"[④]此段论述暗示出圣人之意等于天道之意，因为，在此对话中，孔子机巧地转化了问题，把如何知晓圣人之意等于圣人如何理解天道之意，而这一转换我们认为并非是逻辑错误，因为在这一段看似答非所问的对话中，孔子更关注的是圣人如何尽意。通过这一次的主语转换，此段论述则暗示圣人之意等于天道之意，因为只有这一方式才能解释为何"圣人立象以尽意"，可以回答"圣人之意可尽"的问题。

那么，"圣人之意"究竟是主观的还是客观的，不难发现，支持这两种论点的证据在典籍中都能被充分地找到。如果反思这一问题的前提就会发现，此种提问的

---

① Émile Benveniste, *Problems in General Linguistics*, (The original French version, under the title Problemes de linguistique generale, was published in Paris, 1966.) Coral Gables, Fla.: University of Miami Press, 1971, p. 223.

② 郑玄注，孔颖达等正义：《礼记正义》，见于《十三经注疏》，北京：中华书局 1980 年影印世界书局阮元校刻本，第 1673 页。

③ 同上。

④ 王弼、韩康伯注、孔颖达等正义：《周易正义》，见于《十三经注疏》，北京：中华书局 1980 年影印世界书局阮元校刻本，第 82 页。

方式恰恰是奠基于知性立场上的，即“圣人之意”如果被视为主观的就不是普遍的，如果被解读为普遍的就无法是特殊的。但是，我们认为“圣人”不是某个人抑或某类人的代称，而喻指一种人类所具有的能力，事实上，与魏晋时期的圣人“有情论”相通的是，“圣人之意”实则为一种隐喻，暗示着圣人兼具主观和客观之意。换言之，“圣人之意”的设定在于，以圣人的视域或思维看视，“明”或“通”的过程并不区分主观与客观，当然这是综合来说；如果就各个元素分析而言，主观中已经蕴含了客观的前提，换言之，圣人在思维或运用感官能力时，其能力中已经包含了普遍性的因素，因此，主观的亦为客观的，当然，这不是贝克莱式的否定外物存在，而把主观看作唯一的真理，因为，主观也同时展开为实在(客体)存在。之所以主观之意能够等同于客观存在，是因为主观之意能够认识到客观的秩序，其本身就是处于客观秩序中的，即天道秩序已经预存和潜在于圣人之主观性中了，当然，这一过程不是单独的个体能够完成的，而必须是“圣人”这一隐喻能够达到的。

那么对于“语言”这一中介该如何处理？在“言意”关系的讨论中，从诸子到魏晋的“玄学”都在回应着同一个问题，即天道之意或圣人之意无法用日常知性逻辑所认识，而语言在经验层面被使用时，恰恰呈现出一种非此即彼的事实，换言之，日常逻辑含有的前提和规定性是无法经由语言表达的，即语言在使用时完全剥离其偏见和局限，而完美地呈现出天道的整全性。既然“神妙”之道是一种整全、无规定和无限的维度，而无限不可能通过语言这一知性或逻辑的方式被认识，维特根斯坦也同意这一点，正如《语言·本质·世界——维特根斯坦语言观再思考》一文所评论：“因此，对于具体现象的关注远胜于致力于发掘抽象本质的理论建构。”[①]这也“言不尽意”所面对的问题。那么“言不尽意”论意味着“言”与“意”是先天隔绝的吗？的确，在这个意义上，日常之“言”作为一种有局限的存在是无法穷尽“圣人之意”或“天道之意”的，语言被视作在天道传递过程中的“工具”和“中介”。在前文，当主语是圣人时，以“象”甚至“耳目”等作为中介是可以“尽意”的，那么对于常人而言，中介又充当什么作用呢？毕竟，“圣人”仅仅是一种人类能力隐喻意义上的设定。如果去除圣人这一维度，“语言”作为“工具”或“中介”一定就是外在于“意”的

---

① 孙志农、沈楠：《语言·本质·世界——维特根斯坦语言观再思考》，《上海大学学报》2017年第5期，第62页。

吗？事实上并非如此，语言不是可以在意义中自由穿梭却不留痕迹的工具，当其一旦进入对意义的表达中，它所有的前提和范畴都会滞留于意义中，这一点已经被现代语言学所认同。然而，即使语言存在着这样的局限性，但是依然不妨碍其对意义的表达。

黑格尔(Hegel)曾在《精神现象学》(*Phänomenologie des Geistes*)的序言中对“中介”问题作出过一个极其深刻的论断：“但是事实上人们所以嫌恶中介，是因为不了解中介和绝对认知过程本身的性质。因为中介不是他物，只是自身运动着的同一性(Sichselbstgleichheit)，换言之，中介反映了自身，(即它是)自为存在着的自身(des fürsichseienden Ich)，(也是自身)纯粹的否定性，当被简化为纯粹的抽象时，它就是单纯的‘变’。”[①]黑格尔在这一段论述中，实为反驳康德对“理性”这一认知“中介”进行先期考察，黑格尔认为先考察中介的可靠性是不可能的，因为在认知过程中根本无法把思维这一中介与认知对象分裂开来，在经验对象的过程中概念已经在发挥它的作用，换言之，没有纯粹而原始的经验，因此也无法用思维批判和反思思维，事实上，黑格尔认为中介与对象都是绝对精神(真理)展开的部分，也就是说，知识的产生并非一个真理与谬误的问题，而是一个“存在论”的问题——当然黑格尔没有使用这一术语。黑格尔认为任何有限的认知都是由无限所展开的一个部分，并通过有限性的中介——内在具有否定力量，不断地认识和修正其有限性，达致一个较为完美的精神形态。总之，黑格尔认为有限性中亦包含真理，因为有限就是无限的一个部分，通过有限的内在否定中介而最终到达绝对精神的自我认识。

语言亦如此，语言正是思维这一中介的下属部分，因为语言一旦形成，其所指涉的事物就成了具有规定性的存在，这一规定性的来源为思维对事物的基本规定，事实上，这种规定性也是内在于事物，而非仅仅是思维一厢情愿的主观规定，而语言或思维的作用则是对事物进行重新描述，而这一点正是保证了“圣人之意”兼具主观与客观性。但是，需要说明的是，对于被语言所卷入的事物，都是有限性的，然而这种有限性虽然是在无限性下的有限性，但本身并不等于无限，这就是语言不能

---

① G. W. F. Hegel, Phenomenology of Spirit, trans. A. V. Miller, New York: Oxford University Press, 1977, pp. 11. 参考 G. W. F. Hegel, Phänomenologie des Geistes, Leipzig: Verlag der Dürr'schen Buchhandlung, 1907, pp. 14－15.

直接认识无限的原因。人对绝对的思维和表达只能凭借一些有限的关系,然而只有通过这些有限的关系,才能够认识和表现出无限者的本性和关系。我们认为以语言为中介形成的经书作为一个动态整体是真实的,但单独的话语则只具有象征意义,换言之,单独的意义群仅仅是象征的真实。事实上,在古希腊时期,语言(λόγος)也并非被看作真理的直接体现者,换言之,非真理的原始所在,而只是一种指示性的和通过共处揭示处境的存在,马丁·海德格尔(Martin Heidegger)通过《存在与时间》(*Being and Time*)中厘清柏拉图与亚里士多德意义上对逻各斯与真理的关系表明了以上观点:"λόγος之为 άπόφανσις,其功能在于把某种东西展示出来让人看;只因为如此,λόγος才具有 συνυεσις(综合)的结构形式。综合在这里不是说表象的联结或纽结,不是说对某种心理上发生的事情进行操作——从诸如此类的联系方面会产生出这样的'问题'来:这些(心理上的)内在的东西是如何同外部物理的东西相符合的? συν 在这里具有纯粹构词法上的含义,它等于说:就某种东西同某种东西**共处**的情形来让人看,把某种东西**作为**某种东西来让人看。"①在海德格尔看来,从一个事物中看出另一个事物就是所谓的"共处",而这也才是逻各斯的真正含义,换言之,逻各斯不是语言,而是语言的存在方式,即以"共处"的方式被看见。由此,海德格尔认为古希腊意义上的真理非中世纪"符合论"意义上的——正如后人所误解的那样,为心理与表象的符合,因为根据海德格尔的解读,他认为亚里士多德的观点是,由 λόγος指示的存在是一种现象学的指示,使得存在被看见——这就是阐释的意思(当然,"阐释"非文本分析,而是涉及存在结构和意义的复杂分析),其存在着或真或假的可能性。同时,海德格尔说明还有一种叫做"知觉"的存在比指示性话语更为源始,因为它总是指向自己。总之,在此种意义上,逻各斯——常常被翻译为语言,作为一种指示而使得看见的存在具有现象学上的意义,但仅仅是作为一种中介,非如知觉蕴含着直接性的真理。然而,这种直接性指向的真理却不具有意义。

既然中介与意义的关系是"显示"和"呈现",那么就不难理解《周易》中的"言象意"等级秩序的合理性了。因此,如果以此方式来看待语言作为"工具"或"中介",

---

① 海德格尔:《存在与时间》,陈嘉映、王庆节合译,熊伟校,北京:生活·读书·新知三联书店1987年版,第41页。

我们发现，本维尼斯特的处理过于简单，因为他设定语言与意义是具有差异性的，必须把工具转化为本体才可以。但是，从《周易》的“言象意”传统，以及黑格尔与海德格尔的论证中，我们发现即使承认语言作为“中介”，也并不妨碍其对意义的传达，因为中介并非外在于意义。

第四篇

政治诗学对文化中国的重新发现

本雅明"手工复制时代"的誊写美学

马　欣

（东华大学马克思主义学院）

自20世纪80年代《机械复制时代的艺术作品》(1936)被译为中文出版以来，国内学界对这篇随笔的关注，主要集中在以"机械复制"为核心的美学思想，侧重于艺术作品在机械复制时代，以及后机械复制时代发展趋向的论述。约斯·德·穆尔教授将其作为研究数字化操控时代艺术作品的切入点，并把以展示价值为特征的现代艺术，与以操控价值为特征的后现代艺术进行了对照。① 曾军则从本雅明对不可复制的艺术、手工复制的艺术和机械复制的艺术的区分着手，将数字技术看作机械复制技术的升级版和替代品。② 这篇随笔在新媒体研究领域的影响由此可见一斑。

《机械复制时代的艺术作品》也可作为研究"手工复制时代"誊写美学的重要入口。本雅明在其开篇便着重指出，印刷即文字的机械复制在文学中所引发的巨大变化，从世界历史的角度来看是一个极其重要的特例。接着在谈艺术作品的"原真性"时，他对手工复制与机械复制进行了区分，我们可以将这一区分延伸至文字领域，并且引出两个同"复制"密切相关的理论问题：一、文字的复制与艺术作品的复制有何不同？二、文字的手工复制与文字的机械复制的分歧何在？本雅明现有的文献，对此论题虽有广泛涉及，但远未系统展开。

本雅明在《单向街》(1928)"中国古董"一节，曾专门就文字的手工复制——誊

① 参见约斯·德·穆尔(Jos de Mul)：《数字化操控时代的艺术作品》，吕应和译，《学术研究》2008年第10期，第132—140页。约斯·德·穆尔系荷兰鹿特丹伊拉斯谟大学哲学教授，主要研究美学、艺术哲学、新媒介与信息交流技术哲学，著有《赛博空间的奥德赛》和《后现代艺术与哲学的浪漫之欲》等多部作品。

② 参见曾军：《媒介形态变化与当代视觉文化的认知测绘》，《文化研究》2016年第2期，第26—40页。

写，作过深入的美学阐释，当中强调誊写之于“文学文化”的重要价值，尤其耐人寻味。联系他在同年发表的书评《评安雅·门德尔松与格奥尔格·门德尔松〈笔迹中的人〉》当中的笔迹学思想，即将录入笔迹的每张碎片都看成是世界剧场的免费入场券，认为笔迹图像呈现的是人类本质与人类生活的哑剧，可以发现，誊写所保证的“文学文化”指向隐藏着书写者“无意识”的誊本笔迹。

英国学者霍华德·凯吉尔指出：“不应该把本雅明在多重领域里的作品看作矛盾的或者互相抵触的，而应该看作互相间的连续对话。”[①]众所周知，《机械复制时代的艺术作品》探讨了艺术作品在机械复制时代“灵韵”消逝的问题，它的姊妹篇《讲故事的人——尼古拉·列斯科夫作品随想录》(1936)，据本雅明所言，讲的也是“灵韵”的消逝，他将这种“衰亡的现象”(Verfallserscheinung)，或曰一个“现代的现象”，更多地看成是世俗历史生产力的伴随现象，并从消逝之物中感受到一种新的美。誊写术与讲故事的艺术的共同之处在于对“作者”的经验的保留(前者靠誊写者，后者靠讲故事的人)，这也构成了誊写术与印刷术的重要区别。

一、誊写：“文学文化无与伦比的保证”

关于复制的方式，总体可分为“手工复制”与“机械复制”。[②] 在本雅明看来，早在印刷术使文字变得可以机械复制之前，版画艺术(Graphik，又名：书画刻印艺术)就已借助木刻术成为可机械复制的了。[③] 如此一来，纯粹的手工复制，在绘画领域便只有“临摹”，在书写领域就剩下了“誊写”，但是，我们所说的“手工复制时代”，还包括机械复制技术零星出现、缓慢发展的累积时期，主要是指19世纪之前对艺术作品的复制以手工技术为主导的时代。绘画在“手工复制时代”，虽可借助木刻、镌刻和蚀刻进行简单的机械复制，可是复制的数量有限，并且带有手工劳动者个人的

---

① 霍华德·凯吉尔：《视读本雅明》，吴勇立、张亮译，合肥：安徽文艺出版社2009年版，第145页。

② “机械复制”(德语：die technische Reproduktion)，也可译为“技术复制”，但是在本雅明的这篇随笔中，“机械复制”与“手工复制”(die manuelle Reproduktion)作为一组概念出现，互为对照。前者强调使用机械工具，后者强调手的实践。如果将“die technische Reproduktion”翻译为“技术复制”，则会产生歧义，因为“手工复制”同样也可以被看成一种手工技术，故笔者在本篇文章中采用“机械复制”这一译法，使其与“手工复制”区别开来。

③ Walter Benjamin, „Das Kunstwerk im Zeitalter seiner technischen Reproduzierbarkeit“ (Dritte Fassung), in: *Walter Benjamin Gesammelte Schriften I*, Herausgegeben von Rolf Tiedemann und Hermann Schweppenhäuser, Frankfurt a. M., Suhrkamp Verlag, 1991, S. 474.

印记。

在平版印刷的推动下，书写与绘画的机械复制才取得了质的飞跃。本雅明指出，以19世纪初期平版印刷（石印术）的发明为标志，机械复制技术进入了一个根本性阶段，版画才能以巨大的产量、日日翻新的造型投入市场，成为人们描摹日常生活的重要媒介。其实，早在15世纪中叶，随着古登堡印刷术的发明，文字的机械复制在欧洲就已经开启，并且在文学中引发了巨大的变化，被本雅明称为世界历史中的一个极其重要的特例。然而，文字的机械复制为何是一个特例？《机械复制时代的艺术作品》并没有给出明确的回答。我们可以从两个方面进行考察：其一，文字的复制较之艺术作品的复制有何不同？其二，文字的手工复制与文字的机械复制有何差异？

首先，要从本雅明对艺术作品的"手工复制"（die manuelle Reproduktion）与"机械复制"（die technische Reproduktion）的区分谈起：

> 完全的原真性是机械复制（当然不止是机械复制）所达不到的，当真迹面对通常被标为赝品的手工复制品时，便保有了它全部的权威性，而面对机械复制品时就不是这样了。原因是两个方面的，首先机械复制证实比手工复制更独立于原作。比如，在摄影术中，机械复制可以突出原作的那些肉眼无法看到的部分，因为镜头是可调节的并任意地选择角度。此外，摄影术还能借助特定的程序，诸如放大或慢镜头捕捉到逃身于自然视线之外的图像（Bilder）。其次，机械复制可以将原作的仿像（Abbild）带到原作自身无法到达的地方。①

艺术作品的手工复制较之它的机械复制更依赖原作，同时也更能衬托出原作独一无二的地位。本雅明认为，"手工复制"不能保证艺术作品的"即时即地"（Das Hier und Jetzt）——它在其所处地点的独一无二的"在场"（Dasein），也不能像机械复制那样，有效地拉近人们与原作的距离，打破欣赏原作的时空局限。然而，在笔者看来，在手工复制过程中产生的触觉感悟，机械复制同样无法企及。绘画的临摹者有机会体验原作者的动作、姿态，甚至可以意外捕获大师创作时的手势，他在模

① Walter Benjamin, „Das Kunstwerk im Zeitalter seiner technischen Reproduzierbarkeit" (Dritte Fassung), in: *Walter Benjamin Gesammelte Schriften I*, Herausgegeben von Rolf Tiedemann und Hermann Schweppenhäuser, Frankfurt a. M., Suhrkamp Verlag, 1991, S. 476.

仿大师的手势中绘画,并通过触觉传达自己的内在体验。而绘画的拍摄者只需用手按下快门,他对大师作品的体悟依靠视觉传达,在整个的复制过程中,发挥主导性作用的是“眼”而不是“手”。苏珊·桑塔格在《论摄影》中曾一针见血地指出,人们通过拍摄将经验本身变成了一种观看的方式。① 表面上,通过“眼”快速直接地捕捉对象,比借助“手”缓慢地临摹要更准确和逼近艺术作品的“原真性”,但经过局部放大和角度选择的复制品,经常呈现出一种碎片化的姿态,从而远离了艺术作品整体上的原真。尽管如此,不论艺术作品的手工复制还是它的机械复制,都以追求与原作形态上的一致为目标。

文字的复制与艺术作品的复制则有不同。文字的机械复制,追求的是文字内容与原作一致基础上形式(排版、格式等)的灵活性;艺术作品的机械复制,以图像为例,则是将尽可能逼真地再现原作为第一要务。绘画,从原作到美术印刷品,原作的质感等物质性因素全部消失,只剩其形。文字的手工复制,虽也是主要借助于“手”,但与艺术作品的手工复制的区别在于:誊写追求的是内容与原作统一基础上的书写风格的个性化保留,誊本与原作的笔迹不必相仿,而临摹则要极力追求与原作的神似与形似,努力模仿原作者的技法和风格。誊写还让阅读与书写紧密地融合在一起,是一种独特的认知书写者的内在新图景、发现文本之要旨的方式。纯粹的阅读,往往走马观花,阅读者容易用自己居高临下的态度来审视文本,也就是说,阅读中读者的主观性压制了文本的力量,因而任由自己的思绪驰骋。誊写的过程,尽管看上去死板、艰苦,但好处是放弃前见、放低身段,灵魂任由文本指引,最终写下带有自己精神特质的笔迹。这一思想出现在《单向街》(1928)中的“中国古董”一节,本雅明通过将誊写比作在乡间道路上行走,把阅读看成是从飞机上俯瞰而过,从而引申出誊写之于文学的重大意义:

> 一个人行走在乡间道路,与从乘坐飞机上俯瞰而过,对乡间道路力量的感受会迥然不同。如同阅读与誊写,所感受到的文本的力量也截然不同。飞行的人仅仅看到,道路如何在景色中延伸,感到它的推进就像周围的景致那样遵循同样的轨迹。只有在路上行走的人,才能体验到道路的统治,如同来自某个

---

① 参见苏珊·桑塔格:《论摄影》,黄灿然译,上海:上海译文出版社2014年版,第31页。

人的领地，它对于飞行者则只是一马平川，道路借助它的每一次转弯，对远方、宫殿、林中空地、全景图的召唤，就好似指挥前方士兵发号施令。誊写下的文本也是如此独自指挥着抄写者的灵魂，而单纯的读者绝不会了解到他内在的新图景（Ansicht），以及它开辟出的穿过越来越稠密的内部原始森林的那条文本之路：因为读者任由他搏动着的自我沉浸在自由的梦幻空间，而抄写者却任凭自我的这种搏动发号施令。因此，中国人的书籍誊抄工作成了文学文化（literarische Kultur）无与伦比的保证，而誊本（Abschrift）则成了解开中国之谜的钥匙。①

本雅明在这段话的末尾指出，誊写是"文学文化"②无与伦比的保证，誊本则为解开中国之谜的钥匙。可我们知道本雅明并不懂中文，也不确知誊本中的文字是否关乎"文学"，即狭义层面的小说、戏剧、散文、诗歌等文学样式，这里所言"文学文化"，具体指向何处？或者说，誊写的美学价值寄寓于何处？

一方面，誊写活动本身，符合康德所言的审美活动的"无目的的合目的性"③，"誊写"给人的愉悦并不取决于誊抄的质量与数量，而是源自誊抄者依据特定的文本，结合其生命体验写下带有自我风格的笔迹的过程，因而它所合乎的目的是主观的，体现了一种顺应情感的情致。另一方面，誊写与书法关联甚密，书法可看作笔迹的艺术化。中国的书法家经常从自然界中摄取艺术的灵感，擅长将一枝梅花、一只跳跃的斑豹，抑或松枝的纠棱盘结的气韵形态尽收笔底，本雅明曾在《法国国家图书馆中国画展》一文中指出，中国书法作品的动态特质，是由其笔墨当中包含的多种潜在的相似性所赋予的，故而把对于中国书法的美学阐释一步步引向关于"相似性"以及"模仿能力"的学说，玄之又玄。

此外，誊写下的笔迹——誊本，从其形式上看，是为一套全新的书写经验，每一位书写者都有其独一无二的笔迹，即便同一书写者在不同时期留下的笔迹也有差

① Walter Benjamin, „Einbahnstrasse", in: *Walter Benjamin Gesammelte Schriften IV*, Herausgegeben von Tillman Rexroth, Frankfurt am Mein: Suhrkamp Verlag, 1991, S. 90.

② "文学文化"（literarische Kultur）展开来为"文学的文化"，而"文学的"（德语："literarisch"，英文："literary"），在德语语境中，除去指狭义层面的文学的诸多样式之外，还有一层较为宽泛的含义，即"书面的"。《单向街》的译者王才勇教授将它与"文化"合译为"文学文化"，笔者也沿用这一译法，但更倾向于从"书面文化"的角度去理解它。

③ 参见康德：《判断力批判》，邓晓芒译，北京：人民出版社 2002 年版，第 62 页。

异,笔迹所传达出的既是誊写者内在的、独特的生命体验,也是其生活环境的一种投射。

本雅明对笔迹学的领悟,直接影响了他对誊写美学价值的阐释。1928年,本雅明在《文学世界》(*Literarischen Welt*)上发表了一篇关于笔迹学的书评,他从安雅·门德尔松(Anja Mendelssohn)与格奥尔格·门德尔松(Georg Mendelssohn)的新作《笔迹中的人》(1928,*Der Mensch in der Handschrift*)提出的"立体笔迹图像理论"出发,认为笔迹只是显现为平面的图像,印痕表明一种立体的深度,对于书写者而言,在书写平面背后还存在着一个立体的空间。另一方面,在笔路中断处,笔尖返回至书写平面前方的空间,为的是去描绘它"精神的曲线"。本雅明就此追问:笔迹的立体图像空间是否就是透视的表象空间的一个微观宇宙的"仿像"?又,持心灵感应论的笔迹阐释者是否能从笔迹的立体图像中获得启示?他预测,"立体笔迹图像理论"至少是打开了这一前景,即有朝一日笔迹学研究可以为心灵感应过程研究提供助力,并据此将每一张带有笔迹的碎片,都看成是大世界剧场的免费门票,认为其展示的是微缩了十万倍的全部"人类本质"(Menschenwesen)与"人类生活"(Menschenleben)的哑剧。① 在这里,笔迹与心灵的关系凸显出来。本雅明于1930年发表的名为"新旧笔迹学"(Alte und neue Graphologie)的广播稿则更明确地指出,安雅与格奥尔格将笔迹学研究引向了与内在意识紧密相连的图像阐释领域。无独有偶,他在1933年的《相似性学说》中坦言:"最新的笔迹学教会我们,去识别手写的图像,或更准确地说画谜(Vexierbilder),它是书写者的无意识在笔迹中隐藏的东西。"②对本雅明而言,笔迹学研究的真正意义,在于从人类内心的极隐秘处,观看人类本质与人类生活的哑剧。

现在,我们再回到本雅明关于中国誊本的那个段落:中国人的书籍誊抄工作是"文学文化"无与伦比的保证,誊本则为解开中国之谜的钥匙。这里"文学文化",不

---

① Walter Benjamin, „Anja und Georg Mendelssohn, Der Mensch in der Handschrift", in: *Walter Benjamin Gesammelte Schriften III*, Herausgegeben von Hella Tiedemann-Bartels, Frankfurt a. M., Suhrkamp Verlag, 1991, S. 139.

② Walter Benjamin, „Lehre von Ähnlichen", in: *Walter Benjamin Gesammelte Schriften II*, Herausgegeben von Rolf Tiedemann und Hermann Schweppenhäuser, Frankfurt am Main: Suhrkamp Verlag, 1991, S. 208.

是指某一种文学特定的表达方式，也不是泛指文本所传递的思想内容，而是指向书写的形式。在誊抄过程中文本的内容与形式都会发生变异，其中变化最为显著的自然是书写的形式，也就是笔迹，它让誊本成其为独立的作品，当中的一笔一画都是抄写者审美趣味、心理状态的微观缩影，当然也可视为一种书面文化的见证。文本之内容，印刷术同样可保证，而唯独誊写，可以将阅读、理解、思考、抄写、认知融为一体，因此，它所保证的"文学文化"，既包括原作所处时代的书写特征，又融入了书写者的性格和其在书写过程当中的生命体验，并体现于选纸、用墨、执笔、布局、色彩、笔画结构等诸多细节。伊斯特·莱斯利对本雅明笔迹学思想有过这样一番评述："手写体呈现的不仅是分析作家性格的一种方法，也是接近只被思考或许未被思考之物的可能性。手稿的特征就体现在无意识的、未言表的因素，语言之前就存在的物，也许是外在于表达的东西。"①

"手工复制时代"的誊写术，虽是"文学文化"无与伦比的保证，却仍无力抵挡印刷文明的冲击，摆脱被边缘化的命运。誊抄本身耗时费力不说，在精确性与广泛传播方面也缺乏保证。15 世纪中期，德国古登堡印刷术的发明，使文字、手稿的批量复制成为可能，伴随着 19 世纪平版印刷的广泛应用，手工复制时代不可或缺的书籍誊抄工作逐渐消弭，随之而来，誊写的经验逐步被印刷的经验所取代，与其有着相似命运的还有"讲故事的艺术"。弗雷德里克·詹明信指出，本雅明在《讲故事的人》《论波德莱尔的几个母题》与《机械复制时代的艺术作品》三篇具有象征意义的文章中构筑了"关于经验之统一性的概念，以此来谴责现代心理和经验的破碎"②。他强调，我们对当今这个缺乏根基的时代的疑虑与批判，正是建立在这个关于经验的某种有机统一性的前提之上。在笔者看来，讲故事的艺术与誊写术构筑了这种统一性的经验，不论是口传的经验，还是誊写的经验，都具有生命的张力，它们的日渐式微，意味着文学"灵韵"的凋谢，也意味着讲故事的人与誊写者的谢幕。

二、讲故事的艺术与誊写术

本雅明曾经坦言，《讲故事的人——尼古拉·列斯科夫作品随想录》(1936)与

① 伊斯特·莱斯利：《本雅明》，陈永国译，北京：北京大学出版社 2013 年版，第 96 页。

② 弗雷德里克·詹姆逊：《对本雅明的几点看法》，郭军译，《作为生产者的作者》，郑州：河南大学出版社 2014 年版，第 243 页。

《机械复制时代的艺术作品》的主题皆为"灵韵"的凋谢。[1] 他在谈到艺术作品的"灵韵"时也指出，"灵韵"的凋谢是一个症候性的事件，其意义超出了艺术的领域，"灵韵"被定义为"时空的编织物"，抑或"遥远之物的独一无二的显现"。讲故事的艺术与誊写术，关涉文学的两种形态：口传的与书写的，二者的共同之处在于对"作者"（誊写者与讲故事的人）经验的保留。如果说，艺术作品的"灵韵"与它的膜拜价值、独一无二性密切相关，文学的"灵韵"则指向主体的经验。因此，《讲故事的人》可视为本雅明誊写美学的另一重展开。

讲故事的艺术与手工劳动的氛围之间的历史亲和性，在《讲故事的人》中一览无余。本雅明指出，史诗、神话、传说这类口传的经验，依托于讲故事的艺术，它在手工劳动中兴盛，或者也可称之为手艺，这门技艺的日薄西山，是因为人们一边听故事，一边纺线织布的情况愈渐稀少。在慢节奏的手工劳作中，人们通过听故事，逐渐深谙讲故事的艺术，手工劳动者生活的痕迹，也会不知不觉地浸入故事当中，故讲故事的艺术，可视为手工复制时代的技艺。而在机械复制时代，伴随着讲故事者所由出身的工匠、艺人氛围的消逝，故事最终被长篇小说和新闻报道取而代之。

口口相传的故事与长篇小说、新闻报道相比最显著的特征是：经验的可交流性与启迪性。故事取材于讲故事者自己的或听来的经验，然后在讲述的过程中将其转化为听故事者的经验，如此一来，它当中自然不乏源自生活的智慧闪光；小说则出自一个孤单的个体，小说家没有可借鉴的实例来道出自己最为切近的关怀，既没有人给他建议，他也不能给别人忠告，因而写小说意味着，将人类生活中的无法交流之事推向极致，并且通过表现生活的丰富性，去证明生命的深刻困惑。[2] 在本雅明看来，普鲁斯特的小说是一个特例，他在小说当中试图通过"回忆"，在现代人面前重新树立起讲故事的人的形象。新闻报道则着眼于传达事情的精华，而非新闻事件与读者自身的相关性，它不会将世态人情融入其中，并且新闻的价值只存在于报道新闻的那一刻。本雅明在《论波德莱尔的几个母题》（1940）中谈到，新闻的意图并不是使读者将它所提供的信息作为自身经验的一部分，而是将事件从能够影

---

① 伊斯特・莱斯利：《本雅明》，陈永国译，北京：北京大学出版社 2013 年版，第 187 页。

② Walter Benjamin, „Der Erzähler. Betrachtungen zum Werk Nikolai Lesskows", in: *Walter Benjamin Gesammelte Schriften II*, Herausgegeben von Rolf Tiedemann und Hermann Schweppenhäuser, Frankfurt am Main, Suhrkamp Verlag, 1991, S. 443.

响读者的经验的范围中隔离开来。[①] 报纸之所以脱离经验，是因为它没有能够进入“传统”当中去，没有经历徐缓的累积与创造的过程。故事则不同，本雅明举例说，希罗多德在《历史》中讲述的埃及国王沙门尼特的故事，它平实而干涩，未提供任何诠释，却在数千年之后还能引人思索，保持并凝聚其力量，虽年深日久仍能将其发挥出来。这便与本雅明对“灵韵”[②]的描绘呈现出某种内在的一致。

他在《论波德莱尔的几个母题》中谈到“灵韵”时指出：“若人们将偶然定居在非意愿记忆中的想象（Vorstellung），称为环绕着直观对象的灵韵，那么与一个直观对象的灵韵相应的经验，便沉淀在作为实践（Übung）的使用对象上。”[③]在他看来，灵韵的经验构筑于人类社会频繁出现的一种反应机制，感觉到被注视的人会不自觉地将目光投向注视的一方，不仅人与人之间会有这样的情况，人与自然物也会发生这样的注视。在《机械复制时代的艺术作品》中，本雅明将自然对象的“灵韵”描述为：“遥远之物的独一无二的显现，但它可能如此的贴近。在一个夏日的午后，一边休憩一边注视，地平线上的山脉或一根在休憩者身上投下阴影的树枝，那就是这座山或这根树枝的灵韵在散发”[④]，同样是这段话，在《摄影小史》（1931）中，它前面又加上一句，“到底什么是灵韵，一种时空的编织物”，可见灵韵与距离相关，空间的距离抑或时间的，自然景物在人遥远的注视中，才有其灵韵的散发，感受某一个现象的“灵韵”，意味着赋予它回望的能力。本雅明还指出，在文学创作当中，诗人可以赋予一只动物、一个无生命物这样的能力，让它抬起眼来在与读者的对视中拉开距离，同样，话语也可以拥有它的灵韵，人们看它时的距离越近，它回望时的距离就越远，回望的魔力也就越强。对此，伊格尔顿一针见血地说：“灵韵开启距离只是为了

---

① Walter Benjamin, „Über einige Motive bei Baudelaire", in: *Walter Benjamin Gesammelte Schriften I*, Herausgegeben von Rolf Tiedemann und Hermann Schweppenhäuser, Frankfurt am Main, Suhrkamp Verlag, 1991, S. 610.

② “灵韵”（Aura）的含义在德语维基百科主要呈现为以下几种：微风、和风；古希腊的清晨微风女神；用于形容某人的独特魅力；氛围，某种环境美学魅力；精神或身体的一种感觉，在癫痫、偏头疼之前发生；本雅明所创造的艺术理论概念。

③ Walter Benjamin, „Über einige Motive bei Baudelaire", in: *Walter Benjamin Gesammelte Schriften I*, Herausgegeben von Rolf Tiedemann und Hermann Schweppenhäuser, Frankfurt am Main, Suhrkamp Verlag, 1991, S. 644.

④ Walter Benjamin, „Das Kunstwerk im Zeitalter seiner technischen Reproduzierbarkeit" (Dritte Fassung), *Walter Benjamin Gesammelte Schriften I*, Herausgegeben von Rolf Tiedemann und Hermann Schweppenhäuser, Frankfurt a. M., Suhrkamp Verlag, 1991, S. 479.

更有效地赢得亲近。”[①]在笔者看来,当人们将情绪、感觉注入直观对象当中,对象就被赋予了生命力,从而拥有了与人同等的地位、同等对视的权力。

艺术作品的“灵韵”,指向它的膜拜价值、独一无二性;口传文学的“灵韵”则指向经验内容,它来自讲故事的人,他不断将自身的经验(自己的经历或道听途说的经验)转化为听故事者的经验,故事因此带有讲述者自身的记号。当口传的文学通过书写被固定下来,它依旧保有来自经验内容的“灵韵”。比如,西方古老的史诗作品,穿越时光隧道,它仍具有直抵人心的力量,因为,讲故事的人将经验注入其中,这经验沉淀了几代人的智慧,故日久而弥新,仿佛专为时人而作。“经验”(德语:Erfahrung,英语:Experience),在德语中指体验或观察某一事物或事件后所获得的心得、知识、技巧,并可用于后续作业。本雅明对其所处的时代叹息道:“经验贬值了。而且看来它还将朝着一个无底洞贬下去。无论何时,你只要扫一眼报纸,就会发现它又创了新低,你会发现,不仅外部世界的图景,而且道德世界的图景也是一样,都在一夜之间遭受了我们从来以为不可能的改变。”[②]这里所言的“经验”特指“口口相传的经验”,在本雅明看来,经验的贬值不但影响我们看待外部世界的方式,还改变了我们内在的道德观念,讲故事的艺术行将就木,其实质则为真理的史诗面向——智慧的消亡。可是他并不将其仅仅视为一个“衰亡的现象”(Verfallserscheinung),或者是一个“现代的现象”,而更多的是看成世俗历史生产力的伴随现象,认为生产力逐渐把讲述从活的口语中剥离出来,并同时让人在消逝之物中感受到一种新的美。

誊写术亦属机械复制时代的消逝之物,本雅明在誊写术已然淡出人们的视线之际,偶遇来自中国的誊本,或许正是这种时空的交错感、面对异域文化的新奇感,才激发出他阐释誊写美学的灵感。一来,誊写者较之纯粹的阅读者,可以更深刻地感受到文本的力量,甚至整个灵魂都会受到文本的指引,从而发现内在自我的新图景;二来,当他听凭自我的搏动发号施令,抄写下融入独特感受的笔迹之时,曲折而

---

① 特里·伊格尔顿:《瓦尔特·本雅明或走向革命批评》,郭国良、陆汉臻译,北京:商务印书馆 2015 年版,第 50 页。

② Walter Benjamin, „Der Erzähler. Betrachtungen zum Werk Nikolai Lesskows", in: *Walter Benjamin Gesammelte Schriften II*, Herausgegeben von Rolf Tiedemann und Hermann Schweppenhäuser, Frankfurt am Main, Suhrkamp Verlag, 1991, S. 439.

隐秘的文本之路也正式向他敞开。誊写者通常不会像讲故事的人那样,事先陈述一段如何得知故事的原委,或者在经验内容上增奇附丽、网罗编织,但他在誊写时的心路历程是不可复制的,呈现内在自我的誊本笔迹亦是独一无二的,并且焕发出生命的张力。本雅明将笔迹视为一种立体图像,这与他对语言的独特理解密不可分。他认为,语言(Sprache)拥有一副身躯(Leib),身躯也拥有一种语言,笔迹学将二者融为一体,笔迹的语言有血有肉,笔迹之躯体则在言说着。[①] 雅克·朗西埃在《词语的肉身:书写的政治》中也表达了类似的观点:"被书写的文字就像一幅无声的画,它在自身躯体上所保持的那些运动,激发了逻各斯的活力,并把它带向了它的目的地。"[②]可见,书写的深刻意涵须得从笔迹当中去探寻,而不得仅仅局限在文字的字面含义。

誊写者表面上只是将文字、文本进行复制,实则通过书写下的笔迹将一种内在体验表达出来,他是沉默的言说者,潜意识的描绘者。誊写者与讲故事的人,都兼具有"复制者"与"作者"的身份,复制过程中主体经验的融入,使得誊写与讲故事的艺术,成为文学"灵韵"的重要保证。誊写所构筑的文学"灵韵"依托于誊本笔迹,古旧的誊本、衰退的字迹,却能具有一种魔力,让读者得以回望书写的历史;讲故事的艺术营造出的文学"灵韵"源自于口传的经验,古老的传说、层叠的叙事,却宛若发生在近前,意涵隽永、发人深省。概言之,誊写与讲故事的共同点在于对"作者"经验的保留,"作者"在这里不能按现代文学的"作者"观来理解,而是指将经验汇入作品的主体。印刷产业在提供丰富信息,并为我们的阅读带来极大便利的同时,几乎终结了这种富有流动性的主体经验,但我们仍能感受到印刷术对于誊写之美的回望与致敬。

三、印刷术与誊写术

印刷与誊写,一则为文字的机械复制技术,一则为文字的手工复制技术,较之绘画、雕塑等艺术作品的复制,文字的复制更加注重文本的内容与原作的一致,而

---

① Walter Benjamin,„Anja und Georg Mendelssohn, Der Mensch in der Handschrift", in: *Walter Benjamin Gesammelte Schriften III*, Herausgegeben von Hella Tiedemann-Bartels, Frankfurt am Main, Suhrkamp Verlag, 1991, S. 138.

② 雅克·朗西埃:《词语的肉身:书写的政治》,朱康等译,西安:西北大学出版社 2015 年版,第 7 页。

非在书写形式上与原作的统一，因为读者最为关注的还是文本所传递的信息，也就是说，文字的复制在形式上更加的自由和灵活。然而，印刷术与誊写术之间的分歧远远大于它们的一致，分歧主要来自对文学的影响、是否产生灵韵，以及观者的体验方面。

首先，印刷在文学中引发的影响远远大于誊写所引发的。文字的手工复制——誊写，虽然让口传的经验以书面的形式固定下来，但并未因此撼动讲故事的艺术在文学传播与创作中的地位，故誊写术与讲故事的艺术，誊写的经验与口传的经验，是互为补充的关系，一方没有压制另一方。而印刷术，则撼动了口传的经验在文学中的主导地位，从根本上改变了文学的叙述方式与接受方式。本雅明在《讲故事的人》中指出，印刷术的发明使小说与新闻的广泛传播成为可能。随着小说与新闻报道的广泛传播，人们的注意力逐渐从“听”转移到了“看”，由一边听故事一边做手中的活计，转变成了在闲暇中阅读小说或浏览新闻；文学的叙述方式由口传转向了书写，它接受的方式由围坐聆听演变为独自阅读。

其次，誊写的过程，也是阅读的过程，誊写者心之所感，将笔迹的印痕也留在纸上，誊本背后彰显出生命的力度与深度，透过它可以感受到书写者灵魂的搏动，及由历史深处散发出的灵韵；而印刷文学作品的过程，纯粹只是复制文本的过程，印刷的文本是平面的，作者力透纸背的书写痕迹无从保留。诚然，随着印刷技术的发展，书写体与印刷体能够同时印在一页纸上，印刷本也可以拥有手抄本的某些特征。如，2016年出版的小说《S.》，标榜为最不可能被电子化的书，它泛黄的纸张、咖啡的渍、霉斑、手写的批注、23件附件，让这本书看上去布满了时间的印痕。书籍的策划人、《星际迷航》的导演艾布拉姆斯(J. J. Abrams)，努力为读者营造出一种如同是在游戏、探险的阅读体验，当中围绕小说《忒修斯之船》所做的各色批注最为引人注目，策划人意图通过呈现不同借阅者的手迹，将读者带入小说借阅人之间的交流。然而，高超的印刷技术终究不能像誊写那样，获得书写者力透纸背的生命体验，让每一次复制成为一种全新的书写经验。或者，我们可以说，文学在它的机械复制时代，只剩下刻意渲染出的虚假的灵韵光圈，而丧失了来自遥远过去的本真气息。

最后，印刷术较之誊写术，可以带来更为丰富的观看体验，以至于让人无法沉下心进入到文本内部。本雅明在《单向街》“宣誓过的书籍审计员”一节，曾就文字在印刷技术发展过程中的变化，及其对读者认知的深刻影响，有过一番奇异的描绘：

> 文字曾在印出的书中找到了一个收容所，它在那里能持有自律，而如今却被广告无情地拖到大街上，并且屈从于混乱经济中野蛮的他律。这是对其新形式的一种严格的培训。如若说文字为了最终在印刷的书籍中安睡，几百年前开始进入了逐渐躺下的过程，即从竖式的刻印文字到斜面书桌上的静止的手写体，那么，它现在又开始慢慢从静躺中站起……一个现代人在打开一本书之前，眼前便已落下稠密的暴风雪般的变化着的、色彩缤纷的、喧闹的字母，以致他进入书中远古宁静的希望变得渺茫。①

这段话显露出本雅明批判的姿态，图像化的印刷文字（广告招贴、标语等）全面地侵入城市空间，在灯火霓虹中站立，它带给人强烈的视觉刺激，以致逐渐远离书中远古的宁静。这番描绘也可作为数字复制时代的一则预言，眼花缭乱的标题、新奇的文字样态、层出不穷的文本推送，让现代人的注意力不但无法在同一时间内集中，也不会在同一阅读媒介上停留，目光频繁游移于电脑、电子书、纸质书、手机之间已是常态。陈定家在《网络思维：超越"深刻"的"浅薄"》中，将书籍诞生之后，人类思维所经历的由浅薄到深刻的革命概括为，"杂乱的有序化"和"碎片的完整化"两种特征，它代表着传统的工业思维。② 当进入数字复制时代，网络思维大行其道，我们的认知又趋向于碎片化、杂乱化，文字越来越屈从于经济生活的他律，与其说"喧闹的字母"妨碍人们进入书中远古宁静的世界，不如说，经济的锁链紧紧拴住了文化的咽喉，深入阅读带给人的精神慰藉日益被物欲的满足所取代。

然而，本雅明却从斯蒂芬·马拉美的晚年诗作《掷骰子》中体察到未来文学的真实样貌，这首诗的文字排列奇特，有时呈阶梯状，有时一行只有一个字，有时一页只有一个字。在本雅明看来，这一文字尝试，完全是从马拉美风格的内部诞生出来，诗人将"广告的图像张力"充分借鉴到"文字图像"（Schriftbild）当中，而此后达达主义者的文字实验，则是从文人精准的反应神经出发，故远远不如马拉美的尝试

---

① Walter Benjamin, „Einbahnstrasse", in: *Walter Benjamin Gesammelte Schriften IV*, Herausgegeben von Tillman Rexroth, Frankfurt am Mein: Suhrkamp Verlag, 1991, S. 103.

② 参见陈定家：《网络思维：超越"深刻"的"浅薄"》，《中国图书评论》2016年第9期，第87—91页。

意义深远。他还借此大胆预见了未来文字的发展趋向：

> 日益深入到新奇图像性之图像领域中去的文字，会一下子发现它与之适应的内容。诗人们，当他们开辟出不事张扬地产生文字结构的领域，即统计的与技术的图示结构，便会参与到图像文字(Biderschrift)中去，如同史前时代最早的文字专家。随着一种国际的变形文字(Wandelschrift)的创立，诗人们将要重新树立起他们在民众生活中的权威，并且找到一个角色，与其相比所有在修辞学上进行改革的抱负，都将证明是古老的法兰克人的白日梦。①

可见，本雅明对文字发展的预见，并没有止于印刷术对书籍传统形式的冲击，他不无敏锐地发现，随着印刷等相关技术的发展，文字与图像将合为一体，文字的图像化或图像的文字化，可以让诗人的地位重新树立起来，而文学的变革不再是修辞学上的，而是文字形态上的，仿佛是向文字诞生之初的一种回归。这一来自20世纪上半叶的设想，在我们当今的文学创作中已然被悄然印证，如2011年出版的《设计诗》，作者朱赢椿本身就是一名装帧设计师，他将诗歌用设计的手法制作呈现，书页上的富有诗意的图画，是经由放大、拆分、旋转抑或重复的文字构成，充分显示了作者对文字的感受，作者还将《设计诗》的手稿片段印在了"序"的部分，凌乱的图像中竟然有一张北京到上海的动车车票，票面上的手写体或许只有作者自己才能完全读懂，但它在视觉上给人一种冲击感，引人遐思，较之经某种软件设计出来的书页，更能表征文学的另一种可能。看来，印刷术的发展与革新，时刻流露出对手工复制时代誊术的回望和致敬，印刷体越富有个性，它就越接近手写体，从这个意义上说，誊写从未被边缘化，而是像幽灵一般紧随印刷的发展脚步，并使它不断地逼近自己的特质。

本雅明对书写形式的强调，让人联想到他的藏书理念。他酷爱收集书籍珍奇的版本，甚至将儿童类的插画书、精神病人写的书也纳入自己的收藏。他在1931年的随笔《打开我的藏书：一个关于收藏的谈话》(*Ich packe meine Bibliothek aus. Eine Rede über das Sammeln*)中，将藏书者与书之间的关系刻画为，不以使用价值

---

① Walter Benjamin, „Einbahnstrasse", in: *Walter Benjamin Gesammelte Schriften IV*, Herausgegeben von Tillman Rexroth, Frankfurt am Mein: Suhrkamp Verlag, 1991, S. 104.

为前提，书作为舞台、命运的剧场被研究和欣赏。他所看重的是关于书的那些细节：装帧、出版日期、出版地、先前的所有者，以及它们所勾连起的回忆、纪念与感想，相形之下，是否去阅读书中的内容，对于收藏者已不再重要。简言之，在本雅明那里，每本书都有它的命运，当中包含着它与藏书者的邂逅，因而，收藏的意义在于让事物获得新生，乃至复活一个旧的世界①，誊本中的印迹抑或印刷本中的印迹，这些细微之物，都因与观者的精神世界发生勾连而意义深远。20世纪的另一位嗜书如命的作家海莲·汉芙也有类似的体会，她在"爱书人的圣经"《查令十字街84号》中致信古董书商弗兰克，认为他赠书时另外写张卡片，而不直接题签在扉页上，有些过分拘谨了，其给出的理由是：在书页上写上字，不仅不会折损它的价值，反而会增添无可估算的价值。她尤其喜欢那种与心有灵犀的前人冥冥共读，时而戚戚于胸、时而被耳提面命的感觉。

印刷在数字复制时代，虽能带给人更为丰富的观看体验，它也借鉴了誊写的优长，力图呈现"个性化"的文本，可是有一点是印刷无论如何都不可及的，那就是誊写过程中所构筑的经验，它包括书写者的精神状态、周围的环境、纸张的质地、用笔与墨水，不一而足。呈现书写者内在灵魂的立体笔迹图像无从复制，自不必说在誊写过程中产生的心灵的涤荡，也正因为此，誊写的过程较之阅读传统书籍的过程，更能帮助人们抵达书中远古的宁静。许多人都只目睹机械技术对艺术、文学的推动，而本雅明从手工复制的边缘化，从书写文学对口传文学的取代中，看到了"灵韵"的消逝，他被一连串的"进步"惊得目瞪口呆，不得不背对"未来"，而面朝"过去"。因此，本雅明在《单向街》中对于誊写的阐释不是一个孤立的断片，它深深扎根在本雅明的思想体系当中，誊写美学是其机械复制美学思想的重要补充。

概言之，文字的复制较之艺术作品的复制，其最显著的特征是灵活而富有个性的书写形式；文字的手工复制——誊写，较之文字的机械复制具有不可替代的美学价值。首先，誊写者比单纯的阅读者能更深地领会文本，又可以通过誊写体察自己潜在的意。透过本雅明的笔迹学思想，誊写所保证的"文学文化"是一种与书写相

---

① Walter Benjamin,„Ich pack meine Bibliothek aus. Eine Rede über das Sammeln", in: *Walter Benjamin Gesammelte Schriften IV*, Herausgegeben von Rolf Tiedemann und Hermann Schweppenhäuser, Frankfurt am Main, Suhrkamp Verlag, 1991, S. 389－390.

关的文化,誊写在传承、沟通与创造书写经验方面具有不可替代性,誊本所解开的中国之谜指向笔迹图像,作为呈现人类本质与生活的微缩图像,笔迹的价值不容小觑,将其看作人类潜意识的图腾也不为过。其次,誊写术与讲故事的艺术在文学“灵韵”的保障方面有着异曲同工之妙:前者侧重书写下的笔迹图像,后者则侧重口传的经验内容。这两种“手工复制时代”的技艺看似平常,实则留给我们大量尚未充分认知的精神遗产,它们将“过去”与“当下”的经验融汇为永不消散的智慧,将生命与时代的印记都汇入作品当中,用生活构筑了“工匠精神”最丰满的肌理。最后,印刷术的发明为我们带来了异常丰富的阅读体验,也让我们进入书中远古宁静的希望变得微茫,找回誊写过程中的阅读体验,并通过誊本笔迹了解内在的隐秘感受,似乎已成“天方夜谭”。但是,在数字复制技术的飞速发展过程中,也充满了对“手工复制时代”誊写美学的回望与借鉴,它将手写的图像变为了数字的图像;尽管我们所体验到的,用约斯·德·穆尔教授在《数字化操控时代的艺术作品》中的话来讲,“是一系列原作的、光韵的副本”。最新的Kindle电子书的广告词为“还原纸质书的阅读体验”,或许在不远的未来会改为“还原手抄本的阅读体验”,然而它终究还是平面的。

蝴蝶：齐泽克的古代中国镜像

韩振江

（大连理工大学人文学部）

斯拉沃热·齐泽克(Slavoj Zizek)是斯洛文尼亚这个东欧国家走出来的当代哲学家、激进左翼思想家。这个介入西方文化中心地带的文化理论家，把他的哲学思路和思想触角伸向了中国。中国形象及其文化成为齐泽克在著作和访谈中不断论及的对象。齐泽克对中国的看法包括两个方面：一是对以儒道思想为代表的古代中国文化的感悟和阐释；[①]二是对以中国革命、毛泽东思想以及当代影视文化为代表的现代中国的思考。当前中国与西方的文化交流日益扩大和深化，而西方对中国的了解程度远远不及中国对西方的了解，其中一个原因是西方学者的某种无意识的认知构架或前理解限制了视域的开放性。齐泽克作为当代哲学家，他通过阐释“庄周梦蝶”和电影文本《M.蝴蝶君》中主体与他者之间的欲望关系形成，指出了人们感知事物需要有某种“幻象框架”，这两个与儒道有关的文化文本就提供了一个西方人感知中国的无意识框架——蝴蝶意象。虽然齐泽克抓住了理解和认知中的无意识架构，但他自己好像并没有超越这一幻象架构。我们研究发现齐泽克对先秦儒家和道家文化的解读，依然是通过蝴蝶这一他者镜像来理解的，这说明西方学者很难超脱于主体－他者、西方－中国的镜像关系来解读中国，以至于发生认知错位，甚至是误读。

一、“庄周梦蝶”：认同与幻象的理论

从明清开始，中国文化通过传教士开始向欧洲传播。17－18世纪，法国和德

---

① 齐泽克对古代中国的道家文化、儒家文化和法家文化都很感兴趣，其中先秦时期的儒家与法家的思想斗争是他关注的一个焦点。限于文章的篇幅，本文只论及他对道家和儒家文化的阐释部分。

国等欧洲国家普遍接受中国古代的文化和文艺,并把中国文化因素视为时尚之风。孔子、老子、庄子等的文化典籍在欧洲也广泛被翻译和研读。当代法国精神分析家拉康就被《庄子》中的梦文化所吸引。他在《精神分析学的四个基本概念》(*Four Fundamental Concepts of Psychoanalysis*)中引述了“庄周梦蝶”的思想,并通过庄子关于梦的思想创造性地阐释了弗洛伊德的梦理论。作为拉康再传弟子的齐泽克,把拉康关于蝴蝶梦的观点引用到了意识形态方面,从而产生了意识形态的镜像认同理论。

《庄子》的《齐物论》中说:“昔者庄周梦为胡蝶,栩栩然胡蝶也,自喻适志与!不知周也。俄然觉,则蘧蘧然周也。不知周之梦为胡蝶与,胡蝶之梦为周与?周与胡蝶,则必有分矣。此之谓物化。”[①]意思是庄周梦见自己变成了蝴蝶,在各处自在飞舞,梦醒后发现自己是庄周。不知道是庄周做梦化成了蝴蝶,还是蝴蝶做梦化成了庄周。庄周与蝴蝶有所分别。这种转变就叫做物化。

在庄周的现实与蝴蝶梦之间有一种对立,也就是庄子所谓“庄周与蝴蝶有别”。在现实与梦境的关系上,弗洛伊德认为现实是真实的,人在现实中无法实现的或无意识的欲望在梦中可以得到想象性的满足。但是,拉康对庄周梦蝶的解读却突破了弗洛伊德的梦理论。拉康重新解读了“烧着的孩子”的梦。一个父亲守护在病死的孩子身边,尸体四周点着蜡烛。父亲睡着了,梦见孩子用力摇他的胳膊,埋怨说:“爸爸,难道你没有看见,我被烧着了。”父亲惊醒后发现一只燃烧的蜡烛烧着了孩子。弗洛伊德的经典释梦理论认为,梦的功能之一就是维持睡眠,现实世界的外部刺激比如铃声、敲门声、烟味等被梦中的场景演化了或者化解了,成为继续睡眠的一个理由。当外部刺激过量时,人才会从梦中醒来。弗洛伊德的理论有它的科学性和合理性,不过拉康却给予了相反的解读。拉康认为,这个父亲睡着后做梦的确是为了避免外部刺激,但是当他在梦中遇到自己被烧着的儿子时,他遭遇了他欲望的实在界(the Real),暗示了父亲的犯罪心理和对儿子的愧疚。此时他盼望醒来以逃避内在欲望的黑洞,否则他心里就会难以承受。在拉康看来,对于难以忍受实在界逼迫的人来说,现实无疑是一个梦境。所以,齐泽克指出:“‘现实’是幻象建构(fantasy-construction),它使我们能够遮蔽我们的欲望这一实在界(the Real of our

① 陈鼓应注译:《庄子今注今译》(上册),北京:商务印书馆2014年版,第109页。

desire)”[①]

齐泽克认为，与这个孩子被烧着的梦一样，庄周梦蝶也说明了拉康精神分析学的一种重要理论，即幻象理论。齐泽克指出，现实中的庄子梦见自己变成了蝴蝶，而我们真正捕捉到的信息是梦中的蝴蝶梦见自己变成了现实中的庄周。庄周梦蝴蝶与蝴蝶梦庄周，并不是对称关系。齐泽克认为：“当庄子认为自己是梦见自己变成了庄子的蝴蝶时，在某种程度上他是对的。蝴蝶是客体，它构成了他的幻象－身份(fantasy-identity)的框架、中枢。庄子－蝴蝶的关系可以写成 $\$\Diamond a$。在符号性现实(symbolic reality)中，他是庄子；但在欲望这一实在界中，他是蝴蝶。当蝴蝶，是他在符号网络(symbolic network)之外的实证存在(positive being)具有的完整一致性。”[②]也就是说，蝴蝶，是庄周现实生活统一性的锚定点，拉康和齐泽克如是说。现实中的庄子一直在思考如何摆脱物役，身体和精神都到达自由状态。自在飞舞的蝴蝶就是庄子可以统一自己生活世界的一个象征物，即幻象，没有这个幻象，渴望逍遥游的庄子就飞翔不起来了。

其实，庄子蝴蝶梦的意思与拉康的理论有点儿类似之处，都是在讨论现实与梦境何为真实的问题，也是在探讨人生是谁的问题。不过，庄子更清晰的表述是在《齐物论》的另外一段：“梦饮酒者，旦而哭泣；梦哭泣者，旦而田猎。方其梦也，不知其梦也。梦之中又占其梦焉，觉而后知其梦也。且有大觉而后知此其大梦也，而愚者自以为觉，窃窃然知也。”[③]庄子的意思是梦见饮酒作乐之人，醒来可能痛哭；梦里哭泣的人，醒来可能围猎。因为他在梦里的时候不知道是在做梦。梦里面还会做梦占卜吉凶，醒来后方知是在做梦。人清醒而大彻大悟时才知道人生不过一场梦，而愚笨者自以为清醒，好像什么都知晓了。庄子的意思是梦中不知梦，梦醒方知梦之虚幻，人生如同梦一样虚幻，但正是在梦中所以很多人不知道。这里现实与梦境的悖论，被拉康引申为人如何在梦、现实与欲望之间确定自我何为的问题。人如何知道自己不是在做梦？换言之，人如何像庄周一样确定自己的“现实感”——确定生活的现实真实性？拉康和齐泽克认为，人就像庄子一样，需要确定一个对象

---

① 斯拉沃热·齐泽克：《意识形态的崇高客体》(修订版)，季广茂译，北京：中央编译出版社 2014 年版，第 46 页。

② 同上书，第 47 页。

③ 陈鼓应注译：《庄子今注今译》(上册)，北京：商务印书馆 2014 年版，第 102 页。

a,即在欲望的实在界中能够止住梦游的事物或形象。对于庄周来说,就是自由、逍遥的蝴蝶。对于我们是什么?所以,齐泽克认为,每个人乃至于民族、国家、政权、意识形态都需要一个对象a,在我们的欲望屏幕上出现了某个物,当它成为我们的目标,那样我们的欲望拥抱这一对象,就成了幻象,而幻象则是我们现实存在感的支撑物。幻象是人现实感获得的必由之路,也是人们现实世界的统一性形成的原因,所以幻象公式又被称为人的欲望对象的成因。换言之,人的欲望内容是空的,需要人填充进去某个他者之物。

庄周梦蝶以及庄子的梦理论实际上充当了拉康和齐泽克精神分析主体理论的一个镜像。二者之间具有一种同构性,同时庄子的梦理论成为拉康和齐泽克思考的镜像他者。也就是说,只有在庄子这里看到理论反射之后,他们才能确定自己的理论有效性。这种主体(西方)—他者(中国)的反射关系,在齐泽克分析"典雅爱情"中主体与他者关系时再一次出现在他的文本中。

二、《M. 蝴蝶君》:主体与他者的欲望镜像

齐泽克通过中世纪的"典雅爱情"(Gentle love)、《危险的关系》(*Les Liaisons Dangereuses*)、《哭泣游戏》(*The Crying Game*)和他称之为"'臭名昭著的游戏'来到东方"的《M. 蝴蝶君》(*M. Butterfly*)等文学和电影文本探讨了爱情中主体与客体(他者)之间的力比多机制。他认为,典雅爱情是后来各种爱情变体的基本架构,其内在机理就是主体与他者的不对称认同关系。笔者认为,这一主体与他者认同的辩证关系也是齐泽克观看和理解中国的深层理论视域。典雅爱情是中世纪骑士对于作为女主人的贵族妇女的精神恋爱。这种恋爱不以肉体欲望为目的,希望通过精神恋爱提升骑士的道德和宗教境界,是一种纯粹的精神恋爱。在齐泽克看来,在这样的爱情游戏中,骑士与贵妇人之间不是对等的主体与主体关系,而是一种不对称的主体与他者的关系。贵妇人在骑士眼中不是高贵的、温柔的、可爱的女人,而是冰冷的、不可理喻的、无人性的伴侣。贵妇人常常为骑士设置各种难以企及的目标,使得他们不可接近爱慕对象。"贵妇人是他者,而不是我们的'同一类人',也就是说,她是这样一种人,同她之间没有任何感情是可能的。这个创伤性的他性是拉康通过弗洛伊德的(大写)物的概念指明的东西,它是一个'总是返回它的位置'

的物一实在、抵抗象征化的硬核。”①

在这里齐泽克引入了弗洛伊德的升华（sublimation）概念，即在爱情中神秘化和崇高化对方。拉康认为，升华就是一个普通对象上升为不可能物的位置，方式是设置障碍，使得对方成为禁止之物，从而阻止主体接近对方。在齐泽克看来，贵妇人在骑士的眼中，就由普通女人上升为不可能的神圣的女人—原质（women-Thing）。这一升华的目的不在于提高女人的“价格”，而在于一旦某个妇女成为女人一原质的话，那么骑士（主体）心理能量就会围绕着这个黑洞组织起来，欲望得以产生。所以，把普通物提升为不可接近的神圣物，主体把神物视为绝对的他者，他者在主体的内在欲望中占据了对象 a 的位置，于是欲望辩证法得以实现。

对于欲望辩证法，齐泽克用尼尔・乔丹的《哭泣游戏》来说明。福格斯爱上了死去的黑人朋友的“女友”迪尔，但迪尔一直拒绝福格斯的爱。经过漫长的追求，迪尔终于接受了福格斯，但福格斯却发现迪尔是一个男人，一个同性恋异装癖者，这令他难以忍受。此时，迪尔发现自己无可救药地爱上了福格斯，爱人与被爱者的关系颠倒了。齐泽克认为，迪尔在福格斯面前一直扮演着冰冷得不可能的贵夫人形象，但突然他转化为了绝望的仆从形象，这才是爱的出现时刻。爱情辩证法的产生就在于对象上升为神圣之物，从而变成障碍重重。爱一个人意味着在他/她身上有某种我需要的东西，但是被爱之人却不知道是什么，因为我不能把我所没有的东西给予对方。被爱者逃避僵局的办法就是把爱的空虚以同样的方式回报给对方，这时被爱者转化成了爱人。这就是齐泽克所谓的欲望辩证法的不对称性质。爱因为把对方视为间隔和分裂的他者而建构，因为过于接近他者，使得他者变成主体而分崩离析。

对此，齐泽克通过《M. 蝴蝶君》，进一步阐发了主体与他者（另一主体）的欲望关系。蝴蝶君是歌剧《蝴蝶夫人》的摹仿文本，但同时也是《臭名昭著的游戏》的摹仿文本。不过，蝴蝶君的故事却是真实发生在法国驻中国使馆官员与中国的男演员之间的爱情故事。著名华裔编剧黄哲伦（David Henry Hwang）根据那场著名的审判写成了戏剧《M. 蝴蝶君》，后来又被戴维・柯南伯格（David Cronenberg）导演

---

① 斯拉沃热・齐泽克：《快感大转移——妇女和因果性六论》，胡大平等译，南京：江苏人民出版社 2004 年版，第 113 页。

改编成了电影《M.蝴蝶君》，这两个作品都大获成功。齐泽克对此非常感兴趣，把典雅爱情的欲望机制与《M.蝴蝶君》中的爱情进行了对比研究，发现两者具有同构性，并依此辨明了主体与他者的欲望关系。

《M.蝴蝶君》讲述了法国外交官爱上了一个貌美的中国"女演员"，他称之为"我的蝴蝶"，后来他调离中国。不久，她为他"生下"了一个男孩，于是外交官经过一番努力终于与中国妻儿在巴黎团聚。然而，他们却以间谍罪被官方审判。在监狱里，她脱下了女人的衣服，以男人的面目向他表白"我在这里，你的蝴蝶"。外交官不堪真相的打击，在装扮为蝴蝶夫人的表演中自杀身亡。齐泽克说，这一电影文本与政治关系不大，试图把它视为政治斗争意象的解读是错误的，同样把它视为男扮女装的欺骗感情也意义不大，因为他们双方都是怀着真挚的感情。那么，蝴蝶君到底讲述了什么样的秘密令齐泽克大为着迷？这就是欲望中主体与他者的辩证关系。从表面上看，外交官好像是爱错了人，把一个同性恋男人误认为是像蝴蝶夫人那样悲情、温柔和牺牲的东方妇女。实际上，蝴蝶夫人是他欲望中的幻象对象，把男主人公放置在蝴蝶夫人神圣位置上，才产生了欲望。这就是说，M.蝴蝶君越是保持神秘的距离和不可能性，那么就越能赢得外交官的爱情，因为他的欲望动力就在于把普通女人升华为神圣的女人—原质。这无疑是一种镜像中的误认，而且是主观的误认。可是，当蝴蝶君转化为一个男性爱人的时候，他退却了。爱情没有变化，对象没有变化，变化的是欲望的结构。齐泽克指出：中国人脱掉衣服向外交官绝望表白的时候，"他把自己设想为男主人公对神秘的东方女人的幻想架构之外的他自己"①。也就是说，他以为外交官爱的是真实的他，而不是娇艳温柔的女性幻象。此时，外交官退却了，面对真实的爱人，他拒绝回应，不是因为欺骗，而是因为欲望已经失去了动力——他者幻象。最后，男主人公像蝴蝶夫人那样唱着"美好的一天即将来临"在狱中自杀，为自己不敢接纳真实的爱人，不敢面对实在界的真相而赎罪。"在每一个案例中，男主人公都对他的爱恋对象产生了精神病的认同，认同他的征兆人（sinthome，不存在的妇女的人造形式'蝴蝶'）。也就是说，他从对象选择倒退到对对象的直接认同……通过他的自杀行为，男主人公补偿了他的罪行，

---

① 齐泽克：《快感大转移》，胡大平、余宁平、蒋桂琴译，南京：江苏人民出版社2004年版，第135页。

补偿了当对象在幻象框架之外提供给他时，他对对象的拒绝。”①

从典雅爱情到《M. 蝴蝶君》，齐泽克都说明了一个道理：主体的欲望建构于对某个幻象的追求，而成为欲望对象的主要原因在于该对象不是现实中真实的对象，而是主体镜像中的他者。正是由于存在间隔和距离，所以对象才会成为主体欲望的投影和投射。一旦真实对象以实在界的真相出现在主体面前，可能会导致内在自我和外在世界的统一性的崩溃。换言之，主体的欲望构成依赖于不透明的、神秘的他者，这个他者只要能够构成主体的欲望就行了，而不在于该对象是否主体化，是否让对象自己说话。因为一旦他者转变为另一个主体开口说话，那对于主体的幻象来说，就是毁灭性的打击，而主体一旦失去幻象，就会导致整个现实感的崩溃。

至此，我们已经通过齐泽克对庄周梦蝶和《M. 蝴蝶君》的分析得知，主体与他者的镜像投射和认同关系，是主体建构自我现实的唯一途径。这一建构与真实的对象毫无关系。这一模式难道不是一些西方汉学家、西方哲学家、西方美学和文艺学家对中国的认同模式吗？他们从自己的哲学和文化视域出发，把中国文化和形象看作西方文化的他者存在。中国存在的价值就在于成为西方文化的镜像投射之物，成为西方价值的反射物，而根本不看真正的中国是什么，也难以接受中国从他者转变为主体，来讲述中国自己的故事。一旦中国展示了真实的状况，恐怕有些西方中心论者的文化幻象构架会受到严重的打击。

三、儒家文化：意识形态镜像

齐泽克对古代中国的政治文化有着浓厚的兴趣，特别是春秋战国时期儒家文化与法家文化的辩论。他指出，春秋战国时期，中国周朝所建立的政治等级体制和礼乐制度已经分崩离析，儒家和法家等诸子都在寻求解决社会分裂和矛盾的途径，不过儒家和法家开出的政治药方却是不同的，或者说是针锋相对的。他从精神分析的意识形态角度对儒家文化做了一番解读。

面对春秋时期社会的分裂，孔子选择了倒退回周及其以前的“黄金时代”，努力恢复过去的礼乐传统和等级制度。齐泽克认为，孔子感兴趣的不是形而上学的哲学真理，而是和谐的社会秩序，即“君君臣臣父父子子”。《论语·颜渊》中说：“齐景

---

① 齐泽克：《快感大转移》，胡大平、余宁平、蒋桂琴译，南京：江苏人民出版社 2004 年版，第 136 页。

公问政于孔子,孔子对曰'君君,臣臣,父父,子子。'公曰'善哉!信如君不君,臣不臣,父不父,子不子,虽有粟,吾得而食诸?'"①这里的意思是君主做事情要恪守君主的名分,臣子做事要符合臣子的名分,父亲要做得合乎父亲的名分,儿子要做得合乎儿子的名分,君臣父子各安于其位,各承其责,而各当其名分,如此则克己复礼,社会各阶层各得其所,各安其位。齐泽克指出,在孔子的时代这种理想社会秩序已经不复存在,"当时美好的传统已经没落,处于礼崩乐坏的时期,社会的有机联系被瓦解了,词与物、个体与名分(或社会角色)之间的分裂不断扩大"。② 面对已经失去的稳定的等级秩序,孔子选择了再造礼乐传统,不过齐泽克指出孔子眼中的传统及其努力都是一种意识形态的幻象。

齐泽克认为,孔子所追求的"君臣父子"理想社会秩序属于意识形态的零度表达,换言之,是不可实现的意识形态幻象。这一理想社会秩序的实现需要有一个更高的无名权威来予以保证,这就是天或天命。齐泽克认为,孔子的天是一种不以人的意志为转移的客观力量,一种安排人们生活秩序的自然规律。"天是一种有目的的至高存在,它规定了更高的万事万物的自然秩序,并使之按照固定的周期和模式运行。"③天通过命或者命数来干预和统治人类社会。天道的根本目的是给人类社会以福祉,为了幸福的实现,天将这一无上任务委派给某个人或统治者,使之用公义或正义去统治其他人。统治者必须以人民的福祉(即施以仁政)为根本,如果统治者没有达到这一点,或者逆天行事,那么天就会抛弃他,另外选择能够给人类福祉的统治者。

以上齐泽克对于孔子儒学的理解,在大体上是正确的。不过有两点存在差异:第一,齐泽克把孔子的天或命观念与后来汉代的天命混淆了。齐泽克所表述的天命实质上是董仲舒所建立的天道或者道统,而不完全是孔子政治哲学中的道。在孔子的思想中,天、命不是商周时期的人格化的天帝或者神了,他把天、命等给公义化了、道义化了。天命在孔子看来,与其说是高于人类的人格神,还不如说是仁义之道的应然责任。或者说,孔子是先秦由命而道的哲学家。第二,齐泽克认为,天

---

① 黄克剑撰:《论语疏解》,北京:中国人民大学出版社2010年版,第252—253页。

② Slavoj Žižek, *Living in the End Times*, London, New York: Verso, 2010, p. 12.

③ Ibid., p. 12.

命或天数就是意识形态的大他者(the Other)。大他者是精神分析学的概念,是人类自我认同之时与小他者(the other,指父母、同伴、朋友等)相对的大写的他者,这个大他者可以指代父亲、领导、社会权威、权力、上帝或神等权力一话语的社会秩序。如果把天命看作是一种道统或天道,那么它的确有齐泽克所说意识形态大他者的作用,它对人有一种塑造作用。不过,我认为,天命或天数主要针对的是统治者或知识分子,而不是一般民众。

齐泽克认为,作为大他者的天命授权给予了某个遵循天意的人,这个人就是孔子。孔子把礼崩乐坏的原因视为名与实混乱,掌权者和处于从属地位的人都不安分地僭越自己的身份。那么,改革的方式就是名与实相互符合,每个人都应该在他必须待着的位置上,扮演特定的角色。这就是孔子所谓的"君臣父子"和"名正言顺"。在齐泽克看来,"正名"就是行动与名分相互一致,也就是把名分给予某人,某人必须通过行为践行等级秩序所赋予的角色。齐泽克把孔子的正名称为"阿尔都塞式"的意识形态质询过程。"儒家在这里提出一种原始的阿尔都塞的意识形态质询程序:意识形态大他者(传统),体现为意识形态国家机器(礼仪),质询个体,直到个体的生活和行动相互一致,他们的名分与实际相互符合为止。"①换言之,齐泽克认为孔子的非礼勿视、非礼勿听、非礼勿言、非礼勿动等是一种严格的礼仪规定,有时候尽管我们遵从了礼仪,但是内在体验和情感并不认同。

其实这里依然存在齐泽克对孔子的隔膜和误解。孔子所谓"礼与仁"必须结合起来看,仁以亲孝为大,礼不过是孝悌的自发情感的自然表现,而不是一种独立于情感的外在规定。孔子就曾说过,治丧人与其虚礼,宁要悲戚的情感。其次,阿尔都塞的意识形态质询是社会意识形态比如宗教和学校对个体的一种压迫式的外在的质询,个人被迫认同某一社会位置。而孔子的正名和君臣父子则具有一种内在情感认同,礼制是由内在自发情感上升而成的社会理性。同时,意识形态秩序要把每个个体都质询为意识形态主体,没有例外。但是孔子的仁义及其担负仁义的君子却不是普通个体所能够担负的。在孔子的哲学中,有担负道义的君子,同时也有安于个人生活的"小人",孔子并不要求人人都成为君子。所以,齐泽克把孔子的正名思想看成阿尔都塞的意识形态质询有他的道理所在,同时也有误读之处。不过

① Slavoj Žižek, *Living in the End Times*, London, New York: Verso, 2010, p. 13.

作为一个西方文化中的哲学家,这种理解和误读也在所难免。

齐泽克对庄子、孔子等先秦诸子文化进行解读,并把拉康欲望理论与描述东方爱情的文学艺术结合起来,这一切既表明中国形象及其文化对西方人具有巨大的吸引力,在他们的眼中是具有古老文明的神秘之地;又表明齐泽克等有意无意从西方中心论观点来看待中国,对中国文化和现在状况存在一定程度的误解和误读。这种情况既是其理论视域的优点,也是其缺陷,就如同巴赫金所言的每个人都有其"超视性",同时也看不到自身的缺陷。齐泽克认为,斯洛文尼亚(扩大言之就是巴尔干半岛)之于西欧,就是边缘与中心、他者与主体的关系。作为欧洲中心的西欧把巴尔干半岛国家视为某种文明的缺失,也就是他们作为主体的镜像他者。齐泽克认为,主体要确认其主体性,就必须找他者进行反射和反观自身,这就是主体与他者的镜像关系。斯洛文尼亚等国的东欧文化之于西欧文化,就是一种反射性的他者镜像。同样道理,中国在西方人眼中,是古老而神秘的文明之地,同时又是存在各种问题的发展中国家。中国形象既是美丽的,又是不可理解的,就像神秘而翩翩起舞的蝴蝶。齐泽克说:"蝴蝶这一概念在罗伯特·舒曼的世界中处于核心地位……蝴蝶不只是脆弱的转瞬即逝的美的隐喻,而且也指涉了幼虫与蛾的对立:幼虫是尚未发育完全的形式,蛾则是夜晚的蝴蝶。"①所以,笔者认为,齐泽克眼中的中国文化及其想象,就是像蝴蝶一样的作为西方文化对应物的他者镜像,而不是真实的中国故事。

换言之,尽管齐泽克等西方学者在努力了解和接近中国,但由于其自身理论视域和西方文化中心论的影响,他们在无意识中认为中国文化及其形象是作为西方反射和反观的他者而存在的,也就是说是一个神秘而不可理解的蝴蝶镜像。笔者认为,要改变西方人的看法,首要在于向他们展示真实的中国和讲好中国故事。

① Slavoj Žižek, *The Plague of Fantasies*, London, New York: Verso, 1997, p. 267.

第五篇

中国思想的西学转换

“语言学诗学”视野中的民间文化问题

张　冰

（北京大学俄罗斯文化研究所）

20世纪足可以称为语言学的世纪。语言作为先在物的研究，对20世纪的人文学界产生了重要的影响，甚至有20世纪的西方人文科学言必语言学一说。始于20世纪初的俄国形式主义文论以强调存在于语言形式之中的文学性等文学的内在属性对后来的结构主义、符号学、英美新批评派等西方文论具有重要的意义；芝加哥大学比较文学教授苏源熙认为，世界文学研究可能可以更多地依靠翻译，比较文学研究则必须要懂外语，把握语言、言语意义。而主张“语言位于文化源头”的俄罗斯文化学家利哈乔夫则直言，“语言不只是交际工具，它还是文化的精华”，民族语言是“整个民族文化的代数式”①；“要想从事文学研究，起码要懂得一点语言学知识，只有能体会文本的隐秘含义，懂得整篇作品的内涵，而不是个别词语的意思，才能对文本进行合理的诠释与分析”②，因此，论及西方诗学中的中国问题，特别是寻求一种对话，旨在开掘通过汉学研究认识我们自身，思考自身问题的解决之道，“语言学诗学”便自然地走进了我们的视野。

汉学是“关于中国文化体系的学科……简言之，汉学是关于历史、哲学、社会学和所有其他中国文化领域的学科。中国文化是由汉语以至今可闻的生动的口传言语和以其他阶段，特别是从我们至今陌生的远古时代不断地走向我们的可见的书面语言表达而成”③。早在20世纪初，俄罗斯汉学家阿列克谢耶夫（B. M.

---

① Лихачев Д. С. *Раздумья о России*，Издательство：Logos，1999，c. 505.

② 德·谢·利哈乔夫：《善与美书简——致青少年读者》，谷羽译，桂林：广西师范大学出版社2017年版，第232页。

③ B. M. Алексеев *Рабочая библиография китаиста：книга руководств для изучающих язык и культуру Китая* / ИМЛИ РАН；Библиотека РАН. СПб. ：БАН，2010，c. 22.

Алексеев，1881—1951）院士对何谓汉学的阐述一方面说明了语言与文化间紧密的联系；另一方面也反映出在阿列克谢耶夫、李福清（Б. Л. Рифтин，1932—2012）院士等为代表的俄罗斯汉学民间文化研究中，俄罗斯文论中的语言学诗学倾向深深地渗透其中，俄罗斯汉学的民间文化研究以其“语言学诗学”的独特视野展示出了中国民间文化“异质”语境中的独特图景之一。

“同那个时期整个世界的东方学一样，俄罗斯汉学同样以语文学研究为基础。”[①]关于语文学有诸多的理解，俄罗斯的学术概念是：语文学是“……17－18世纪形成于研究古代文化的科学（语言、文学、历史、哲学、艺术及其相互联系）。随着具体学科的分化，语文学概念的含义发生了改变，人们把语文学看成研究体现在语言和文学创作中的民族文化的诸学科的总称”[②]。显然，语文学的研究核心由古代文化发展到了民族文化，同时，对于语言和文学作为其涵盖诸学科的主要载体和表现形式的强调，其作用的重要性得以突显。以此为基础的俄罗斯汉学民间文化研究，发展到20世纪阿列克谢耶夫建立的“新汉学”，“也就不令人意外地，在学术上比起沙畹（E. Chavannes，1865—1918）的法国考古学派，更接近20世纪前半叶的俄国形式主义与语言学训练的文艺分析”[③]。

一、形式主义的语言学诗学与中国民俗、年画

1914年俄国形式主义派的代表人物什克洛夫斯基（В. Б. Шкловский，1893—1984）《词语的复活》的面世被认为是俄国形式主义形成的标志。他们集体出版的第一个文集便是《诗的语言论集》（1916）。当时，以探讨“诗歌语言和日常语言的区别、体裁和风格的产生及其演变原因”为切入点的彼得堡诗歌语言研究会尚未正式成立。1923年，俄国形式主义三大主将之一的迪（蒂）尼亚诺夫（Ю. Н. Тынянов，

---

① П. Е. 斯卡奇科夫：《俄罗斯汉学史》，В. С. 米亚斯尼科夫编，柳若梅译，北京：社会科学文献出版社2011年版，第409页。

② А. М. 普罗霍罗夫主编：《苏联百科词典》（1980年版），北京：中国大百科全书出版社1986年翻译出版，第1552页。

③ 陈相因：《俄苏东方学之跨学科文艺批评与比较文学方法：论阿列克谢耶夫的〈1907年中国纪行〉》，《中国文哲研究通讯》第二十三卷第二期，第11页。

1894—1943)在《诗歌语义学问题》(后更名为《诗歌语言问题》)①里分析了“作为诗歌结构因素的节奏”和“诗歌中词的意义”,阐明了诗歌语言特征、节奏和意义等诸多诗学语言问题,并且在一定意义上对文学作品的所指——“材料”进行了语言学概念上的“语言和词”的界说。特别是其强调的“日常生活主要通过言语与文学联系”等论点,为“文学语言与日常语言不同”(文学语言特质)后来成为形式主义的核心理念奠定了基础。因此,就语言学诗学意义而言,形式主义的贡献之一在于,意在突破将言语作为工具的传统的言语观,强调构成文本的词的意义、结构、功能等的主体价值。其在俄罗斯汉学民间文化研究理念和实践中的深刻体现,亦反映出20世纪俄罗斯文论的建构发展和对中国问题研究的折射。

作为大众通俗文化的中国民间文化,诸如:民间年画,民间文学(俗文学、民歌、传说、谚语、戏曲、评书)乃至人们的日常生活方式等表现形式都受到俄罗斯汉学家的关注和研究,而这首先源自于他们对语言的倚重,尽管其中很大的因素仍然是“文以载道”的语言的工具性,但是其实质却是对语言与文化间的关系、与文化理解之重要的认知。俄罗斯首位本土从事中国研究的汉学家和汉语言学家罗索欣(О. К. Россохин,1717—1761),1729年以第二届俄国东正教使团成员身份被派往中国后,在北京“积累了关于中国日常生活和中国文化的知识……”1741年回国讲授汉语时,他不仅向学生教授文法,而且给他们讲“中国人的待人接物……”“他知道,没有生活知识、日常经历,离开中国现实社会的诸多方面,很难学到语言”②。阿列克谢耶夫更是直言:“不学习文化,就不可能学习语言。二者之间存在着完整的一体关系:学习语言,是为了研究文化,因为只有掌握语言的人才能够理解文化。研究文化是为了学习语言,因为语言是文化的反映。”③“汉语知识是打开整个汉语世界的钥匙。”④

---

① Ю. Н. Тынянов, Проблема стихотворного языка//*литературный факт*, М.,《Высшая школа》, с. 23—109.

② 参见П. Е. 斯卡奇科夫:《俄罗斯汉学史》,В. С. 米亚斯尼科夫编,柳若梅译,北京:社会科学文献出版社2011年版,第53—55页。

③ В. М. Алексеев, *В старом китае. Дневники путешествий. 1907 г.*, М., Изд. вост. литературы, 1958. с. 30.

④ П. Е. 斯卡奇科夫:《俄罗斯汉学史》,В. С. 米亚斯尼科夫编,柳若梅译,北京:社会科学文献出版社2011年版,第409页。

俄罗斯汉学家由此开始了语言学诗学视野中审视中国民间文化的重要旅程。“阿列克谢耶夫认为用语言学方法研究民俗是他的贡献。”①

其一,“语言即生活”。

阿列克谢耶夫在汉学民间文化研究中特别重视语言词汇的作用,他甚至早在欧洲求学时就至少学习过四位语言学家的课程:梅耶(Antonie Meillet)教授、院士讲授的“社会因素影响的语言结构”,亨利(Victor Henry)教授讲授的“比较语言学”,帕西(Paul Passy)教授讲授的“现代语言学比较研究中的语音理论”,鲁斯洛(Rousselot,1846—1924)教授讲授的“实验语音课程”,并且向汉学家学习过汉语语音理论。在阿列克谢耶夫看来,汉字是种特殊的语言,词汇由象形字组成,稳固不变。这与迪尼亚诺夫所说,俄语的词是抽象的,“词没有一个确定的意义”②显示出汉俄语言词汇的不同特征,但是这并不影响他们对语句意义的一致认同。迪尼亚诺夫说“句子之外的词是不存在的”③,阿列克谢耶夫认为,看不懂句子,就发现不了任何想要的特点,“口语中的一切都决定于字在句子中的位置”④。因此,正如迪尼亚诺夫主张的,文学研究的要点是文学材料,意即“语言和词”以及“结构原则”是研究的核心,或者说作品就是超结构的语言,语言就是目的本身;阿列克谢耶夫强调的也是:这种词汇形式(包括节奏、风格等)和它的意义一样重要,词汇即意义,“中国人的才气是随着形式的消失一起消失的”,“言语节奏是其内在的生命,是无法用语法解读的音乐,构成了其内部神经和风格基础”。⑤ 汉语韵律的魅力,用中国民间说唱艺术研究专家、俄罗斯著名汉学家斯别什涅夫(司格林,Н. А. Спешнев,1931—2011)的话说:早在童年时代“我就感受到了中国童话歌谣那奇妙的韵律”⑥。

---

① 班科夫斯卡娅、李福清:《俄国汉学家阿列克谢耶夫院士及其华北之旅》,参见瓦·米·阿列克谢耶夫:《1907年中国纪行》,阎国栋译,昆明:云南人民出版社2001年版,第16页。

② Тынянов Ю. Н. *Литературный факт* // Составитель О. И. Новикова. М., Изд. «Высшая школа». 1993. с. 54.

③ Там же, с. 55.

④ В. М. Алексеев, *В старом китае. Дневники путешествий. 1907 г.*, М., Изд. вост. литературы, 1958. с. 198.

⑤ Там же, с. 197—198.

⑥ 司格林(尼·斯别什涅夫):《北京——我童年的故乡》,于培才、刘薇译,北京:东方出版社2006年版,第50页。

其二，“他明了汉字之实情……”

阿列克谢耶夫的学生列·扎·艾德林（Л. З. Эйдлин，1909—1985）曾说：“他明了汉字之实情，相信自己的才智及经验。”[①]他认为：“一个欧洲人，如果对中国的认识始自与普通人的日常交谈，而没有见过汉字，那他一点都理解不了伟大而强盛的中国文化。”[②]

在圣彼得堡大学东方系学习期间，阿列克谢耶夫曾到艾尔米塔日博物馆帮忙整理中国钱币藏品。当时中国人挂在脖子上的钱币护身符上的图案和题字最早引起了阿列克谢耶夫对中国民间文化习俗和宗教的极大兴趣。“他成为第一个中国文化学家，依靠亲身观察的论据、翻译及亲自收藏的材料对传统文化进行了总体研究。他的视野中有许多从前被人忽视的领域，如：他为补充护身符这一研究课题收集的中国民画。”[③]

“每个民族的文化都独具特色，如果从表面上思考这些文化，可以说，埃及文化的特点是对死后生活的崇拜，希腊文化崇拜美和艺术，罗马文化崇拜国体和法律，中国文化的特点则是崇拜文字和文学。”[④]阿列克谢耶夫以他1907年在中国沿大运河旅行到达兴济时，在路上看到了烧纸的香炉等事例来说明这一点，他认识到，中国人相信他们的文字是由古代圣人发明的，写有祖辈圣人和君子创造的文字的纸张是神圣的，因此他有意把中国人烧纸（纸钱）送给亡灵解读为是人们对写有文字的纸的敬畏。

阿列克谢耶夫的这些见地首先表现在他对中国民间丰富的日常题铭、节日里的对联，包括桃符和护身符等的重视。他列举出旅行中记录的很多题铭，特别是城市街道上的各种题字、招牌，如，郎中面前牌子上的字“妙手回春”，算命的牌子上写的“神机妙算”等，说明只有这些题铭描绘出了现实的中国，也是这些题铭使得中国的街道成为一门复杂的学问。他敏锐地注意到，中国是一个楹联的国度，在俄国所有不贴字的地方，在中国都贴着对联，中国的普通民众，即使是文盲都不仅喜爱这

---

① 姆·维·班科夫斯卡娅：《谈谈我的父亲》，张冰译，《国外文学》1991年第4期，第251—252页。

② В. М. Алексеев，*В старом китае. Дневники путешествий. 1907 г.*，М.，Изд. вост. литературы，1958. с. 144—145.

③ 姆·维·班科夫斯卡娅：《谈谈我的父亲》，张冰译，《国外文学》1991年第4期，第248页。

④ В. М. Алексеев，*В старом китае. Дневники путешествий. 1907 г.*，М.，*Изд. вост. литературы*，1958. *с*. 301.

些楹联，而且深谙其意。探寻中国文化的底蕴需要的正是回归这些民间文本，回归语言诗学之中。

“好似日常题铭的注释说明”，同时也是“作为文字补充”[①]的年画成为阿列克谢耶夫汉学民俗研究领域重要的一面。他通过解读年画上经常借助汉字的同音异义特点而使用的一些双关语，揭示出年画的寓意。譬如：年画上寿星骑的“鹿”和高官厚禄的“禄”同音，蕴含祝愿升官发财之意；年画上两个长得一模一样的孩童，一个手举锦盒，一个手托荷花，是取“合和”之意，也是同音异义的美好祝愿。阿列克谢耶夫认为，这些让他苦恼了几年的问题都是在从语言学的视角切入后才得以解决。而谚语、寓言、话本、神话、传说、故事这一切源自口头言语的民间文化形式都在年画中得以体现，对其解读也自然要回到言语自身。因此，他在对搜集的两千余幅年画加以辨识与源流考辨时，着重对其中出现的俗语进行了考证，譬如，他曾详细地列举出祈财的各种套语等。在他对在曲阜买到的“三星图”年画所作的详细描述中，将其比作俄罗斯的圣像画[②]，但是却未将神性作为重心。在阿列克谢耶夫看来，这幅画的文字是第一位的，画的核心是“文字”而非圣者。[③]

也是从语言学诗学的角度，阿列克谢耶夫认为象形字使中国文化分成了由古典文献体现的高雅文化“大文化”与表现为民俗诸种民间形式的“小文化”，他认为这两种文化是统一和相互作用的整体，它们都在“努力追求深刻的寓意”[④]。

我们没有看到阿列克谢耶夫对俄国形式主义的直接引证，但是他旨在突破局限于中国语文学的旧汉学，强调汉语文本应该是研究的主体和客体，倡导对拥有完整学科体系的汉学进行科学的研究，倡导建立“与在新的层面和角度改革汉学密切相关的”[⑤]汉学实验室等一系列汉学理论探索，某种意义上可说是与俄国形式主义不谋而合，而他的诗学语言学意义上的中国民俗年画研究实践更可说是为以语言为中心的形式主义诗学理论提供了极好的佐证。

---

① 瓦·米·阿列克谢耶夫：《1907年中国纪行》，阎国栋译，昆明：云南人民出版社2001年，第19、25页。

② 俄语“圣像”(Икона)这个词源自古希腊语，意为“形象”(образ)，圣像画，是以艺术形式，借用色彩和线条显现神的形象，宣传神迹和传播神学思想。圣像中出现最多的人物是圣徒。

③ 冯骥才主编：《中国木版年画集成·俄罗斯藏品卷》，北京：中华书局2009年版，第454页。

④ 瓦·米·阿列克谢耶夫：《1907年中国纪行》，阎国栋译，昆明：云南人民出版社2001年版，第25页。

⑤ Банковская М. В. Алексеев и Китай，М.：Восточная литература，2010. с. 235.

二、历史比较语言学诗学与中国俗文学

历史诗学理论对俄罗斯汉学研究产生了深刻的影响。历史诗学的创立者维谢洛夫斯基(А. Н. Веселовский,1838—1906)院士是著名的语文学家,曾任俄罗斯科学院俄罗斯语言与文学理论部主席,在科学院主要从事俄罗斯与斯拉夫语文学研究。历史诗学以语言艺术为对象,对诗歌语言与小说散文语言的研究是其理论中最重要的部分之一。在维谢洛夫斯基看来,原始个体的语言是诗歌语言,日常表达的则是小说散文语言,"语言本来就是一种社会现象,即使就其狭义而言,也是如此"①。这种对于语言属性的划分,除了包含的对于体裁诗学的探讨,实际上反映出对于艺术和现实的认识,语言已经不再是单纯的形式载体。

维谢洛夫斯基从自己的老师布斯拉耶夫(Ф. И. Буслаев,1818—1897)的神话学理论中接受了诗歌植根于民间诗歌的思想,他详尽地分析了不同民族、不同区域、不同时间里语言的结构、词汇、语法及各种修辞格的各种形式的特点,以此探讨其起源和传递交流,形式与内容的关系等问题。他认为诗歌与文化模式相同,文化与"产生于使对立的统觉(认知)调和一致,即建立新认知的需求之中的诗歌"②一样。语言学诗学中的问题与文化,特别是与民间文化研究密不可分。

譬如,维谢洛夫斯基在关于"诗歌共通语"论述中谈到,"从形容对象的一系列修饰语中,某个修饰语被挑选出来作为该对象的标志,尽管其他一些修饰语并不比它更缺乏代表性",如"白"天鹅这样的修饰语;以及"从已经表现为语言形式,脱离了诗歌心理对比法,并为后来的文学影响所丰富的大量对比和移植之中,挑选出了某些固定的象征和隐喻,作为共通语的陈词套语,得到了或多或少的广泛传播",如作为象征的数字等。它们"同思想内容一起决定了它们的形象性的特点"。③

民间创作与文学文本,民俗学与文艺学是自维谢洛夫斯基以来俄罗斯学界讨论的理论问题之一。维谢洛夫斯基坚持认为,以口头创作为基础的民间文学具有强烈的历史意识,其起源更多的是语言,而不是文学。因此,他试图通过历史比较

---

① 维谢洛夫斯基:《历史诗学》,刘宁译,天津:百花文艺出版社 2003 年版,第 452 页。

② А. Н. Веселовский,Определение поэтики// *Русская литература*,1959,№3. с. 106.

③ 维谢洛夫斯基:《历史诗学》,刘宁译,天津:百花文艺出版社 2003 年版,第 467、468 页。

方法对诗歌语言或者民间语言进行实证探源,找寻民族文学的典型特点和规律,譬如,他在讨论民歌中的"晨曲"主题时,比较了在德国、捷克、匈牙利、乌克兰、塞尔维亚、俄罗斯等地广泛传播的这一情节题材,指出语言模式基本上都是恋人、情人们不愿意"公鸡啼叫,黎明破晓",……但是中国的一首民歌则是皇帝和皇后惧怕白昼来临,因为"宫廷里已经聚集了早朝的臣民",这"一首晨曲最足以说明这一民间主题的独立自主性"。①

维谢洛夫斯基的历史诗学语言学诗学论说,使得许多人称他为历史比较语言学家,他对民间诗歌的比较研究也推动了俄罗斯民俗学的发展。

如果说阿列克谢耶夫的语言学中国民间文化研究视野更多的是在文化学和语文学基础之上与维谢洛夫斯的历史比较语言学和形式主义语言学诗学达成的契合,或者说是某种意义的呼应,显示出一脉相承的俄国学术科学实证传统的演进和发展,那么此后,历史诗学的历史比较语言学诗学、形式主义语言学诗学以及巴赫金(М. М. Бахтин,1895—1975)的超语言学诗学等俄罗斯文论思想则为俄罗斯汉学民间文化研究奠定了重要的理论基础。譬如,李福清从语言学诗学角度对中国俗文学中刘备形象外貌细节描写进行的比较、钩稽、索解,溯本求源。

在李福清看来:《三国志平话》里以中性叙述者身份对刘备外貌最为详尽的描写是:"……生得龙准凤目,禹背汤肩,身长七尺五寸,垂手过膝,语言喜怒,不形于色……"②然后这些话在张飞的话语中重复出现,并且有了新的特征"两耳垂肩"。而在以间接方式,即"众官"对刘备的外貌进行勾画时,又在众所周知的人物外貌特征外增加了"面如满月"的比喻和修饰语"龙"("龙准龙颜")。最后,刘备的外貌到了汉献帝的眼中则是,刘备与以前的景帝极像,刘备也恰恰是景帝的后代。③

李福清认为,第一次描述刘备时谈到的特征,几乎都取自史籍《三国志》,其中的长臂和大耳的描写出自佛经译文。俗文学《三国志平话》出现以前,这种佛教特点已经成为中国文学中的套语,有意思的是,道士们把道家的创始人老子也说成是长耳垂(准确地说是佛像的长耳垂);第二次的描写中,增加了双耳垂肩的特点,这

---

① 维谢洛夫斯基:《历史诗学》,刘宁译,天津:百花文艺出版社 2003 年版,第 482、483 页。

② 《三国志评话》,上海:上海古典文学出版社 1955 年版,第 11—12 页。

③ См. Рифтин Б. Л. ,*От мифа к роману: эволюция изображения персонажа в китайской литературе*, М. , Издательство《Наука》, 1979,с. 216－217.

也来自于陈寿《三国志》的细节描述。第三次描写增加了两个新的面部特点:"面如满月"和"龙颜"。面容喻为满月起源于佛教,意即古印度传统。后来的变文中也有这种说法。[①] 以上解读,特别是关于佛教的象征符号,对道教的影响等应该更多的是在社会文化学层面。

同时,李福清在语言学诗学意义上阐释了以上民间文学中三国故事种种说法细节的发生根源,指出,"龙准"是民间对"隆准"的同音异义用法,早在司马迁的《史记》中已用于描绘汉高祖。平话作者,也或许是他们的前辈民间说书艺人将"隆"转义为了"龙",然后根据四字短语模式,用"凤"对应第一部分字词中的"龙",构建了这一表达的第二部分。譬如,用"龙飞凤舞"比喻山势的蜿蜒,或者用"龙瞳凤颈"比喻权贵的外貌,或者用"龙肝凤髓"隐喻美味佳肴。"禹背汤肩"也同样建立在概念对仗的原则上。李福清还通过对《佩文韵府》中"禹耳三漏,汤肩二肘"之说的解读,探讨了历史溯源中人物外貌的隐喻描绘和俗文学中的语言学释义。

如果说"实证主义从方法论上来说,是把词语艺术本身作为具有独特性质与结构的现实历史和美学事实来进行研究的。这种方法在原则上非常适合维谢洛夫斯基所理解的文学创作领域的诗学研究"[②],这种兴盛于 19 世纪末 20 世纪初欧洲和俄罗斯的方法论对维谢洛夫斯基的理论建构方法产生了巨大影响,那么在李福清的上述归纳阐析中,同样可看出对实证主义方法的极其娴熟的运用。李福清也正是在大量细致、详尽的历史归纳、罗列概括、类比实证后,总结出了《三国志平话》中刘备、张飞、关羽的人物外貌的描写范式:"表面上建立在定语和对比的原则上","人物的外貌描写逐步地进行,似乎被分解为独立的五官和身体部分,并且每一部分通常都是通过定语(绝大部分是"动物的")与被修饰者的组合得以达意。几乎到处都在运用这种人物描写方法,除了那些以其他范式建构的佛经的定语"。而"董卓有万夫不当之勇,身长八尺五寸,肌肥肉厚肚大……"更加细节化的描写,则"借助于最普通的定语修饰语,而非运用任何的比喻或对照"。李福清还对其他民间史诗英雄的描写进行了类型学的比较研究,指出"将人物外貌描写通过一系列比拟来

---

① См. Рифтин Б. Л., *От мифа к роману: эволюция изображения персонажа в китайской литературе*, М., Издательство《Наука》, 1979, с. 219.

② 马晓辉:《维谢洛夫斯基的历史诗学研究》,首都师范大学 2008 年博士论文,第 83 页。

传递的原则本身在我们看来正是史诗体裁的典型特征”。[①]

显然，李福清的语言学诗学研究不同于形式主义的语言形式中心论，也许这是李福清始终不认同将自己的研究归于形式主义文论一派的原因之一，尽管形式上，对纷繁的语言现象事实的罗列同样让人有只见树木不见森林之感。李福清的语言诗学研究是对维谢洛夫斯基历史文化比较诗学的承继和发展，文化学视野是李福清汉学语言学诗学视野中与实证主义方法论同样重要的一面，正如维谢洛夫斯基的历史比较语言学研究，是对将历史与文化或者文化史密切相连的语言的诗性研究。

因此，李福清得以成功地揭示出中世纪俗文学中人物描写的一般审美原则，揭示出中国古代各种哲学体系中肖像的描写作用，以及中国古代俗文学作品中所具有的描写的标签性[②]，并进而探究各民族传统观念中人的外貌描写特点、手法演变，“展示这一过程中，新的和传统的因素间的相互作用，文学与民间创作相互关系的动态发展，以及中世纪各个种类和体裁文学作品受到的异域影响作用和外来描写手法的适应原则”[③]，显示出他渊博的汉学学识和深厚的理论功底，也为中国民间文化、俗文学研究开辟了独特的视域。

三、超语言学的语言学诗学与中国俗文学

巴赫金将其语言艺术研究称为“超语言学”研究，即“超出语言学范围的那些方面”，它与语言学的根本不同在于它的研究对象是活的语言的“对话关系（其中包括说话人对自己语言所采取的对话态度）”，超语言学的范围涉及故事体、对话体等各种言语体裁。其共同的特点是“这里的语言具有双重的指向——既针对言语的内容而发（这一点同一般的语言是一致的），又针对另一个语言（即他人的话语）而发”[④]。巴赫金注重文本语言的“对话关系”，意在突破形式主义坚持的语言是绝对中心的阐说，对于 20 世纪的西方人文学界产生了重要的影响。当代著名结构主义符号学家、文艺理论家托多罗夫（T. Todorov，1939—2017）甚至试图对巴赫金的对

---

① Рифтин Б. Л. *От мифа к роману：эволюция изображения персонажа в китайской литературе*，М.，Издательство《Наука》，1979，с. 222，223.

② Там же，с. 6.

③ Там же.

④ 参见《巴赫金全集》（第五卷），白春仁、顾亚铃译，石家庄：河北教育出版社 1998 年版，第 239、241、245 页。

话原则进行“理论化”,“使之成为人文科学研究范式的转型”①。

而就李福清的中国汉学俗文学研究而言,巴赫金探讨超语言学的“他人言语”模式类型及其特性时,系统具体地对“直接言语、间接言语及其变体”的阐释可说直接启发了其学理思路和研究视野。譬如,李福清借鉴巴赫金语言诗学中的“线形”文体(линейный стиль)观点,来界定中国古代俗文学、中世纪文学典籍,与古代和中世纪的法兰西著作以及古俄罗斯文学作品一样,表达人物的叙事言语文体特点,即,“在内部个性化削弱的情况下,为他人言语塑造出清晰的外部界线。在整个语境只有单一文体的情况下(作者和人物都讲同样的话),使他人言语在语法和结构上最大限度地自成体系……”②并以《三国志平话》为例,研究“直接引语—人物对白”这一转述他人言语模式和在这些模式的变体里独特的语言学诗学。他指出:以这种文体完成的中国俗文学和中世纪文学典籍中的“直接引语”,必须有“为他人言语塑造出清晰的外部界线”③的“引入动词”。“唐代传奇中,作者甚至在本身即含有说话之意的动词‘答’之后还要用‘曰’,即词组‘答曰’……”④这些都是民间文学口头形式的特点。

同时,正如巴赫金所说:“在用自己语言感知他人言语和说话者个性的这些形式中,特别明显和突出地表现出在历史中变化着的社会意识形态交际的形式。”⑤李福清认为,与唐代传奇同时代的变文显然受到唐代口语和说唱形式的影响,其中可以见到基于日常语言规范的另外引入直接引语的形式,完全摆脱了书面文言文作品引入直接引语的常规,主要有四种模式:1. 以表示说话(命令、指使等)的动词,但不加“曰”字的方式,这大约是受了口语的影响;2. 将直接引语放在表示情感或情

---

① 曾军:《超越文学:托多洛夫的对话主义转向》,《学习与探索》2015年第6期,第128页。

② Волошинов В. Н. Марксизм и философия языка. Ленинград : Прибой, 1930. с. 118. 应该说明的是,1929年1月在列宁格勒出版的《马克思主义与语言哲学》一书(署名沃洛希诺夫),始终存在着有关作者著作权的争论,20世纪70年代苏联版权局曾发文确认巴赫金是合著者,美国版《形式主义》“前言”也引用柯日诺夫的话:巴赫金去世前签署过一个文件,宣布自己是包括《马克思主义与语言哲学》在内的作品的作者。此后,尽管有许多学者坚持慎重对待巴赫金在沃洛希诺夫、梅德维杰夫名下的著述的“作者”作用,但是沃洛希诺夫、梅德维杰夫作为“巴赫金小组”的重要成员之一,他们名下这些著述的“巴赫金派”“性质”已经得到公认,《马克思主义与语言哲学》奠定了建立巴赫金的对话理论、语言哲学理论,特别是超语言学思想的基础。

③ Волошинов В. Н. *Марксизм и философия языка*. Ленинград : Прибой, 1930. с. 118.

④ 李福清:《三国演义与民间文学传统》,上海:上海古籍出版社1997年版,第123页。

⑤ 从中可以见出巴赫金始终强调的言语模式由时代社会意识形态经济条件决定的社会史观,参见《巴赫金全集》(第二卷),石家庄:河北教育出版社1998年版,第476页。

绪的动词之后；3. 不采用任何引入结构，而是在一人说完之后即接写另一个人的话语。这是受到民间说唱表演以生动的语调来区分人物话语的影响；4. 描写人物某个动作或位置转移后直接写人物说的话，表明了中世纪白话特有的直接引语与间接引语饶有兴味的混合，而且17世纪俄罗斯小说中也有相同的情况出现。在李福清看来，这表明当时正处于直接引语由书面直接引语向民间文学作品对话表达方法的过渡阶段。①

显然，在俄罗斯汉学家语言学诗学的研究视野中，中国古代俗文学中作为转述他人言语产生的独特的“直接引语—人物对白”语言表述法，已经不是单纯的语言学话语模式。李福清通过大量不同的情节话语单元细致地比较分析了《三国志平话》中直接引语的种种形式特点及其演变发展，特别是“平话”这样的民间文学作品与叙述同一事件的古籍作品相比，其中一个“平面单位”人物说话的次数几乎多了一倍，说明了对话话语在俗文学中重要的叙事作用：其一，有助于克服文言文特有的单调性，不同引入手法的运用提升了对话的文学质量，一定程度上克服了人物语言呆板的问题；这里再一次体现出巴赫金言语学说对李福清的深刻影响。李福清在此引述巴赫金的话说：“如在引入动词的相应的地方插入评注之类，对于克服直接引语的呆板会有重要意义。”②其二，中国古代俗文学的美学体系中，尽管人物的直接引语，包括自我独白都十分单纯，缺乏诸如谚语、格言等成分，也并不总是口语，但是其处于书面语言形式和口头话语之间，一方面从中可见史籍的影响渊源，另一方面对于研究史籍及其发展演变大有助益。同时更加表明，对话关系、对话原则在俗文学中发挥着重要的作用。这也似乎在印证巴赫金的论说：“语言不能自我存在，而只存在于与具体表述及具体的个体语言行为相结合之中。”③其三，直接引语形式已经显示出从“单线形”话语叙事向具有“立体感”多声部语言演化的趋势，现代说书艺人的人物话语表现手法偶见端倪。

“文学艺术的语言问题是文艺学的中心问题之一。文学语言与普通语言的关系构成了文艺学研究的一个重点。”④阿列克谢耶夫、李福清等俄罗斯汉学家在语

---

① 参见李福清：《三国演义与民间文学传统》，上海：上海古籍出版社1997年版，第123—124页。

② 李福清：《三国演义与民间文学传统》，上海：上海古籍出版社1997年版，第129页。

③ 《巴赫金全集》（第二卷），石家庄：河北教育出版社1998年版，第476页。

④ 吴晓都：《再论赫拉普钦科的文论思想》，《中国俄语教学》2016年第2期，第7页。

言学诗学意义上对中国民间文化诸种问题的探寻，在世界文化整体视野中置身于中国“之外”，历史地比较分析其中的文化根源理据，对其中“如何表达”的语言形式（层面）的关注及其所作的精辟阐释，无疑深得俄罗斯学界语言学诗学研究模式之道，同时与20世纪初以来西方学界沸沸扬扬的“语言学转向”也脱不开干系，尽管其中不无极端偏颇之见和牵强之处，但俄罗斯汉学家独辟蹊径的中国民间文化领域的“语言学诗学”研究对当时的中国研究界来说无疑是一种前卫的研究，对当下的中国民间文化研究亦有极大的参照和启示意义。

查瓦茨卡娅的《中国古代绘画美学问题》:俄国文论里的中国画论关键词

庄桂成

(江汉大学武汉语言文化研究中心)

20 世纪的俄国有一批学者关注中国绘画,长期从事中国绘画研究,并陆续写出了相关著述,如格鲁哈列娃著《人民中国的艺术:绘画、版画、雕塑、工艺美术》(莫斯科,1958),穆里安著《旧中国木刻画中日常生活体裁的发展途径》(莫斯科,1956),尼古拉耶娃著《画家、诗人、哲学家马远及其时代》(莫斯科,1968),维诺格拉多娃著《中国的山水画》(莫斯科,1972)。[①] 其中,值得我们关注的是查瓦茨卡娅的专著《中国古代绘画美学问题》(莫斯科,1975),该书从历史、问题等方面深入研究了中国古代绘画美学,把中国古代绘画与欧洲艺术并列进行研究,特别是她对中国绘画美学中关键词的阐述,体现了其观照中国的多种视角。

一、以西释中视角下的"气韵生动"

叶·查瓦茨卡娅是苏联科学院东方学研究所的工作人员,1953 年毕业于莫斯科大学历史系,20 世纪 60 年代曾来北京大学进修,在中国绘画美学方面研究颇深,曾出版《东方文化在当代西方》《米芾》《齐白石》等论著 8 部,译有《芥子园画谱》等书,《中国古代绘画美学问题》是其代表作,该书由陈训明翻译,1987 年在湖南美术出版社出版。《中国古代绘画美学问题》主要由三个部分组成,第一部分是"阶段",即查瓦茨卡娅对中国古代绘画美学史的分期,她认为中国绘画美学史的分期问题是与中国历史总的分期问题以及文化史和哲学史的分期问题交叉在一起的,

---

① 李明滨:《中国文化在俄罗斯》,北京:中国国际广播出版社 2012 年版,第 166 页。

把中国绘画美学史分为四个阶段:第一阶段(公元前 7 世纪至公元 3 世纪),绘画美学观点尚未成熟,但已形成若干本体论和认识论的基本概念;第二阶段(公元 4 至 8 世纪),绘画理论的产生及其主要审美标准的形成;第三阶段(公元 9 至 14 世纪),古典绘画理论的高度繁荣;第四阶段(公元 15 至 19 世纪),美学标准的规范化。第二部分是"问题",即对中国古代绘画美学中的绘画与哲学问题、绘画形态学问题、绘画的得与失问题、风格理论与画派理论问题、绘画起源的理论问题、各个画种的理论问题、中国绘画的社会现象问题等,进行了深入的论述。第三部分是"代结论",主要是将中国绘画与欧洲绘画进行分类比较。在该书中,查瓦茨卡娅很重视对中国画论关键词的梳理和分析,阐述了"气韵生动""画道""天地""无为""病""品"等的涵义。

"气韵生动"被查瓦卡茨娅认为是中国绘画第一法,她认为在中国的传统画论中,与绘画美学有关的全部思想,被"气韵生动"精辟地表述出来了,"中国的绘画哲学可以看成是对于著名的气韵生动这一公式的注释、思考或套用"[①]。"气韵生动"来自中国南朝时期谢赫所著《古画品录》,该书是中国最早的关于绘画美学的系统化著述,品评三国至齐梁画家二十七人(张彦远《历代名画记》所引为二十九人),共分六品,并以品第为次序。谢赫在《古画品录》中指出:"六法者何?一,气韵生动是也;二,骨法用笔是也;三,应物象形是也;四,随类赋彩是也;五,经营位置是也;六,传移模写是也。"[②]"六法"中的"气韵生动"被视为绘画的最高审美标准,对后代的影响很大。为了阐述清楚"气韵生动"的涵义,查瓦卡茨娅列举了欧洲文字对这一关键词的 17 种"比较成功的译法":

> 一,表示生机的精神反响(艾克尔);二,生命运动体现出来的有节奏的生命力或令人精神高尚的节奏(毕尼翁);三,充满活力的呼吸的和谐运动(孔德);四,精神在充满活力的运动中的变化,改造、和谐或反响(库马那斯瓦米);五,含有和谐和生命力的构思(弗尔居松);六,有节奏的生命力(查尔斯);七,精神因素,生机勃勃的运动(希尔特);八,画图应当具有灵感,充满生活气息(马奇);九,通过事物的节奏表现的生机勃勃的运动(奥卡基拉);十,精神反响

① 叶·查瓦茨卡娅:《中国古代绘画美学问题》,长沙:湖南美术出版社 1987 年版,第 147 页。
② 谢赫、姚最撰:《古画品录 续画品录》,北京:人民美术出版社 1959 年版,第 1 页。

产生生命运动（彼得鲁契）；十一，精神反响，生机勃勃的运动（劳累）；十二，精神反响（或生命力脉冲）与生机勃勃的运动（希伦）；十三，精神和谐所表现的激情（索别尔）；十四，令人精神振奋的调子与生机勃勃的运动（塔基）；十五，画图中的精神表现与生动的品质（富田）；十六，气的循环——生命运动表现呼吸、精神与生动（石迈迈）；十七，调子与情绪（林语堂）。①

查瓦茨卡娅对上述种种观点进行了评述，她认为索别尔在《谢赫的前两法》一文中对谢赫第一法所作的解释最为正确，并提出了自己对"气韵生动"的见解。她认为，有节奏的运动是"气"的必然特征，它表现为季节的节奏，表现在明显的协调关系之中。此外，还有一个因素也很重要，这便是对象与运动的统一：运动离不开"气"。事物的这种运动、变化和发展是通过阴阳两种力量的矛盾斗争而产生的。正如运动一样，阴阳也是气的属性。世界的存在有赖于表现为和谐与节律形式的运动和变化。这种节奏——"气韵"决定了植物生命的周期性，决定了它们的生、长、繁盛和衰亡。大自然的气韵是内在的。在中国绘画的第一法中，不仅要注意大自然中比比皆是的节奏表现为各种因素在其时间序列中的运动的简单交替，而且其中还在相当程度上包含着作为精神节奏的艺术气韵的本质。查瓦茨卡娅认为，这种本质同柏拉图对于节奏的理解颇为接近。

应该说，查瓦茨卡娅对中国画论关键词的阐述，存在"以西释中"的倾向。所谓"以西释中"，就是用西方的概念、命题和学说、思想等来理解和阐释中国学说的学术实践，有学者将之称为"反向格义"，他认为："近代自觉以西方哲学的概念和术语来研究、诠释中国哲学的方法为'反向格义'。"②"格义"就是用中国本来已有的思想来解释外来的学说，古时是用于释义佛经，即用中国人的思想去解释佛经学说，后来佛教在中国产生了变种，即后来的禅，它是中国儒教思想和佛教的"化合物"。作为解释方法的"以西释中"近年来广受质疑，甚至出现了一股盲目排斥西方哲学的极端观点。尽管"以西释中"的实践的确导致了需要认真关切的问题出现，比如"垄断中国学术话语""对中国学术的伤害"等，但对这个问题的分析与处理也应该将其置于学术层面加以讨论。有哲学学者就认为，检视百余年来中国哲学的演进

---

① 叶·查瓦茨卡娅：《中国古代绘画美学问题》，长沙：湖南美术出版社1987年版，第148页。

② 刘笑敢：《诠释与定向》，北京：商务印书馆2009年版，第101页。

可以说,“以西释中不仅是20世纪中国哲学研究的主要学术实践,而且推动了中国哲学的现代进展,并使中国哲学在形式与内容上都得到了提升”[①]。查瓦茨卡娅的这种“以西释中”的阐释方法在文学理论上也可找到同道之人,例如美国华裔中国文学研究家刘若愚以西方文学理论为参照,建构中国古代文学理论体系,将其分为形上论、决定论、表现论、技巧论、审美论和实用论六个部分。虽然这种方法也存在一些弊端,但其对中国文论的体系化建构、中西文论的比较化研究以及中国在国外的接受,都做出很大的贡献。因此,查瓦茨卡娅《中国古代绘画美学问题》的“以西释中”,对中国古代绘画美学的理论化建设,应该说也有其不可磨灭的贡献。

二、以中释中视角下的“画道”

在阐述如何分析中国绘画美学问题时,查瓦茨卡娅指出要从总的文化传统,即中国绘画特有的本体论和认识论,特有的社会功能、宗教功能与伦理功能出发。对本体论功能的研究包括绘画的产生及其与客观现实的总的哲学关系问题;在认识论问题方面,则包括分析绘画作品的创作理论与欣赏理论。此外,她还认为要关注中国哲学家、画家与评论家关于这门艺术的论述,中国本土上表现出来的绘画欣赏特点,例如,她对“画道”这个关键词的阐述就是如此。

在中国有关绘画的浩如烟海的文献中,常常谈到“道”。这个概念通常是指绘画中的个人道路或一定的倾向性,指绘画流派。查瓦茨卡娅认为,这个极其抽象的哲学范畴成了用绘画手段来予以表现的最重要的对象。就其最广泛的涵义而言,“道”表现出一种对于大自然中秩序与和谐的最根本的哲学信念。这一概念产生于古代,源于对自然界中诸如日夜、季节交替等秩序与和谐的观察。她认为对于中国画家和画论家来说,理解画道是一项最基本的条件。为了阐明这一关键词,她引用了中国各哲学派别不同时期对这个问题的解释。

查瓦茨卡娅首先谈到了儒、道对“道”的认识。她说,对于孔子和孟子来说,道多半成了一种美的理想。在他们的学说中,“有道之士”以其“内慧外丰”而与众不同。在《论语》里,“道”表现为“古道”“尧舜先王之道”。对于孔子来说,“道”便是“君子之道”,他还将它与另一中心美学范畴“仁”等量齐观。在孟子那里,由于他强

---

① 李承贵:《“以西释中”衡论》,《天津社会科学》2016年第6期,第46页。

调人道是天生的,故而使这种心理因素得到了加强和确立。这样,圣人——有道之士不是被放在具体的国家社会体制中来认识,而应被看作世界性的人,宇宙性的人。与儒家相反,道家把“道”解释成一种脱离实际的范畴,使它与第一性的客观现实、与生活的本质以及古希腊哲学中的“逻各斯”(普遍规律)混为一谈。道是一种先于天地的自我生发的起因。

查瓦茨卡娅接下来又谈到了新儒学和禅宗有关道的观点。她认为新儒学通过“天所性者,通极于道”来阐明自己的理论。道作为决定任何一种事物本质的原则,新儒学称之为“理”,这个概念又转义为起因,事物本质或适应性。在中国古代文献中,“理”常常用作“道”的同义词,王阳明和朱熹这两个新儒学哲学家就是按此观点来阐述“理”的涵义的。此外,查瓦茨卡娅认为“通达”是一个极为重要的佛、道概念,也常常是“道”这个关键词的表现。

最后,查瓦茨卡娅认为道在绘画中的具体表现是丰富多彩的。几乎在每个画题中都能发现这个涵义十分广泛的关键词的某种特点。然而,正如在老子的著作中读到的那样,水是道的最常用的象征。山水画中的静水和飞瀑所表现的,不是对于某些自然奇观的赞赏,而是画家思辨的精神状态的写照。道不仅可以用静水和激流来表现,而且可以表现在石、树、兰、竹之中。“道的特性及其尽可能大的极限量,都可以在绘画中予以揭示。比如,对枯树的描绘表现出人得道后的精神状态。”①

与前述对关键词“气韵生动”的阐述不同,查瓦茨卡娅完全是在用中国的理论学说来阐述她对“画道”的理解,虽然她偶尔也谈到西方的相关理论学说,但只是作为一种参照物来比对,例如她在阐述王阳明的“理即是心,心外无理”时,认为人的精神能在沉思状态中使世界精神进入自身,他必须忘怀周围的一切,以便反映“道”,如同在水中一样。这时,她将之与西方学说进行比照,说“心”的范畴类似于苏格拉底的精神观念。因此,查瓦茨卡娅对“画道”的理解,可以说是“以中释中”的解释方法。当前,中国学界很多学者认为,中国传统文化历史悠久,底蕴深厚,是人类文化的主流之一,具有独特的思维方式和智慧精神,必须把“以中国文化的本来面目来认识中国文化”作为理解和研究中国文化的基本要求。他们认为,“以西释

---

① 叶·查瓦茨卡娅:《中国古代绘画美学问题》,长沙:湖南美术出版社1987年版,第146页。

中”的诠释范式不仅不能充分凸显中国文化自身的特质，而且包含了贬抑乃至扭曲中国文化的可能性，因而是不合理的，其将西方现代文化看作人类文化之“共法”的理论前提也是不能成立的。因此，“为适应‘集中多民族文化共同体的智慧以解决地球村所面临之共同困限’的时代要求，中国文化的基本诠释范式应当转向‘以中释中’”[①]。应该说，“以中释中”是以本土的文化语境去解读中国艺术理论，是中国文艺理论的一种话语方式，意味着中国艺术理论研究的一种回归、自立和自信，而查瓦茨卡娅对“画道”关键词的阐释方法，可以说与我国“以中释中”论学者的观点相吻合。

三、中西互释视角下的“天地”等关键词

查瓦茨卡娅说，从欧洲人欣赏艺术的观点出发来对中国绘画的特殊美学现象进行分析时，“欧洲人或俄罗斯人会感到特别惊奇，因为他们首先觉得，中国绘画的种种奇异特点似乎已经自然地融入当代欧洲艺术形象的体系之中”[②]，她的意思是想说，欧洲绘画和中国绘画也有许多相近的特点。同样，在《中国古代绘画美学问题》一书中，我们也欣喜地发现，查瓦茨卡娅对中国绘画美学进行分析时，对“天地”与“空间”、“品”与“风格”、“逸”与“自然”等关键词进行着中西互释。在这几组对比关键词中，前者是中国传统术语，后者则是西方文论话语。

画幅结构是由极其重要的因素“天地”所决定的，而天地之间便开展了决定作品内在进程的基本活动。宋代山水画大师和理论家郭熙在其论著中，将构图艺术的本质归结为画幅中的天地位置及其相互关系的确定。“凡经营下笔，必合天地。何谓天地？谓如一尺半幅之上，上留天之位，下留地之位，中间方立意定景。”[③]“画戏”便在天地之间表演，但是，天地并不消极，它们以自己的空白（或为云雾，或为泛滥的河流）干预着主要画面。天地的哲学涵义不仅表现在山水画里，而且表现在人物画里。它体现在数、几何形、色彩和传奇人物形象的象征意义之中。天是“唯一”的体现，而地是“众多”的体现。天表示无限的意思，地表示有限，所以圆是天象，它

① 李翔海：《论“以中释中”》，《河北学刊》2008 年第 3 期，第 32 页。

② 叶・查瓦茨卡娅：《中国古代绘画美学问题》，长沙：湖南美术出版社 1987 年版，第 2 页。

③ 郭熙：《林泉高致・画诀》，《中国画论类编》，俞剑华编著，北京：人民美术出版社 1986 年版，第 641 页。

是由一条无限长的线画成的，方是地象，它是由四条线画成的，而每条线都受两个角的制约。同样，查瓦茨卡娅也分析了作为画幅形式结构的空间。她认为，中国绘画画幅中的空间的构成，符合表达世界空间特点的严格的两维系统。画家常常采用所谓的散点透视，便是创造了“多中心”。在这种情况下，似乎画幅的每一部分都是按照线性透视的法则画成的，但每一次都有自己的中心。换言之，观测点在不断移动，眼睛在观看各个绘画成分的时候，也要随之而移动位置。在描绘明暗时，对于物理学真实性的偏离，也可以从语义学角度来予以解释。她认为，中国画家对于光影的运用极其自由，完全不顾光学规律，而按照这种规律，阴影部分本来是应当画得暗一些的。查瓦茨卡娅同时用“天地”与“空间”这组关键词来分析中国古代绘画画幅结构，可以说无形中进行了一下中西互释。

这样的关键词还有“品”与“风格”。查瓦茨卡娅在《中国古代绘画美学问题》中，谈到了中国传统文论范畴“品”。在绘画理论文献中，这一范畴最早见于东晋顾恺之的著述。顾恺之在《魏晋胜流画赞》中说：“凡画，人最难，次山水，次狗马，台榭一定器耳，难成而易好，不待迁想妙得也。此以巧历不能差其品也。”[①]后来，又出现了钟嵘的《诗品》、谢赫的《古画品录》等。查瓦茨卡娅认为，“品”其实就是指特征、品质、等级、程度、序列、归类和评价。在唐代以前的理论文献中，最流行的归类法是分为三品九级。三品即高、中、低各为一品，而每品又分为高、中、低三级。“品”的涵义是多重的，三品九级是“品”的等级涵义，然而，在中国古代画论中，“品”还有品质、特征的涵义。查瓦茨卡娅就特地详细分析了“逸”品、“神”品、“妙”品和“能”品，以及“高古”“淡远”等品。同时，查瓦茨卡娅在《中国古代绘画美学问题》中，又详细阐释了风格理论。她认为，在理论家们关于绘画的早期文章中，即已阐明各个画家的风格特点，勾画出各个历史时期绘画的特色。在谢赫和姚最的论著中，系按照一定的范畴来对画家划分等级，运用准确的范畴，根据画家们自身的艺术特点，将他们分成几类。在张彦远的《历代名画记》中，风格理论与画派理论占有相当大的比重。这些理论描述了所谓“远古”“中古”和近代的特征。张彦远对吴道子风格特征的评论在画风和画派美学的形成方面表示了特殊的兴趣。查瓦茨卡娅

① 顾恺之：《魏晋胜流画赞》，《中国画论类编》，俞剑华编著，北京：人民美术出版社1986年版，第347页。

还指出，米芾的《画史》论述了巨然、关仝和李成等山水画家的风格特征，苏轼、黄庭坚的题跋精到地确定了与他们交往的文同、李龙眠和米芾等画家的风格特点。这样看来，查瓦茨卡娅笔下的“品”与“风格”这两个中西方关键词，是有着相当程度的相同涵义的。

此外，查瓦茨卡娅还把“逸”与“自然”进行了类比。“自然”是西方哲学、美学中一个基础性范畴，它既可以指被视为整体的自然世界，也可以指不同事物的本性。从事物本性的角度理解自然，会把它与美学和伦理学的理念相关联，即事物应当实现其自然本性，所谓自然就是符合事物的本性。朱光潜曾认为，现在一般人把“自然”看成与“人”相对的、人以外的事物，如天地星辰、山川草木、鸟兽虫鱼之类，统称为“自然”。有时“自然”与“人为”相对，人也归在“自然”里，人工所造作的就不是“自然”。最后，他给自然下了一个定义，“自然就是现实界，凡是感官所接触的实在的人和物都属于自然”①。查瓦茨卡娅在《中国古代绘画美学问题》中指出：“在张彦远的名著《历代名画记》中，‘逸’的范畴与‘自然’的概念相同”②，并且认为“逸”的品质意味着画家精神的直接表现，它甚至高于一切最完美的法则和形式，这是最纯粹的精神特质，是深明绘画本质——画道的完人的行为。这个等级的艺术乃是谢赫要求“气韵生动”的第一法则的体现。这样看来，查瓦茨卡娅认为“自然”与“逸”是等同的，这实际上也是她中西互释的典型例证。

四、多重视角下的“多元共生”

近年来，西方文论对中国问题的阐释研究已成为一个热点话题。上海大学曾军教授认为：“20 世纪西方文论阐释中国问题有三种范式：作为‘异国情调’的中国问题，成为‘东方主义’的中国问题，谋求‘多元共生’的中国问题。其中，多元共生正在成为越来越多的学者日渐明晰的学术立场和态度。”③查瓦茨卡娅对中国古代绘画美学关键词的以西释中、以中释中和中西互释的三种方式，对西方文论如何阐释中国问题给了我们重要启示。

---

① 朱光潜：《朱光潜全集》第 1 卷，合肥：安徽教育出版社 1997 年版，第 326 页。
② 叶·查瓦茨卡娅：《中国古代绘画美学问题》，长沙：湖南美术出版社 1987 年版，第 179 页。
③ 曾军：《20 世纪西方文论阐释中国问题的三种范式》，《学术研究》2016 年第 10 期，第 1 页。

对西方文论阐释中国问题的三种范式，笔者认为，查瓦茨卡娅在《中国古代绘画美学问题》一书中都进行了列举和解说，甚至是实践。对于作为“异国情调”的中国问题，她认为：“中国绘画使欧洲人感兴趣的特异之处，往往掺和着某些猎奇成分。”①中国绘画的特异之处被解释成另一种比例关系、一种类似于方言的变化。因此，那些缺乏鉴赏力的观众按照欧洲的传统来直接欣赏中国绘画，常常把它实际上并不具备的特点当作它的特点。比如，一个最常见的题材——一枝盛开的梅花，欧洲观众往往把它理解成一幅轻松的抒情性画图，觉得它充满印象派的新鲜感与真切感；而在中国的欣赏体系中，这个题材却是一种对天体演化论与形而上学等复杂问题的象征性的艺术理解，其中极少“超功利的快感”。同样的情况也出现在对中国古代山水画的解读上。欧洲人把它当成一种世俗的抒情性艺术来接受，认为中国的山水画比欧洲新时期的风景画更接近于宗教画。山水画之所以曾经被当作宗教画，一则因为它反映的是神灵，再则因为它必须履行净化思想和领悟妙谛的职能。对于成为“东方主义”的中国问题，查瓦茨卡娅认为，欧洲人在评论中世纪中国绘画的各种具体特点时，几乎无法放弃“独特”“不寻常”等用来欣赏其他地区艺术的尺度，所以，他们便以欧洲艺术的标准来作为出发点。不过，尽管这些“不寻常”的特点也可以在欧洲艺术中找到，但那是按另一种结构、另一种比例。东方主义实际上也是一种欧洲中心主义，所以查瓦茨卡娅就认为曾有很多欧洲人就是以欧洲艺术的标准来评判中国古代绘画，中国古代绘画美学则成了“东方主义”的中国问题。

东方主义学者总是通过西方自己的修辞、技巧和价值来叙述所理解的东方以确认西方的价值观和世界观。爱德华·萨义德的东方学理论可以说是最早进入视野并提供了丰富的启示和洞见。但后来也有人对萨义德的东方学提出批评，因为萨义德的理论主要探讨的是西方人（学者和殖民者）对中东文化的观念、认识和评价中所存在的问题，所以他的东方学著述只是一带而过地提到了被殖民者。阿里夫·德里克就对东方主义这一缺陷提出了质疑：“我认为，萨义德所论述的东方主义的不足之处在于其忽视了东方人参与有关东方话语阐释的地位，这一点会引起

① 叶·查瓦茨卡娅：《中国古代绘画美学问题》，长沙：湖南美术出版社 1987 年版，第 3 页。

话语的地域问题，也因此意味着会引发有关权力的问题。”①后来，顾明栋结合西方阐释中国问题的实际，在萨义德的基础上进一步发问：西方乃至整个世界何以不断生产有悖于中国文明现实的知识？世界上一些睿智的思想家和批评家对中国的学术思想、文学、艺术和社会所持的观点和评价何以近乎谬误，甚至黑白颠倒？通过观察中西方学者在诸多领域大量失真和歪曲的现象，他认为：“西方人对中国的误识和中国人对自己文化的误识并非仅仅源于信息不灵、偏见歧视和政治干预等显而易见的原因，更重要的是源于一种有认识论和方法论基础的深层逻辑，而这种逻辑业已演化成了一种文化无意识。”②无论是中国人还是西方人对中国形象解读和评判之间的相互矛盾，就是这种文化无意识的结果。

西方理论如何阐释中国问题，笔者认为曾军教授提出的“多元共生”是一种理想状态。“谋求多元共生的中国问题的研究范式为20世纪西方文论对中国问题的阐释带来了全新的视角，敞开了重新定位中国问题以及与西方学界展开交流与对话的可能性。”③全人类都属于同一精神共同体，注重国家与国家之间、民族与民族之间的包容与共存。“承认不同文化的人群之间的差异、承认未来道路的差异、承认人性的差异、承认目标的差异、承认理性的差异”④。而俄国学者查瓦茨卡娅在《中国古代绘画美学问题》中的以西释中、以中释中以及中西互释三种视角，则是这种“多元共生”状态的例证。

---

① Arif Dirlik, “Chinese History and the Question of Orientalism”, in *History and Theory*, Vol. 35, No. 4. (1996), p. 112.

② 顾明栋：《汉学主义：东方主义与后殖民主义的替代理论》，北京：商务印书馆2015年版，第14页。

③ 曾军：《20世纪西方文论阐释中国问题的三种范式》，《学术研究》2016年第10期，第8页。

④ 乌尔里希·贝克、埃德加·格兰德：《世界主义的欧洲：第二次现代性的社会与政治》，章国锋译，上海：华东师范大学出版社2008年版，第15页。

阿恩海姆的"太极图":格式塔艺术心理学中的中国图形

喻宛婷
(四川大学文学与新闻学院)

鲁道夫·阿恩海姆是20世纪西方重要的美学家和艺术心理学家。他以德国格式塔心理学为其重要的思想根基,以现象学、物理学等学科为背景,提出艺术知觉中的形式动力概念,认为人的感知是由图形中包含一切成分的相互作用力构成的,试图从科学的角度解释艺术活动中审美反应的发生。阿恩海姆对中国美学思想抱有浓厚兴趣,多处使用中国的宗教符号、艺术作品,包括太极图、书法、绘画等作为例证进行论述,其中既有重点的分析,也有零散的言论。

本文从阿恩海姆对太极图的分析出发,介绍其对中国艺术及艺术思想的认识,以期勾勒出阿恩海姆文论中的中国图景,并挖掘该图景形成的思想背景。在此基础上进一步探讨:在阿恩海姆的论述中,中国经验作为分析对象或支撑材料,如何弥补了西方经验的不足,起到怎样的理论和实践作用?以及,阿恩海姆的理论对中国的原生艺术理论形成了怎样的对应、挑战或者互补关系?现在的中国学者又当如何处理中间的理论关系?

一、以中国为例证:从太极图说开去

在阿恩海姆引用的众多中国形象中,最突出的当属太极图。阿恩海姆多次从不同角度引用或分析太极图,基于对其阴阳对抗、融合、互动思想的理解,评判太极图的视觉表达效果。

其中,文章《对一个处于相互作用中的象征的知觉分析》对太极图的视觉力构成做出最详尽的分析。文章首先肯定人类视觉模式存在跨越文化、种族、时代的基本对应，但是这种对应现象并不能通过荣格自相矛盾的遗传机制说获得解释。阿恩海姆认为，视觉模式的对应是因为人类知觉经验对视觉动力的普遍感知而存在。被感知的视觉力与生命情景中的行为力对应起来，形成对象征意象的自发性知觉。为了提供例证，阿恩海姆详细分析了太极图引发的视知觉现象，指出太极图的图形诠释作用胜过了其他四种解释"相互作用"的理论模型——互渗、循环、网络、等级分化。这四种概念化模型试图用推论的手段去分析被知觉的"相互作用"现象，其结果是只能表明线性联系，预言相互作用的结果，而不能描述过程本身。理论在描述知觉力的相互作用上，正如语言一样，只能进行线性的、顺序性的描述，存在天生的短板。而知觉作为一种审美反应，能提供理性所不能提供的，即对整体内各部分之间复杂的相互作用的同时性感知。太极图即用完美而简洁的几何图形设计、创造出形式动力的深层动态，唤醒"大脑场"中的力的合集，成功地将"相互作用"——知觉力集合中的一种——象征化。①

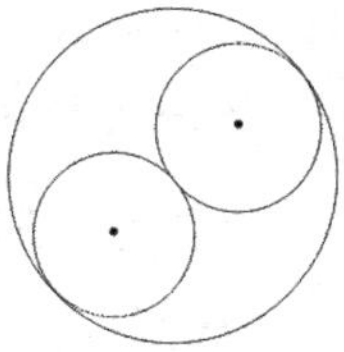
图一

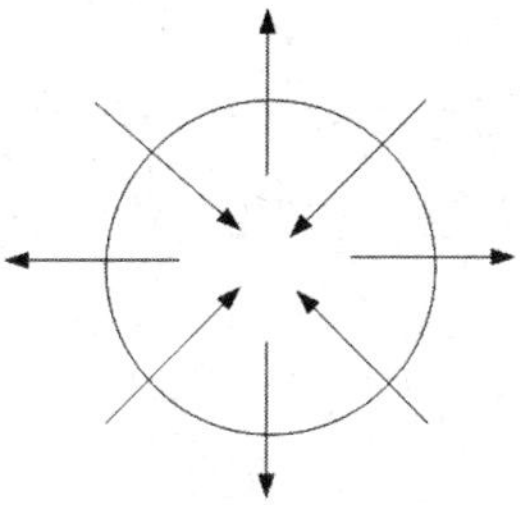
图二

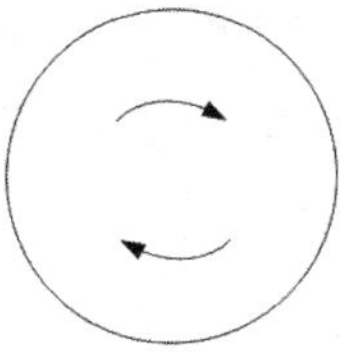
图三

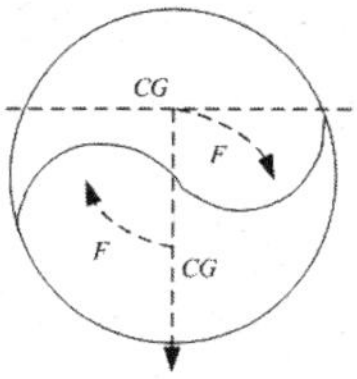

图四

由于中国历史上曾存在不同形式的太极图式样，阿恩海姆设定几何上最易结构的一种进行分析(图一)。简单的几何图形产生了简洁的矢量集合和清晰的知觉效应。外圆既象征宇宙和时间的轮转，又有向心和离心的矢量集合，建立起空间联系(图二)。内圆反映了形式上的循环性，使整体和部分之间具有内在联系。常见的上亮下暗的色彩组合既符合中国古代对地形的理解，也符合心理上的感知平衡。整体和部分因为简洁的形式而力量对等，这和道家学说认为的"阴阳一太一"的"部分一整体"结构中没有任一方有支配力量的观点相符。两个变形的泪滴状部分相

① 鲁道夫·阿恩海姆：《对一个处于相互作用中的象征的知觉分析》，《走向艺术心理学》，丁宁译，郑州：黄河文艺出版社1990年版，第241—251页。

互对抗,又联合产生转动的力矩(图三),既自足完整,又相辅相成为一个整体,创造了知觉的含混性,使人的心理产生两种不同的震荡交替:一是在把握整体或部分不同的组织结构过程中,在不同的优先性的安排中交替;二是在各部分的自我完整,和互补成整体的各部分的不完整中交替。① 泪滴状部分的首尾有凹凸的不平衡感,导致了"图形－底子"情景的不稳定,也使视觉在部分与部分、整体与部分之间震荡交替不断,对应了道家学说中的"有无相生"和虚实变化的观点,是将相互作用象征化的"最有效方式"。② 通过将知觉引力与物质引力的中心点(CG,图四)置于垂直线上,引力被平衡了,被中性化了,使视觉力的运动更具主动性。太极图因而具有深层的动态特性,"为阴阳的知觉典型提供了最优化、内在自生性的圆转"③,使视觉力动态和道家哲学的宇宙力结构之间的相似性显得直观、不证自明。

而在另一篇文章《来自外部的补充》中,阿恩海姆却从另一角度,谈到了太极图作为静态图像的表现力局限,即太极图只能展示参与的力量,而非"相互作用"的过程本身。该过程能在电影等动态图像中自然发生、显现,但是不能在静止的空间图像中被表现,正如在词汇中一样。太极图作为符号化的图像,只能在视觉上分开呈现参与互动的各方力量。这些力量分割表面、相互入侵,注意力只能在各部分图形之间切换。而互动过程则必须同时包括所有参与力量。因而静态图像并不能如其所期望的,表现出内在力量的实时互动。或者说,太极图关于"相互作用"的概念性的描述只展示了混合的组成,而不是互动过程本身。④

表面上看,这篇文章的观点似乎与上一篇文章相冲突,前者强调太极图的深层动态特性,后者却说太极图不展示互动过程。按照阿恩海姆的观点,太极图包含的视觉力只能暗示互动,不能展示互动的过程,真正的过程是在观者想象——意阕——中发生的。这种视觉模式和心理机制的亲缘关系,正是格式塔心理学家所

① 鲁道夫·阿恩海姆:《对一个处于相互作用中的象征的知觉分析》,《走向艺术心理学》,丁宁译,郑州:黄河文艺出版社1990年版,第252－256页。

② 同上书,第257－258页。

③ 同上书,第262页。

④ Rudolf Arnheim, *To the Rescue of Art: Twenty-six Essays*, Berkeley: University of California Press, 1992, pp. 190－191.

说的异质同构(isomorphism)。[1] 这一点被下面这篇文章的分析证明。

在《什么构成抽象?》一文中,阿恩海姆批评了蒙得里安的抽象绘画没有成功地展现本想表达的广阔无垠的自然中无所不在的矛盾所蕴含的悲剧性,并以中国阴阳的循环图示(即太极图)为例与之类比。蒙得里安的绘画就如太极图一样,用非常简洁概括的形式提醒、激发观者,通过自己的想象,从图像上的距离、空间的互动平衡联想到人类经验中的和谐与不和谐。阿恩海姆认为,此类视觉符号虽然不缺少意义,但是缺少艺术应当呈现的天赋活力。他指出,艺术不应只是作为提示者,激发观者的回忆,而必须对核心信息进行直接有效的呈现。相反,康定斯基的绘画是成功的,因为他既抛弃了自然的表现主题,又从自然中寻找形状和色彩的创新灵感,纯粹的抽象概念并没有将生命的活力和物理世界的复杂抽干。[2] 在这段论述中,阿恩海姆对太极图的定位与中国文化语境存在一定差异。他将太极图与艺术作品进行类比,以表达自己有关抽象艺术的观点,认为其不应为抽象牺牲艺术的活力和表达力。但是在中国的文化语境中,太极图作为早期宗教哲学的图示,很难被归为艺术,其任务也多是提示观者想象、思考,而不是努力呈现形式本身的活力。

总结上述三篇文章中对太极图的分析,结论可依次归纳为:1. 太极图激发了知觉力的集合式运动;2. 太极图本身并没有展示运动的过程;3. 太极图是通过抽象"艺术"的提醒和激发功能,引导观者想象、回忆,而将静态图像的形式动力与生命经验中的行为力相结合。这个关于太极图的三段论式总结可以被看作是阿恩海姆知觉动力观点的缩影。基于格式塔心理学,阿恩海姆意识到,外在图像的结构程序中包含力的互动作用,与内在的思维过程存在结构上的对应。[3] 而在艺术中孤立的成分往往表现不出它在整体中所显示出的特性,而且需要从动态中的结构程序见出其中的"力"。

---

① 鲁道夫·阿恩海姆:《对一个处于相互作用中的象征的知觉分析》,《走向艺术心理学》,丁宁译,郑州:黄河文艺出版社 1990 年版,第 242 页。

② Rudolf Arnheim, *To the Rescue of Art: Twenty-six Essays*, Berkeley: University of California Press, 1992, pp. 20—22.

③ Rudolf Arnheim, *New Essays on the Psychology of Art*, Berkeley: University of California Press, 1986, p. 54.

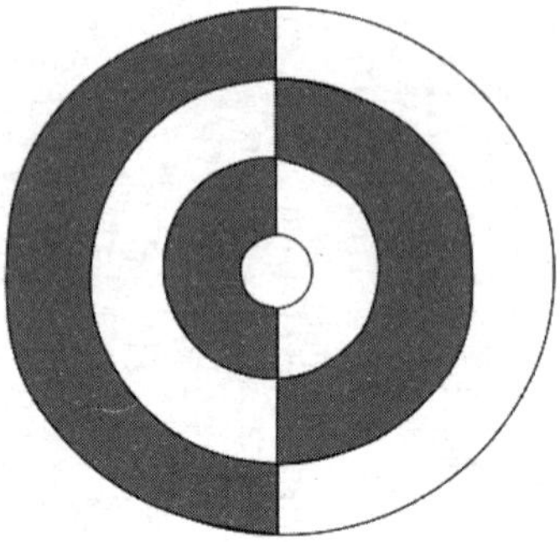

图五

阿恩海姆对“力”的强调也体现在,他只推崇太极图这样含有视觉力作用的图示,而对于其他来自中国文化的反例提出批评。他指出,宋朝朱敦颐画的“太极图”(图五)虽然表示出阴阳交替的含义,但在视觉上将参与配对的每部分限定在图形的左边或右边,没有产生既冲突又互渗融合的视觉效果。[①] 又如“金木水火土”五行逻辑图试图用线性的逻辑描述心理和生理上同时运行的复杂现象,因为视觉力的缺失,显得很笨拙。[②] 相反,阿恩海姆赞扬中国书法是视觉力的活图解。如汉字“山”的三个笔画不仅指山峰,也意指山峰的崛起——用动态的表现方式,实现了设计上的区分和定义,使符号更生动。[③] 他提出,相比罗马字符相对简单的模型与认知模式,中国象形文字用复杂的形状给出了模式认知上更繁重的任务。[④] 阿恩海姆又将中国书法与西方古典叙事法进行类比。西方古典叙事中,宏大的话语风格与中等的、微小的风格相互区分,而书法中,工整的楷书、流畅的行书、即兴飞扬的草书分别被应用于不同的表达目的。[⑤]

同时,阿恩海姆通过详细分析艺术结构的组成来了解视知觉的形式动力产生的原理,其中列举了很多来自中国的例子。如阿恩海姆两次引用“庖丁解牛”的故

---

① 鲁道夫·阿恩海姆:《对一个处于相互作用中的象征的知觉分析》,《走向艺术心理学》,丁宁译,郑州:黄河文艺出版社1990年,第246—247页。

② 同上书,第248页。

③ Rudolf Arnheim, *Visual thinking*, Berkeley: University of California Press, 2004, p. 148.

④ Ibid., p. 33.

⑤ Rudolf Arnheim, *New Essays on the Psychology of Art*, Berkeley: University of California Press, 1986, p. 262.

事，说明事物本身有其结构，以及为什么在整体中区分部分很重要。[1] 在分析重叠造成的空间纵深时，阿恩海姆举了中国风景画通过山峰和云朵的重叠来创造空间感的例子。[2] 为了说明扁平和深度的互动，阿恩海姆详细分析了《捣练图》的布局和构图。他提出，在艺术实践中，三维空间的内部空间性处于两个极端观念——完全的平面投影与充分的三度空间——之间，又与二者相连。艺术品通过不同的倾向建造其风格，并通过两种不同视角的互动产生意义。作为例证，他详细分析了《捣练图》布局中三维和平面的两种空间组织形式：在三维空间中，四个侍女的占位、身体朝向、面目朝向和衣服色彩明暗塑造出空间感——四个人的占位形成一个三角形和一个局外人，两个深色衣服和两个浅色衣服都分别在对角线上，分别构成画面的水平线和纵深线；而在平面投影图中，四人群体分为相互对称的两组（两人在侧面，两人与桌子重叠），四人的面目朝向和月亮从圆到缺的过程类似，建立起"之"字形的线条联系。平面投影和三维空间两种模式的相互作用产生了《捣练图》形式上的丰富变化和意义。[3]

为了说明艺术构造中的中心化和去中心化——两种原则互动所产生的中心系统多样性，阿恩海姆举例分析了宋朝观音像和佛像。佛像在整体构造上是中心化的，即以肚脐为中心按半径向上下左右扩散，这种构造与其主题——佛的力量向周围世界扩散——相对应。但是在基本的中心化系统内部，有与之相互作用的去中心化系统，即佛头。头控制手臂躯干，是人像本身能力的视觉中心，是作为附属系统的次中心。另外在雕塑形体之外，也有一些去中心化的附属系统。其一是在垂直方向上，既有雕塑中向下的趋势所表现出的重力，也有克服重力向上提升的愿望——视觉力，如通过塑造一条抬起的像要攀爬的右腿，雕像便像纪念碑一样，产生了从底座升天之力。其二，当雕像向后转，便会产生与正面对称相异的向外倾斜。在倾斜中也内涵着中心化与去中心化的互动，即来自人物本身的动力是中心

---

① Rudolf Arnheim, *The Power of the Center: A Study of Composition in the Visual Arts*, Berkeley: University of California Press, 1983, p. 87; Rudolf Arnheim, *Art and Visual Perception*, Berkeley: University of California Press, 1974, p. 77.

② Rudolf Arnheim, *Art and Visual Perception*, Berkeley: University of California Press, 1974, p. 251.

③ Ibid., pp. 128—130.

化的,而来自外部的吸引力是去中心化的。[①]

在对太极图和其他视觉图形的分析中,阿恩海姆将“场”“矢量”“力矩”“引力”等取自现代物理学的概念,运用于分析艺术中的形式动力和大脑在感知活动中的知觉反应,可见其所受的现代科学主义思潮的影响。[②] 在现代科学发展的背景下,阿恩海姆的研究正体现了形而上学的思想和方法衰弱后,着眼于“人类行为的整体统一性”的科学美学的发展。[③] 阿恩海姆运用西方的艺术心理学,分析出中国艺术形象在纷繁复杂的外表下所拥有的内部结构上的规律,为中国美学精神做了独特的注脚。

二、以中国为灵感:阴阳互动与道家思想

阿恩海姆的中国兴趣并不限于用西方理论阐释中国例证,而是要寻找中西艺术理论的对应,和美学思想的互通之处。在中国传统美学思想中,他指出谢赫的“六法”中的第一法“气韵生动”当中的“气”具有运动、变化、生成的含义[④],与视觉力有着内在的一致性。在一篇文章中,阿恩海姆介绍了德国的维尔海姆·沃亨格(Wilheim Worringer)在其博士论文中提出的关于抽象的颇有创见却被忽视的观念,即抽象是从日常生活非理性的混乱中精神抽离的图像对应,而该观点正是以谢赫的“气韵生动”为基本思想支撑的。[⑤]

阿恩海姆举了一些艺术实例,说明中西艺术在内部变化、互动上所体现出的精神上的契合。他提到希腊风格的绘画和中国画中留白的魅力,均在于将被动的接受变成主动的想象,使观者有能力完成其中一部分工作。[⑥] 而中西园林艺术对人

---

① Rudolf Arnheim, *To the Rescue of Art: Twenty-six Essays*, Berkeley: University of California Press, 1992, p. 180.

② 史风华:《阿恩海姆美学思想的四重背景》,《学习与探索》2002年第5期,第48页。

③ 托马斯·门罗:《走向科学的美学》,石天曙、滕守尧译,北京:中国文艺联合出版公司1984年版,第76页。

④ Rudolf Arnheim, "Ancient Chinese Aesthetics and Its Modernity", *The British Journal of Aesthetics*, 1997, 37(2), pp. 155—158.

⑤ Rudolf Arnheim, *New Essays on the Psychology of Art*, Berkeley: University of California Press, 1986, p. 59.

⑥ Rudolf Arnheim, *Towards a Psychology of Art: Collected Essays*, Berkeley: University of California Press, 1966, p. 156.

造风景的观点也有相似之处。西方基督教文化对景观优劣的评估很大程度上取决于是否将自然看作上帝的创造物。人是作为自然之子——自然神圣秩序的代理人,创造秩序。只有看起来自然的秩序才是好的,而人类引进的几何图案是对真实秩序危险的简化("贫困化")处理,是对上帝的背叛。他举例说,关于"英式花园"的争论即是以自然之名展开的。匠人需小心地将人造风景的形式秩序内在化,而非外显化。游览花园的人,不是作为自然的主人,而是以回头浪子的身份,谦卑地重新认可他曾经背叛的自然秩序。阿恩海姆指出,除了一些基本区别外,这样看待自然的态度也存在于中国道家和"其 15 世纪日本禅宗花园的变体中"。① 此处,阿恩海姆将日本禅宗艺术看作中国道家的日后变体,存在一定的偏颇之处。

除了针对具体的艺术实例,阿恩海姆也指出中西在艺术创作和欣赏姿态中的相似性。在介绍格式塔艺术结构时,阿恩海姆提出,即便对盲人来说,格式塔结构也内在于主动的沉思和对意义和视觉力的创造性的理解中。只有一种情况例外,即当观者本身并不热情时,简单的匆匆一瞥所感知的几何形式中,并不包含格式塔结构。而格式塔结构所拥有的将复杂世界和动态思维相结合的任务,只有通过既自由又有约束力的专心致志来实现。阿恩海姆指出,对于这样的沉浸在艺术中的状态,中国古代艺术评论家常引用庄子"解衣盘礴"的话来描述。② 通过指出中国美学思想与西方艺术精神的契合之处,阿恩海姆促进和强化读者对其知觉力观念的理解。

阿恩海姆甚至在论述中,用中国艺术与西方思想进行非同类项间的类比,如阿恩海姆提及建立科学的金字塔的必要性。金字塔顶端需足够尖锐,而底端则不可避免地消失在被忽视的迷雾中,就像中国毛笔画中消失在空白处的山峰。③ 这足以证明中国艺术和思想为阿恩海姆提供了思考的方法和思维的工具,拓展了其思辨和艺术想象的空间。

在对中国艺术思想的挖掘和梳理中,阿恩海姆反复提到道家和阴阳之说,尤其常引用庄子,很少提到儒、释二家,并会在论述中将儒家部分归到"道家思想"的大

---

① Rudolf Arnheim, *Towards a Psychology of Art: Collected Essays*, Berkeley: University of California Press, 1966, p. 126.

② Ibid., p. 301.

③ Ibid., p. 1.

标题下。[①] 可见阿恩海姆虽一定程度上注意到儒道的相互影响，但关注重点在道家，其所受中国思想影响中有较突出的道家印记。可以说，和荣格一样，道家思想也融入阿恩海姆的思想背景中。

那么，在阿恩海姆有关中国艺术的经验中，缘何道家影响较突出？道家思想怎样进入其论述视野，提供了怎样的思想支撑，又产生了怎样的效果？这些问题可以从阿恩海姆的思想背景、格式塔学派在西方思想脉络中所处的位置，以及 20 世纪初道家在西方的传播状况中寻觅到一些答案。

如将阿恩海姆的中西艺术比较研究放回到西方思想进程的大背景来看，会发现道家思想、现象学和格式塔心理学之间相互联系的大致脉络。19 世纪中后期，西方社会动荡剧烈，所产生的蔓延式的怀疑情绪对知识界的理论生产造成冲击，促使柏拉图以降的西方形而上学传统日渐衰弱，新思潮迭起。也正是同一时期，西方对中国思想的接受热点从以往的儒家，转移到道佛思想。如在法国，道教研究于 19 世纪晚期开始迅猛发展，相比之下书店里的儒学研究著作和译著却很少。[②] 同一时期西方理论范式的更新和道学热之间的隐含关系早已引起哲学界、文艺学界的研究兴趣。汪洪章通过举证大量的中西方相关研究指出，道家哲学、《易经》思想和禅学在 19、20 世纪之交，助推了西方形而上学传统的衰弱和消解，在众多新思潮的形成过程中起到极大的催化、发酵作用，包括影响到了作为西方哲学转变之集中体现的现象学思潮。[③] 而国内也有学者梳理出阿恩海姆美学思想和现象学的关系，指出现象学的哲学思潮为西方心理学，包括格式塔学派提供了方法论，是阿恩海姆的思想背景之一。[④] 阿恩海姆的格式塔心理学研究在注重直接经验、强调整体两方面，体现出与现象学方法论的一致。首先，阿式研究和现象学一样，不设任何预定的假设和理论前提，而以直接经验为对象，系统地对眼前资料加以观察、整

---

① 在分析太极图时，阿恩海姆在注释中解释，根据其对冯友兰有关中国哲学史著作的理解，他用“道家学说”的概念“界定实际上更为复杂的道家、阴阳家和孔子学说的某些成分所影响下的产物”。见鲁道夫·阿恩海姆：《对一个处于相互作用中的象征的知觉分析》，《走向艺术心理学》，丁宁译，郑州：黄河文艺出版社 1990 年版，第 245 页。

② 刘正：《海外汉学研究——汉学在 20 世纪东西方各国研究和发展的历史》，武汉：武汉大学出版社 2002 年版，第 171—172 页。

③ 汪洪章：《形而上学的衰落与 20 世纪西方文论话语形式》，《南京社会科学》2017 年第 8 期，第 50—53 页。

④ 史风华：《阿恩海姆美学思想的四重背景》，《学习与探索》2002 年第 5 期，第 47—48 页。

理;其次,现象学将整体作为分析对象,反对化学研究式的对元素的拆分(元素主义)。而整体观也是阿恩海姆美学思想及其师承的柏林格式塔学派的思想核心。二者指出整体对部分有决定性影响,能表现出孤立成分所不具备的特性。阿恩海姆因而强调,对艺术中"力"的考察要放在整体的动态结构中进行。

在西方宏观的知识谱系中,现象学及格式塔心理学均是应形而上学衰弱后,消解主客对立的两分法的理论诉求而产生。形而上学传统中重理性、轻感性,强调科学的逻辑推理、忽视直觉感知判断的思维模式,在 20 世纪以降受到严重挑战。很多学者希望突破二分法的局限,从主客对应的整体视角重新认识和解释艺术和美学。① 无论是格式塔心理学还是现象学,对道家思想的吸收和利用均是作用于对西方思想中主客二元对立思维模式的反思。道家与现象学、格式塔心理学在结合意识和无意识、感性和理性,从整体视角观照人类思维活动上具有学理层面的一致性、互通性,使得后者对前者的借鉴成为可能并有效。

受现象学思想和方法论背景的影响,阿恩海姆在对中国艺术思想的兴趣中独尊道家便能得到一定的合理解释。在阿恩海姆的论述实践中,道家学说多处弥补了西方思维的不足和短板,为其思考解决西方理论所面临的问题提供了思路。如《双重真相之外》一文从宏观角度论述科学知识和宗教信仰的关系,提出人的思维是宇宙的一部分,并指出道家哲学是该观点的来源之一。② 他引用道家学说反驳"感官世界为非理性、不规则的奇观"的观点。相对于毕达哥拉斯学派相信宇宙有其规律,而凡俗之事不可预见,没有规律,阿恩海姆引用英国汉学家亚瑟·威利(Arthur Waley)评述《道德经》的话,指出中国早期道家和阴阳学派虽与毕达哥拉斯学派处于同一时期,却已发现感知的世界充满了宇宙力量的互动。这些宇宙力量既控制星星、季节运转,也控制地球上的小事小物。只有错误的行为才会导致不协调和冲突。而刚出生的婴儿是最接近道的,其潜藏的人类摸索行为就是一切法则的体现。③ 他还提到,相对于西方宇宙论中"创造者-创造物"的二元对立,中国

---

① 参见姚君喜:《董仲舒"天人感应"说的美学意义——兼与阿恩海姆"异质同构"说的比较》,《甘肃社会科学》1999 年第 5 期,第 12 页。

② Rudolf Arnheim, *To the Rescue of Art: Twenty-six Essays*, Berkeley: University of California Press, 1992, p. 221.

③ Rudolf Arnheim, *Visual thinking*, Berkeley: University of California Press, 2004, pp. 4—5.

思想将世界分成既是创造者也是创造物的两个部分,即阴和阳,二者处于圆周式互动中。① 可以说,在阿恩海姆探索弥合知觉与思维、感性与理性、艺术与科学之分裂的理论实践过程中,道家学说为其提供了思想灵感和理论依据。

上述阿恩海姆的论述也体现了其思想的另一个关键词——“互补”。“互补(complementary)”概念来源于量子物理学家尼尔斯·玻尔(Niels Bohr)的研究。阿恩海姆修正了玻尔关于互补是“两个正确又相互矛盾的陈述”的观点,提出只有观念会相互矛盾,而事实不会。比如“直觉”和“理性”互补,但是不相矛盾。② 在此基础上,阿恩海姆发展了“互补”概念,即作用于逻辑或经验中的同一物体或事物的各部分,既各自独立,又通过交互作用,互补成一个整体。此交互作用的结果就是格式塔。③ 而太极图正是此概念的完美诠释。阿恩海姆指出太极图所代表的道家宇宙观中的阴阳平衡、互补的概念“对于我们时代的科学有举足轻重的意义”④,因此太极图对西方各学科的学者,包括“象征主义精神病学学者、人类学学者和哲学家”有研究意义。⑤

可以说,突破西方传统二元对立思维模式的诉求,正是阿恩海姆格外关注中国道家思想的内在驱动力。那么,在具体的研究实践中,中国思想通过何种路径进入阿恩海姆的论述,形成目前的中国图景?阿恩海姆的“中国路径”对我们又有何启示?

三、以中国为路径:迂回中的中国意象

20世纪法国哲学家弗朗索瓦·于连著有《迂回与进入》一书,他用“迂回”一词指代通过异质的中国文化“从外部正视”欧洲的思想探索路径⑥和中国文化取向自身所含的迂回表达的特质。由此,“迂回”成为探讨于连的思想方法所绕不开的关

---

① Rudolf Arnheim, *Visual thinking*, Berkeley: University of California Press, 2004, p. 276.

② Rudolf Arnheim, *Parables of Sun Light: Observations on Psychology, the Arts, and the Rest*. University of California Press, 1989, pp. 1—2.

③ Rudolf Arnheim, *To the Rescue of Art: Twenty-six Essays*, Berkeley: University of California Press, 1992, pp. 185—191.

④ 鲁道夫·阿恩海姆:《对一个处于相互作用中的象征的知觉分析》,《走向艺术心理学》,丁宁译,郑州:黄河文艺出版社1990年版,第245页。

⑤ 同上书,第243页。

⑥ 弗朗索瓦·于连:《迂回与进入》,杜小真译,北京:生活·读书·新知三联书店2003年版,第3页。

键词。[①] 而于连和阿恩海姆的研究，在思想和方法上有诸多互通之处。在思想上，他们都提出了图像中的"力"。于连借助道家思想，通过"势"诠释艺术形式各部分之间既相连又对比的关系，及其中蕴含的张力和运动效果[②]，和阿恩海姆对太极图及其他图形的分析遥相呼应。于连还指出，中国书法、琴法和拳法的姿势表现了人的"身体动作与其内在思维活动结合如一"[③]，中国艺术在虚实之间复制了自然的内部逻辑[④]，与阿恩海姆的"异质同构"说有异曲同工之妙。在方法上，于连与阿恩海姆一致，也强调艺术欣赏中的整体统一性。[⑤] 二者在面对西方共同的理论困境时，都采用了中国思想作为对西方的回应，用不同的方式触到同一个问题，即中国的艺术形象挑战了西方二元对立的思维方式。通过将中国艺术及其思想作为比较对象，破除欧洲话语中的二元对立，观照欧洲理性思考未及之处。

可以说，阿恩海姆的中国路径也是"迂回"的。其中包含两层意思：一是阿恩海姆获得中国材料的间接性；二是中国在其整体研究中是方法而非目的。

阿恩海姆一生没有到过中国，其中国经验的来源主要依靠三种渠道：一是二手文字资料和西方艺术展览，如在《中国古代美学与它的现代性》一文中，阿恩海姆提到，他对中国艺术法则的了解基于中国作者诠释原作的二手资料，及对这些二手资料的西文翻译；在《艺术和视知觉》中，其分析的《捣练图》是波士顿美术馆所收藏的宋徽宗对唐朝张萱原作的复制版。这些记录说明了阿恩海姆取用中国素材的曲折。二是与中国研究者，包括中国学生的接触。如阿恩海姆介绍德国格式塔心理学家维特海姆(Max Wertheimer)的关键概念——"应对环境要求"时，补充了几个例子支持其思想，其中一个是中国学生易广元(Gwan-Yuen Yi 音译)介绍的道家无为思想，即人应当使自己契合宇宙和社会的内在力量。[⑥] 可见在西方学习的中国

---

① 参见吴兴明：《"迂回"与"对视"——弗朗索瓦·于连中西比较的路径分析》，《西南民族大学学报》(人文社科版)2007 年第 7 期，第 57—61 页。

② 余莲：《势，中国的效力观》，卓立译，北京：北京大学出版社 2009 年版，第 58、118、119 页；Jullien, François: *The Great Image Has No Form, or On the Nonobject through Painting*, Jane Marie Todd trans., Chicago: The University of Chicago Press, 2009, p. 52.

③ 余莲：《势，中国的效力观》，卓立译，北京：北京大学出版社 2009 年版，第 93、119 页。

④ 同上书，第 136 页。

⑤ 同上书，第 93 页。

⑥ Rudolf Arnheim, *New Essays on the Psychology of Art*, Berkeley: University of California Press, 1986, p. 34.

学生所实践的对外文化传播力量。三是通过日本文化转道接近中国文化。阿恩海姆在1959—1960年间曾去日本访学,对日本文化有过亲身体验,在著作中则多处使用日本词语描述和中国相关的形象,如用Magatama称呼太极图中变形的泪滴形状①,用Kaisho,Gyosho,Sosho称呼楷书、行书、草书。② 通过这些间接接触的路径,阿恩海姆实现了与中国艺术跨国度的精神交往和事实联系。

虽然阿恩海姆对中国美学思想和艺术抱有兴趣,也专门撰有《中国古代美学与它的现代性》一文赞扬中国传统美学,但是通观其著作中有关中国的论述,中国艺术形象多是作为灵感来源、阐述对象和事实佐证,为其提供研究材料和思想支撑,而非研究对象和目的。

之所以用中国例证进行其艺术心理学的论述,其基础是阿恩海姆对中国传统文化精神成就的总体肯定。一方面,中国艺术思想有普遍性、普适性,可作为突出的例子,印证人类普遍的艺术心理现象;另一方面,如阿恩海姆所指,中国古典美学思想有其现代性,对现在的艺术创造仍有指导意义和参考价值。这两点均体现在太极图的例子中。《对一个处于相互作用中的象征的知觉分析》一文指出太极图代表了人类精神文明发展早期阶段的简单图像,既提供了有关知觉力集合的最清晰的意象,易于简单的心智理解和接受,又因为知觉力感知在人类心理思维和生命经验中的普遍性、共有性,太极图现在仍然被广泛地应用于发达文明中的象征和装饰。③《中国古代美学与它的现代性》一文也指出中国美学,尤其是谢赫的"六法",作为中国传统艺术理论中公认的最重要的法则,不仅具有历史意义,还一直保持着活力。④

其次,中国例证弥补了西方经验的不足。如当他以太极图为例展示相互作用力的象征时,阿恩海姆解释说,虽然格式塔心理学家用大量图例演示了特定结构对

---

① 鲁道夫·阿恩海姆:《对一个处于相互作用中的象征的知觉分析》,《走向艺术心理学》,丁宁译,郑州:黄河文艺出版社1990年版,第244—262页。

② Rudolf Arnheim, *Towards a Psychology of Art: Collected Essays: Collected Essays*, Berkeley: University of California Press, 1966, p. 1.

③ 鲁道夫·阿恩海姆:《对一个处于相互作用中的象征的知觉分析》,《走向艺术心理学》,丁宁译,郑州:黄河文艺出版社1990年版,第241—263页。

④ Rudolf Arnheim, "*Ancient Chinese Aesthetics and Its Modernity*", *The British Journal of Aesthetics*, 1997, 37(2), pp. 155—158.

人们的知觉方式的影响，证明了异质同构现象的存在，但“所有对视觉的最基本性质（即向上、向下、角形、曲线等）所做的具体分析都不能证明表现性形体与有意味的生命情境之间的对应性质”[①]，道出格式塔心理分析中已有的基本图示的局限性。而太极图集合必要的简单与复杂于一身，既有简单的视觉设计和核心思想，又有丰富微妙的变化，对“相互作用”的视觉力合集更有说服力。

再次，中国作为远方文明的代表，被用作西方文明的有效参照物。如阿恩海姆通过引用法国人类学家马塞尔·莫斯的观点提到，中国社会虽对性别从劳动工种到物品使用都有着严格的区分，但是与德语不同的是，中文语法中并没有性别之分。以此为依据，阿恩海姆驳斥了关于语言一定反映和塑造人们认知世界的模式的论断。[②] 又如，在分析西方中央透视的绘画构图如何象征人类生存中的等级观念时，阿恩海姆列举东方道家及禅宗绘画作为反例，即中国和日本通过等大视角（isometric perspective）所描绘的无中心、连续的风景画，与中央透视的绘画形成根本对比。[③] 当然，也有一些提及中国的例子并没有具体的内涵指向，也就是说，“中国”作为定语也可以换作其他东方文明，而不会影响其论述。在这些例子中，阿恩海姆采取了和于连类似的以中国为比较方法的迂回路径，不同的是，阿恩海姆并不希冀借由中国迂回至欧洲（希腊），而是通过中西互补和比较，抵达人类整体在艺术视知觉上的普遍规律。

需指出的是，作为 20 世纪重要的文论家，阿恩海姆缺少对现代中国的经验。例如，他在 1975 年的一篇日记中提到，在中国交通信号灯中红色意味着“前进”，绿灯意味着“停下”，虽然对视觉感知的表达方法一致，但是因为对色彩的文化设定不同，红绿灯的内涵和西方相反。[④] 可以说，基于材料的缺乏或不实，阿恩海姆对现代中国缺乏了解，并对文化差距有夸大的想象。阿恩海姆论著中谈论的都是中国传统艺术，却很少为其加上“传统”的标签，展示出的中国图像是静态的、被本质化

---

① 鲁道夫·阿恩海姆：《对一个处于相互作用中的象征的知觉分析》，《走向艺术心理学》，丁宁译，郑州：黄河文艺出版社 1990 年版，第 243 页。

② Rudolf Arnheim, *Visual Thinking*, Berkeley: University of California Press, 2004, p. 243.

③ Rudolf Arnheim, *Art and visual perception*, Berkeley: University of California Press, 1974, p. 295.

④ Rudolf Arnheim, *Parables of Sun Light: Observations on Psychology, the Arts, and the Rest*, Berkeley: University of California Press, 1989, p. 199.

的、“博物馆化”的,是承担了“他者”想象和对比任务的中国。由于缺乏与基于日常经验的动态文化的接触,20世纪以后已开启文化多元化、现代化进程的中国在其著作中遗憾地缺位。

即便如此,阿恩海姆运用科学的方法,从格式塔艺术心理学视角对中国图像的分析,仍有其不可替代的价值。他运用科学手段对中国图像作出的分析,在中国现代美学和艺术理论中并没有可相匹敌的理论。也就是说,阿恩海姆虽然证明了中国古典美学思想的现代性及与西方思想的对应,但是他本人的研究却正好映照出中国现代相关美学思想和研究方法的缺失。

受阿恩海姆理论启发,中国当代的研究论文中有以中国山水画为例介绍阿恩海姆的艺术心理学理论的,也有完全以阿恩海姆理论为工具研究中国艺术的。通篇却缺少中国美学思想的对应或比较,形成比较尴尬、怪异的现象。这在证明中国现代理论弱势的同时,似乎又走向另一个极端。那么,中国当代学者又当如何自处呢?

阿恩海姆既通过西方心理学视角观照中国艺术,也以中国为镜反观西方文化,弥补西方经验的不足,以建立自身跨地域、具有普适性的理论体系。从阿恩海姆的“中国问题”路径反观自身,中国当下美学和艺术研究更应当充分利用本土文化宝藏和跨文化交流的硕果,建立中国理论的自主性,而不是再次用中国例子证明西方理论的适用性。这也算阿恩海姆的中国路径对当下中国艺术理论发展的一种启示。